MORD AM JADEBUSEN

Christiane Franke lebt gern an der Nordsee, wo ihre bislang zwanzig Romane und ein Teil ihrer kriminellen Kurzgeschichten spielen. 2003 war sie für den Deutschen Kurzkrimipreis nominiert und erhielt 2011 das Stipendium der Insel Juist »Tatort Töwerland«. www.christianefranke.de

CHRISTIANE FRANKE

MORD AM JADEBUSEN

DER ERSTE FALL FÜR ODA WAGNER UND CHRISTINE CORDES

Küsten Krimi

emons:

Lust auf mehr? Laden Sie sich die »LChoice«-App runter, scannen Sie den QR-Code und bestellen Sie weitere Bücher direkt in Ihrer Buchhandlung.

Bibliografische Information der Deutschen Nationalbibliothek
Die Deutsche Nationalbibliothek verzeichnet diese Publikation in der Deutschen Nationalbibliografie; detaillierte bibliografische Daten sind im Internet über http://dnb.d-nb.de abrufbar.

MIX
Papier aus verantwortungsvollen Quellen
FSC® C083411
FSC www.fsc.org

Umschlagmotiv: Matthias Lipinski/Pixabay.com
Umschlaggestaltung: Nina Schäfer, nach einem Konzept von Leonardo Magrelli und Nina Schäfer
Umsetzung: Tobias Doetsch
Gestaltung Innenteil: César Satz & Grafik GmbH, Köln
Druck und Bindung: CPI – Clausen & Bosse, Leck
Printed in Germany 2020
ISBN 978-3-7408-0911-9
Küsten Krimi
Überarbeitete Neuausgabe
Die Originalausgabe erschien 2007
unter dem Titel »Blutrote Tränen« im Leda-Verlag.

Dieses Werk wurde vermittelt durch die Literarische Agentur Thomas Schlück GmbH, 30161 Hannover.

Wie alles begann …

Vorwort

Liebe Leserin, lieber Leser,

nun hat also auch der allererste Fall für Oda Wagner und Christine Cordes, der 2007 unter dem Titel »Blutrote Tränen« erschienen ist, Heimat im Haus des Emons Verlages gefunden. Darüber freue ich mich sehr.

Der Text ist sprachlich überarbeitet worden und weist deshalb leichte Veränderungen gegenüber der Ursprungsversion auf. Natürlich habe ich einige Dinge gelassen, die damals noch existierten: die beiden Krankenhäuser zum Beispiel. Das Willehad und das Reinhard-Nieter-Krankenhaus, die nun als Klinikum Wilhelmshaven firmieren.

Das Gebäude, in dem sich damals tatsächlich ein Museum befand, ist heute ein Restaurant. Auch wurde damals noch relativ schamlos in Gebäuden geraucht.

Ich habe überlegt, einige dieser Dinge zu ändern, doch damit wäre es zu Irritationen in den nachfolgenden Bänden gekommen. Deswegen ist alles – bis auf die sprachliche Überarbeitung – eben auf dem (auch technischen) Stand des Entstehungsjahres geblieben.

Aber dafür haben Sie/habt ihr sicher Verständnis.

Danke dafür!

Ihre und eure Christiane Franke
im August 2020

Dienstag

Gerda Schneider kämpfte die letzten Meter gegen den Sturm, bevor sie ihr Rad vor dem Nordseemuseum abstellte. Heute blieb sie nicht stehen, um über den Jadebusen zu schauen, heute wollte sie nur schnell ins Warme. Raus aus dem eiskalten Januarwind, der ihr bis in die Knochen fuhr. Sie lief über den schmalen Metallsteg zum Nebeneingang und stutzte, als sie merkte, dass er unverschlossen war.

Das war in den fünf Jahren, in denen Gerda hier putzte, noch nie vorgekommen. Auch die Alarmanlage war nicht aktiviert. Dafür begannen jetzt in Gerda Signalglocken zu klingen. Sollte sie reingehen oder lieber über ihr Handy die Polizei benachrichtigen?

Ach was, sagte sie sich, vielleicht ist der Direktor ausnahmsweise schon da, oder seine Sekretärin ist früher gekommen als sonst … Gerda nahm all ihren Mut zusammen. Sie ging die Treppe zu den Büros hoch. »Frau Nienhauer? Dr. Beenke?«

Keine Antwort.

Mit zittrigen Fingern öffnete sie die Tür zum Sekretariat. Ihr Magen verkrampfte sich, als ihr ein eigenartiger, Übelkeit erregender Geruch entgegenschlug. Ihr Blick fiel auf die Tür zwischen Sekretariat und Direktionsbüro. Sie stand offen.

Mit gemischten Gefühlen trat Gerda näher.

Und erstarrte.

Dr. Beenke saß vornübergebeugt auf seinem Drehstuhl hinter dem wuchtigen Schreibtisch. Seine Stirn ruhte neben der Tastatur seines Computers. Doch er schlief nicht.

Er war tot. Ohne Zweifel. Blut war um seinen Kopf herum auf den Tisch geflossen, zwei Fliegen umkreisten die große braunrote Lache. Gerda wagte nicht zu atmen, presste ihre Hand vor Mund und Nase und ging die wenigen Schritte zurück ins Vorzimmer. Mechanisch wollte sie zum Telefonhörer greifen, doch dann hielt sie inne. Besser sie berührte nichts. Dadurch könnte sie Spuren verwischen. Oder neue legen. Als Krimileserin mit jahrelanger Erfahrung – sie hatte als junges Mädchen mit den Romanen von Agatha Christie begonnen und liebte die spleenige Miss Marple über alles – wusste sie, dass man am Tatort nichts verändern durfte. Also zog sie mit zitternden Fingern ihr Handy aus der Hosentasche und drückte die 110.

***

Kriminaloberkommissarin Christine Cordes fuhr rasant die Peterstraße entlang. Immer wieder musste sie abbremsen, denn der Wilhelmshavener Verkehr unterschied sich doch erheblich von dem in Hannover. Hier ging alles irgendwie ruhiger zu. Doch sosehr sie die Gemütlichkeit ihrer neuen Heimat auch genoss, dafür hatte sie jetzt keine Zeit.

Immerhin ging es um ihren ersten Einsatz bei der Kripo Wilhelmshaven. Sie freute sich darauf, selbst wenn es sich dabei allem Anschein nach um die Aufklärung eines Gewaltverbrechens handelte. Ihr Chef, der Erste Hauptkommissar Hendrik Siebelt, hatte ihr telefonisch die Leitung der Ermittlungen übertragen. Sie wusste, das war nicht nur ein Vertrauensbeweis, sondern auch eine Prüfung. Sicher wollte Siebelt testen, wie sie arbeitete. Verständlich, schließlich gehörte sie erst seit sechs Wochen zur hiesigen Truppe. Jetzt konnte sie zeigen, was sie draufhatte.

An den Wochenenden vor ihrem Dienstbeginn war sie zusammen mit ihrem Mann Frank sämtliche Straßen der Stadt kreuz und quer abgefahren, als bereite sie sich auf eine Taxischein-Prüfung vor. Nun gut, sie hatte eben diesen Hang zu Perfektion. Außerdem wollte sie sich vor ihren neuen Kollegen nicht dadurch blamieren, dass sie bei jeder Fahrt einen Stadtplan zurate ziehen musste.

Eigentlich hatte sie gern in Hannover gelebt. Der Umzug war ihr nicht leicht gefallen, denn sie musste einen großen Freundeskreis und auch ihre Eltern zurücklassen. Doch Frank arbeitete schon seit zwei Jahren als Anwalt in einer hiesigen Kanzlei. Zuerst hatten sie gedacht, es sei nur für eine überschaubare Zeit, und vorläufig eine Wochenendehe geführt. Doch als Frank vor einem Dreivierteljahr die Partnerschaft angeboten worden war, hatte er zugegriffen. So schwer Christine die Versetzung nach Wilhelmshaven auch gefallen war, während sie alle Koffer und Umzugskisten ausgepackt und das Haus gemütlich hergerichtet hatte, war die Vorfreude auf ihr neues Leben und den neuen Job gestiegen.

Die Umstellung ins normale Alltagsleben verlief allerdings nicht so, wie sie es sich erhofft hatte. Frank kam oft sehr spät nach Hause und auch im Job lief es nicht wirklich zufriedenstellend. Der Grund dafür hieß Oda Wagner und saß jetzt eisig schweigend auf dem Beifahrersitz.

Natürlich hatte Christine nicht erwarten können, hier auf Anhieb ein so intensives und harmonisches Verhältnis zu den Kollegen zu entwickeln wie in Hannover. Aber auf die offenkundige Ablehnung ihrer Kollegin war sie nicht gefasst gewesen.

Kriminaloberkommissarin Oda Wagner hatte sich nicht gefreut, weibliche Verstärkung zu bekommen, das hatte sie gleich am ersten Tag deutlich gemacht.

»Das Büro ist viel zu klein für zwei«, hatte sie gesagt und demonstrativ den Raum verlassen. Wobei das, neutral betrachtet, stimmte, das Zimmer platzte aus allen Nähten. Einen Besuchertisch gab es nicht. Hinter Oda Wagners Stuhl stand auf einem halbhohen Aktenschrank das Faxgerät der Abteilung, die Regale quollen über vor Ordnern.

Das alles wäre nicht so wild gewesen, wenn die Chemie zwischen ihnen gestimmt hätte. Aber Oda Wagner betrachtete sie offenbar als Störenfried.

»Sie können jetzt rechts auf den Parkplatz fahren«, kam es frostig vom Beifahrersitz.

Christine hielt unterhalb des Museums, dessen Eingang sich oben auf der Deichkrone befand. Als sie ausstiegen, zog sie ihren Mantel über dem Kostüm fester um sich. Es war lausekalt, dazu trug der in Wilhelmshaven allgegenwärtige Wind erheblich bei. Christine fror, als sie die Treppen hinauf zur Promenade und über die Metallbrücke zum Museum gingen. Neidisch betrachtete sie Oda Wagner, die zu einer Lammfelljacke einen überdimensionalen Strickschal und dicke dunkelbraune Boots trug. Ich werde meine Kleidungsgewohnheiten wohl überdenken müssen, dachte Christine, als die Kälte an den Perlonstrümpfen unter ihrem Rock hochstieg.

***

Im Museum wimmelte es von den weiß gekleideten Kollegen der Kriminaltechnik. Oda wusste, dass Christine Cordes kaum einen von denen kannte. Wenn die aber glaubte, sie würde sie jetzt überall vorstellen, hatte sie sich geschnitten. Sollte sie doch selber machen, diese Mrs. Perfekt. Wie die schon immer rumlief. Jeden Tag kam sie im Kostümchen. Mit Pumps. Absolut nicht einsatztauglich, wie Oda fand. Sie zog ein Paar Vinylhandschuhe aus ihrer Jackentasche und streifte sie über. In jeder ihrer Jacken steckten diese Handschuhe. Man wusste schließlich nie, was unerwartet auf einen zukam.

Aus den Augenwinkeln sah Oda, dass Christine Cordes sich Plastikschoner über die Pumps zog. Die musste es wohl oberrichtig machen, was wollte die denn beweisen?

Sie öffnete den Reißverschluss ihrer Jacke und lief die Treppe hinauf, wobei sie immer zwei Stufen auf einmal nahm. Sollte die Neue doch hinterherstöckeln, mit dem schmal geschnittenen Rock blieb ihr sowieso nichts anderes übrig.

Zwischen zwei Bürotüren im oberen Stockwerk hing hinter Glas ein gerahmtes Ausstellungsplakat. Oda spiegelte sich darin. Mechanisch strubbelte sie sich durch ihr kurzes Haar. Eigentlich war sie nicht zufrieden mit den roten Strähnchen, die zwischen dem Schwarz hervorblitzten, aber das Rot würde binnen kurzer Zeit verblassen. Zur Not konnte sie sich immer noch eine Tönung im Supermarkt kaufen und zu Hause in die Haare schmieren.

Etwas Schlimmeres als Grün würde wohl nicht dabei rauskommen, und das passte zumindest zu der Partei, die sie wählte.

Sie betrat das Büro des Museumsdirektors, aus dem geschäftiges Treiben zu hören war. Beim Anblick von Gerd Manssen, dem Chef der Kriminaltechnischen Abteilung, schob sie jeden Gedanken an ihre Frisur beiseite und konzentrierte sich wieder voll auf ihren Job. »Moin, Manssen. Schon was rausgefunden?«

»Moin Oda. Nee. Also, nicht mehr als das, was ja offensichtlich ist. Die Wunde am Hinterkopf hat der sich nicht selbst zugefügt. Aber 'ne Tatwaffe haben wir nicht gefunden. Die muss derjenige, der ihm die klaffende Wunde verpasst hat, mitgenommen haben. Mehr wird dir Krüger wohl erst sagen können, wenn er den Toten auseinandergenommen hat. Aber zumindest gibt es jede Menge Spuren. Musst dich bloß in Geduld fassen, bis wir die ausgewertet haben.«

Oda schmunzelte. »Das ist ja nichts Neues.« Sie ging zum Schreibtisch. Die Stirn des Toten ruhte auf der gläsernen Arbeitsplatte, die braunen von einzelnen Silberstreifen durchzogenen Haare waren von zum Teil schon geronnenem Blut umgeben.

Christine Cordes hatte es nicht für nötig befunden, sich den Toten zuerst anzusehen, sie sprach bereits mit dem Rechtsmediziner.

Wahrscheinlich wollte sie die Ermittlungen an sich reißen, nur, weil Siebelt ihr den Fall übertragen hatte. Was Oda nicht für angebracht hielt. Bislang war sie diejenige gewesen, die in derartigen Fällen das Kommando übernahm. Siebelt hätte die Neue zumindest so lange lediglich zur Unterstützung des Teams einteilen sollen, bis man wusste, wie sie arbeitete. Nicht als Hauptermittlerin. Aber okay, Oda würde sich die Butter ohnehin nicht vom Brot nehmen lassen. Sie sah das ganz sportlich. Außerdem genoss sie in Wilhelmshaven den Heimvorteil.

Nachdenklich betrachtete sie den Schreibtisch. Große Glasplatte auf verchromten Metallbeinen. Zwei Rollcontainer standen darunter, ebenfalls aus Metall. Schlicht und edel. Und bestimmt ziemlich teuer. Nach dem Motto: Weniger ist mehr. Oda zog eine der Schubladen auf. Der Inhalt war ordentlich aufgeräumt. Sie grinste kurz bei dem Gedanken an ihre eigenen Schreibtischschubladen im Büro. Da gab es eher das kreative Chaos, aber sie wusste genau, wo sie was fand. Oder zumindest, wo sie danach suchen musste. Auch die Schreibtischplatte war aufgeräumt. Sah aus wie in einem dieser Hochglanz-Möbelprospekte. Selbst das stahlgraue Telefon passte farblich perfekt zum Ambiente. Oda wäre das ja insgesamt zu kalt, sie fror schon allein beim Anblick dieses kühl eingerichteten Büros. Aber gut, es musste nicht jeder Holzmöbel lieben. Unter dem Flachbildschirm blitzte eine hauchdünne, saubere Tastatur, daneben stand ein chromgerahmtes Foto von zwei jungen Menschen, die durchaus ein wenig Ähnlichkeit miteinander hatten. Wahrscheinlich seine Kinder. Alles wirkte wie ein Stillleben. »Ordnung mit Fremdkörper« kam ihr in den Sinn, als ihr Blick auf den Toten fiel. Der aufgeräumte Schreibtisch bedeutete vermutlich, dass Museumsdirektor Beenke hatte Feierabend machen wollen und aufgehalten worden war. Von wem?

Oda ging in die Hocke, betrachtete ihn aus einer anderen Perspektive. Sie wollte ein Gefühl für diesen Menschen entwickeln, der so gewaltsam aus dem Leben scheiden musste. Aufmerksam versuchte sie, jedes Detail aufzunehmen. Da war zunächst seine Kleidung. Gepflegt-leger. Eine beige Cordhose mit Ledergürtel, dem man den jahrelangen Gebrauch ansah. Das Tweed-Sakko mit Lederflicken an den Ellbogen hätte aus einem Männermodemagazin stammen können, unter dem Sakkokragen blitzte ein weißes Hemd hervor. An den Füßen trug er dunkelbraune Slipper mit ebenfalls braunen Socken. Die Arme hingen seitlich herab. Hatte er versucht, sich gegen den Schlag zu wehren? Hatte er ihn erahnen können?

Oda musterte die Hände. Gepflegte Finger, die Nägel kurz geschnitten. Sie steckte den Kopf unter die gläserne Platte und besah sich das Gesicht des Toten. Überrascht bemerkte sie eine Platzwunde auf dessen Stirn.

Sie erhob sich und blickte hinüber zum Rechtsmediziner, der, begleitet von Christine Cordes, näher kam. Krüger sah aus wie ein Bubi. Daran änderte auch die Glatze nichts, die er sich bestimmt rasieren ließ, um seriöser zu erscheinen. Sonst hätte er wohl eine unschöne haarlose Platte auf dem Kopf, vermutete Oda und konnte den Arzt beinahe ein bisschen verstehen. Aber nur beinahe, denn: Arroganter Schnösel blieb arroganter Schnösel. Und damit passte er hervorragend zu Christine Cordes.

»Wie gesagt, Genaues ergibt die Obduktion«, sagte er gerade. »Ich werde mir Mühe geben, sie so schnell wie möglich durchzuführen. Im Moment kann ich Folgendes sagen: Da wollte jemand auf Nummer sicher gehen und hat mehrmals zugeschlagen. Wobei der erste Schlag gegen die Stirn gerichtet gewesen sein muss. Sehen Sie«, Krüger trat neben den Schreibtischstuhl und hob den Kopf des Toten an, »die Platzwunde ist genau über der Nasenwurzel. Die anderen Schläge erfolgten auf den Hinterkopf.« Er ließ Beenkes Kopf wieder auf die Schreibtischplatte sinken. »Aber nicht jeder Schlag hat zu Blutungen geführt. Das Tatwerkzeug war ein stumpfer Gegenstand, die Todeszeit liegt zwischen siebzehn und zwanzig Uhr gestern Abend.«

»Gibt es Kampfspuren, hat er sich gewehrt?«

»Auf den ersten Blick habe ich keine feststellen können.«

»Also wird er seinen Mörder gekannt haben«, sagte Christine Cordes.

»Tja, das würde ich auch sagen, wenn man mich fragt. Aber … mich fragt ja niemand.« Krüger zwinkerte der Neuen zu, nahm seine Tasche und wandte sich zur Tür. »Details kommen wie immer mit dem Obduktionsbefund.«

Wieder in Richtung von Christine Cordes gesagt. Dieser Blödmann ignoriert mich einfach, dachte Oda sauer. Aber was der kann, kann ich auch. Ohne ein weiteres Wort ging sie nach nebenan, um mit Beenkes Sekretärin zu sprechen.

***

Christine blieb allein mit dem Toten zurück.

Sieht aus, als hätte er Blut geweint, dachte sie, während sie sich mit dem Rücken an die Fensterfront stellte. Dem bewegten Wasser im Jadebusen schenkte sie keine Beachtung. Dafür war später Zeit. Nachdenklich sah sie sich in dem großzügigen Büro um. Was war hier vorgefallen? Welche Geheimnisse barg es? Sie fröstelte, wie immer, wenn sie für einen Moment mit einem Toten allein in einem Raum war. Diesmal jedoch trug der eisige Windzug dazu bei, der durch die Ritzen der Fensterrahmen mit ihrer Einfachverglasung hereinkroch und einen Hauch von Wattenmeer und Salzwasser mit in den Raum blies. Die Kälte wanderte unangenehm ihren Rücken hinauf.

Erneut betrachtete sie den nüchternen Raum. Beenke mit seiner Cordhose hätte eher in ein Zimmer voll englischer Möbel gepasst. Nicht in so viel Chrom, Glas und Schwarz. Christine beugte sich zu dem Foto vor. Zwei junge Erwachsene, denen man die Ähnlichkeit mit dem Verstorbenen ansah. Vom Alter her könnten es seine Kinder sein. Doch warum stand hier kein Foto von seiner Frau? Oda Wagner hatte doch gesagt, dass Dr. Beenke verheiratet war. Nun ja, das fehlende Bild sagte ja auch schon eine Menge über die Ehe aus.

Allerdings stand auf Christines neuem Schreibtisch bislang auch noch kein Foto von Frank. Dabei liebte sie die Aufnahme, die sie von ihm bei ihrem Urlaub im vergangenen Jahr an der Mosel gemacht hatte. Darauf stand er unbeschwert lachend vor einem Weinstock. Bei all dem Trubel hatte sie noch keine Zeit gefunden, das Bild auszupacken. Sie nahm sich vor, es heute noch herauszusuchen und aufzustellen, als gutes Omen sozusagen.

»Moin.« Zwei schwarz gekleidete Mitarbeiter eines Bestattungsunternehmens betraten den Raum, zwischen sich eine Trage mit einem dunkelblauen Kunststoffsack.

»Wir sollen den Toten mitnehmen. Können wir?« Der vordere Mann sah sie fragend an.

Christine nickte, stieß sich von der eisigen Fensterbank ab und machte einen Schritt in den Raum hinein. Nein, Geheimnisse gab es hier wohl nicht, dafür aber den Widerspruch zwischen dem Erscheinungsbild des Museumsdirektors, das gediegene Gemütlichkeit ausstrahlte, und seinem nüchternen Büro.

Gab es diese Widersprüche auch in Beenkes Privatleben?

***

Oda hatte die Putzfrau bereits vernommen und nach Hause geschickt. Sie saß hinter dem Schreibtisch der Sekretärin, Ina Nienhauer, die ihrerseits auf dem Besucherstuhl Platz genommen hatte. Sie kauerte dort wie ein Häuflein Elend.

»Guten Morgen.« Christine Cordes betrat das Büro und streckte Frau Nienhauer zur Begrüßung die Hand entgegen. »Mein Name ist Cordes, ich leite die Ermittlungen in diesem Fall.« Sie setzte sich auf den anderen Besucherstuhl. Neben Ina Nienhauer.

Was war das denn? Ich leite die Ermittlungen? Nee, wenn die glaubte, Oda einfach in die zweite Reihe abschieben zu können, dann hatte sie sich getäuscht. Oda würde ihr diesen Fall nicht überlassen, und das sollte sie auch gleich merken. Sie hätte ja nicht noch in Beenkes Büro bleiben müssen. Wäre sie mitgekommen, hätte sie die Chance auf den einzig richtigen Platz in einer Vernehmungssituation gehabt. Nein. Oda korrigierte sich. Auch dann hätte sie den Platz hinter dem Schreibtisch für sich in Anspruch genommen.

Nun gut, dachte sie, wollen wir der Tussi aus Hannover mal zeigen, wie hier der Hase läuft.

»Frau Nienhauer«, begann Oda, »von Frau Schneider wissen wir bereits, dass die Nebentür heute früh nicht verschlossen und die Alarmanlage nicht eingeschaltet war. Das sei sehr ungewöhnlich, hat sie gesagt. Wann sind Sie denn gestern gegangen? Und wer war fürs Abschließen und Aktivieren der Anlage zuständig?«

»Wir beide, also ... Dr. Beenke und ich. Eben wer als Letzter ging. Gestern hab ich um sechs Feierabend gemacht. Da lebte Dr. Beenke noch. Ich wollte zu meinen Eltern, meine Mutter feierte ihren achtundsiebzigsten Geburtstag und hatte die Familie zum Abendessen in die Antonslust eingeladen.« Ina Nienhauer rieb sich verlegen die Hände. Oda registrierte, dass sie keinen Ehering, sondern nur einen kleinen Goldring mit Brillantsplittern trug. Demnach war sie nicht verheiratet. Gehörte sie, ebenso wie Oda, in die Riege der geschiedenen Frauen?

Egal. Oda schätzte sie auf Ende vierzig. Sie war modern gekleidet, mit Jeans und weißer Bluse. Die mittelbraunen Haare waren kurz geschnitten und mit Gel in Form gezupft. Insgesamt machte Ina Nienhauer einen zuverlässigen und kompetenten Eindruck. Eben den einer guten Sekretärin. Dass sie ein wenig durcheinander zu sein schien, war unter den gegebenen Umständen verständlich.

»Er wollte noch bleiben«, fuhr Frau Nienhauer fort. »Er erwartete Besuch von Henner Diersen. Das ist der Vorsitzende des Kuratoriums. Als ich mit meiner Arbeit fertig war, habe ich ihm Tschüss gesagt und unten im Nebeneingang die Tür hinter mir ins Schloss fallen lassen. Die kriegt man ja von außen nicht auf. Von meinem Büro aus kann man einen Summer drücken, damit sich die Tür öffnen lässt. Von daher ist es also nicht schlimm, wenn der Nebeneingang unverschlossen ist.«

»Wie war denn Dr. Beenkes Verhältnis zu Herrn Diersen? Wissen Sie, ob es Ärger zwischen den beiden gab?«, fragte Christine Cordes. Sie hatte einen in Leder gebundenen Block auf den Knien.

Was für eine Wichtigtuerin, dachte Oda. Konnte die sich denn nichts merken? Sie verdrehte gelangweilt die Augen.

Ina Nienhauer knetete ein Taschentuch zwischen den Händen. »Na ja, ich würde sagen, es war angespannt. Die beiden mochten sich nicht. Aber ob sie Ärger miteinander hatten, dazu kann ich nichts sagen.« Sie hörte auf zu kneten und schluchzte auf. »Wäre ich nicht ... hätte ich nicht ...«

»Schon gut. Beruhigen Sie sich.« Oda fand Gefühlsaufwallungen fremder Leute peinlich. Man musste sich doch beherrschen können. »Ist Ihnen in der letzten Zeit irgendetwas an Dr. Beenke aufgefallen? War er anders als sonst? Fühlte er sich vielleicht bedroht?« Sie drehte einen Bleistift zwischen den Fingern. Im Gegensatz zu der Neuen brauchte Oda sich keine Notizen zu machen. Sie war stolz auf ihr gutes Gedächtnis. War außerdem einfacher, in einer der Hirnschubladen zu kramen, als in einer Zettelwirtschaft zu wühlen.

»Nein«, antwortete Ina Nienhauer. »Soweit ich das beurteilen kann, hat er sich nicht bedroht gefühlt. Im Gegenteil. Er war überaus zufrieden. Er hat nämlich vor Kurzem das Prunkstück der künftigen Ausstellung ›Kirche, Kunst und Küste‹ erhalten. Nach diesem Bernstein-Petrus hatte er lange gesucht ... Als er endlich hier eintraf, da war er der glücklichste Mensch der Welt.«

Sie stand auf und holte ein Foto im DIN-A5-Format. »Das ist der Petrus.«

Oda nahm das Bild in die Hand und runzelte die Stirn. Das sollte das Prunkstück einer Ausstellung werden? Sie schätzte die Skulptur auf schlappe zehn Zentimeter, aber da konnte sie sich natürlich täuschen. Der Bernstein war überwiegend klar mit einigen Einschlüssen, die jedoch nicht von der eigentlichen Figur ablenkten. Simon Petrus in sitzender Position mit kurzen, leicht gelockten Haaren, einem dichten Bart und langem Gewand. In der herunterhängenden linken Hand hielt er ein Netz, die rechte lag auf seinem Schoß und hielt einen Schlüssel.

»Was ist an dem nun so besonders?« Oda sah zu Ina Nienhauer hoch, die neben ihr stehen geblieben war.

»Na ja, die Skulptur stammt von dem niederländischen Bildhauer Adriaen de Vries. Bis vor einiger Zeit war nicht bekannt, dass es sie überhaupt gibt. De Vries war auf dem Weg zum Dänenkönig Christian IV., als er vor der Küste Hooksiels Schiffbruch erlitt. De Vries ist als Meister des Frühbarocks bekannt. Er hat nur ein einziges Mal mit Bernstein gearbeitet. Als Dankeschön für die Hooksieler für seine Rettung.« Die letzten Worte hauchte Ina Nienhauer fast andächtig.

»Und weiter?« Oda verlor allmählich die Geduld.

»John, ich meine Dr. Beenke, stieß bei seinen Vorbereitungen und Recherchen für die neue Ausstellung auf Unterlagen, aus denen hervorging, dass der Petrus lange als unbedeutende Reliquie in der Kirche zu Pakens gestanden hat. Während des Zweiten Weltkrieges verschwand er jedoch. Sein Wiederauftauchen wird eine Sensation für die Kunstwelt sein.«

»Nun denn.« Oda versuchte sich beeindruckt zu zeigen, bezweifelte aber, dass ihr das gelang. »Ich nehme an, dieser Petrus ist sicher verwahrt?«

»Selbstverständlich! Er befindet sich im Tresor. Und der ist unversehrt.«

»Gut. Wie lange sind Sie denn schon Dr. Beenkes Sekretärin?« Christine Cordes mischte sich ein. Ihr Tonfall war so sanft, dass er in Oda beinahe einen Würgereiz auslöste. Spielte die Neue jetzt »Guter Bulle, böser Bulle« und wollte Oda in die Rolle des Bösen drängen? Da würde sie aber keineswegs mitspielen.

Ina Nienhauer jedoch entlockte der sanfte Tonfall ein trockenes Schluchzen. »Seit 1992. Seit der Eröffnung des Museums. Wir kamen gleich gut miteinander aus.«

»Wunderbar«, brachte sich Oda wieder ins Spiel. Sie ignorierte den missmutigen Blick ihrer Kollegin. »Da haben Sie sicher mehr Zeit mit Ihrem Chef verbracht als seine Frau. Sie werden ihn fast genauso gut, wenn nicht sogar noch besser gekannt haben, stimmt's?«

»Na ja, zwischen Dr. Beenke und mir war das natürlich rein beruflich.« Ina Nienhauer blickte ernst auf. »Also fachlich kannte ich ihn wirklich gut. Seine Frau wohl nicht, die hat sich ja nie für Johns Arbeit interessiert.«

»Nicht?« Pure Neugier floss aus Odas Stimme, ohne dass sie es verhindern konnte. Nicht dass sie sich selbst als Kunstkennerin bezeichnen würde, aber Interesse an der Arbeit des Ehemannes sollte eine Frau schon haben, fand sie.

»Nein. Frau Beenke war immer nur zu den Ausstellungseröffnungen hier, wenn sie sich im Glanz ihres Mannes sonnen konnte. Aber so zwischendurch … Das konnte man in all den Jahren an einer Hand abzählen. Tomke, Dr. Beenkes Tochter, war oft hier. Die hat sich sehr für die Arbeit ihres Vaters interessiert.«

»Kommen wir noch mal auf den Kuratoriumsvorsitzenden Diersen zurück«, sagte Christine Cordes. »Sie sagten, er war nach Ihnen noch hier.«

»Dr. Beenke hat zumindest gesagt, dass er noch auf ihn wartet.«

»Inwieweit, meinten Sie, war das Verhältnis zwischen den beiden angespannt?«

»Also, das ist mir jetzt ein bisschen unangenehm.« Ina Nienhauer zierte sich. »Schließlich will ich ja keinen anschwärzen.«

»Tun Sie auch gar nicht. Sie geben uns lediglich die Informationen, die wir für unsere Arbeit brauchen.«

Prompt begann Ina Nienhauer zu erzählen. »Ach, wissen Sie, es kam fast jedes Mal zum Streit, wenn Diersen hier war. Der wollte sich immer in Dr. Beenkes Aufgaben einmischen. Aber der hat sich das nicht gefallen lassen. Sie glauben gar nicht, wie Herr Diersen sich hier aufgespielt hat. Dabei ist der noch nicht lange im Amt. Hat getan, als sei er Dr. Beenkes Chef. Wegen jeder kleinen Budgetüberschreitung hat er Dr. Beenke angepflaumt. Manchmal hat er sogar gedroht, er werde dafür sorgen, dass Dr. Beenke seinen Job loswird.« Ina Nienhauer schnaubte laut in das Taschentuch, dann steckte sie es in den Bund ihrer Jeans. Igitt, dachte Oda.

»Hat Ihr Chef sich denn von diesen Drohungen einschüchtern lassen?«

»Nein!« Entrüstet lehnte Ina Nienhauer diesen Gedanken ab. »Von so einem wie Diersen doch nicht. Im Gegenteil, er hat den Spieß umgedreht und seinerseits mit Kündigung gedroht.« Sie lächelte. »Da hätte Diersen aber ganz schön alt ausgesehen vor dem Rest des Kuratoriums. Schließlich lief das Museum nur dank Dr. Beenkes Engagement so gut.«

»Womit hat Herr Diersen ihm denn gedroht? Ich meine, so einfach ist es ja nicht, einen fest angestellten Museumsdirektor während der Vertragslaufzeit zu entlassen«, sagte Oda.

»Ach, Herr Diersen ist ziemlich hinterhältig vorgegangen. Er hat, gleich nachdem Dr. Beenke ihm im Gespräch gesagt hat, er würde dann eher von alleine gehen, eine knappe Meldung an den Wilhelmshavener Kurier rausgegeben, dass sich Änderungen in der Leitung des Museums abzeichnen würden. Und dass Dr. Beenke sich beruflich anderweitig orientieren möchte. Sie glauben gar nicht, was danach hier los war. Sämtliche Kuratoriumsmitglieder riefen an, um Dr. Beenke zum Bleiben zu bewegen. Da hatte Diersen sich ins eigene Fleisch geschnitten. Danach war er noch unfreundlicher.«

»Das ist ja interessant. Danke erst einmal. Sie haben uns ein gutes Stück vorangebracht.« Oda warf einen Blick zu Christine Cordes, die widerwillig nickte.

Beim Aufstehen ließ Oda unbemerkt ihr Schüsselbund auf den Boden sinken.

»Wenn Ihnen noch etwas einfällt: Sie wissen ja, wo Sie uns erreichen«, sagte Christine Cordes im Hinausgehen und steckte Ina Nienhauer ihre Visitenkarte zu. Klar, die muss das letzte Wort haben, dachte Oda verstimmt.

Schweigend liefen sie nebeneinander den Flur entlang. Als sie die Treppen erreichten, blieb Oda stehen. »Schiete, ich hab was vergessen. Gehen Sie doch schon vor. Ich komme sofort nach«, bat sie, drehte sich um und lief zurück.

An der geöffneten Tür zu Beenkes Büro blieb sie zufrieden stehen. Hatte sie es sich doch gedacht. Ina Nienhauer beugte sich hinter dem gläsernen Schreibtisch über eine geöffnete Schublade des linken Rollcontainers. Offenbar suchte sie etwas. Sie blickte überrascht auf und errötete, als Oda eintrat.

»Ich hab irgendwo mein Schlüsselbund verloren, es muss mir wohl aus der Tasche gerutscht sein.« Oda ging durch die Verbindungstür ins Sekretariat. Kurz darauf kam sie gut gelaunt mit dem Schlüsselbund in der Hand zurück.

Ina Nienhauer nickte nur, immer noch rot im Gesicht.

Volltreffer, dachte Oda und lief fröhlich wieder hinaus. Sie hatte schon die ganze Zeit gespürt, dass die Sekretärin nicht alles gesagt hatte. Jetzt war sie sich sicher. Aus der Nienhauer war noch mehr rauszuholen.

***

»Ist schon jemand zu Dr. Beenkes Privatadresse gefahren?«, fragte Christine, als sie ins Auto stiegen.

Oda Wagner schüttelte den Kopf. »Nee. Das mache ich selbst, wenn es irgend möglich ist. Man kann an der Reaktion der Hinterbliebenen oft eine Menge erkennen, wenn man die Nachricht vom Tod eines nahestehenden Verwandten überbringt.«

»Das stimmt. Wollen wir danach zu diesem Herrn Diersen fahren?«, fragte Christine.

»Erst mal abwarten, was bei dem Gespräch mit der Witwe herauskommt.«

Nun gut. Ihre Kollegin war nicht gerade gesprächig. Schweigen konnte Christine allerdings auch. Sie würden sich schon aneinander gewöhnen. Vielleicht brauchte Oda Wagner einfach Zeit – bislang war sie die einzige Frau der Abteilung gewesen. Sie bogen in die Kantstraße ein. Die schmale Straße war zugeparkt, also stellte Christine den Wagen um die Ecke ab. Drei Jungen radelten laut lachend an ihnen vorbei. Keiner von ihnen trug einen Helm, was Christine verwunderte. Wenn das ihre Kinder wären ... Sie wollte sich gerade an Oda Wagner wenden, um eine entsprechende Bemerkung zu machen, als sie sah, wie die den Kindern zuwinkte.

»Ist einer davon Ihrer?«, fragte Christine.

»Nö. Sind Nachbarskinder.« Oda Wagner öffnete die Wagentür und stieg aus.

Dann eben nicht ... Christine schnappte sich ihre Tasche, verriegelte den Wagen und lief hinter ihrer neuen Kollegin her. Der Bürgersteig war gegen die Glätte mit grobkörnigem Granulat bestreut. Christine hoffte, dass keines der kleinen Steinchen den Weg in einen ihrer Schuhe fand. Das passierte ihr im Winter ständig, führte zu Laufmaschen in den Strumpfhosen und war ziemlich ärgerlich. Vor allem, wenn man mit jemandem wie Oda Wagner unterwegs war. Sie konnte sich deren spöttisches Grinsen jetzt schon vorstellen.

»Nicht schlecht«, sagte Christine, als sie das Grundstück von Dr. Beenke betraten. Sie liefen auf eine rot geklinkerte Villa mit weißem Putzvorbau zu. Der Weg war mit grauem Granit gepflastert, der Garten schien einem Fachmann anvertraut worden zu sein. Es sei denn, die Hausfrau hatte ein Faible für Gartenarbeit und ein grünes Händchen. »Sie wohnen auch hier im Viertel?«

»Das schon, aber nicht in so 'nem noblen Schuppen. Ich wohne zur Miete. In der Holtermannstraße. Da hab ich aber auch eine sehr schöne Wohnung.« Oda Wagner drückte den Klingelknopf. »Dann wollen wir mal.«

Es dauerte ein Weilchen, bis die Tür geöffnet wurde. Die Frau, die ihnen gegenüberstand, machte nicht den Eindruck, eine begeisterte Gärtnerin zu sein. Das fast feenhafte Wesen wirkte nahezu durchscheinend in seinem weißen, bodenlangen Kaftan. Christine schätzte die Frau auf Ende fünfzig, aber das mochte täuschen. Hätte das volle, auf die Schultern fallende Haar eine andere Farbe als das silbrige Grau gehabt, würde Frau Beenke sicher jünger aussehen.

»Ja bitte?«, fragte diese unsicher.

»Kriminaloberkommissarin Cordes und Kriminaloberkommissarin Wagner. Kripo Wilhelmshaven.« Christine hatte ihren Ausweis schon gezogen, als Wagner noch in den Tiefen ihrer Jacke suchte. »Guten Morgen. Frau Annegret Beenke?«

»Ja?« Die Antwort klang misstrauisch.

»Wir müssen mit Ihnen reden. Dürfen wir eintreten?«

Die Fee betrachtete den Dienstausweis. »Worum geht es denn?«, fragte sie.

»Das würden wir Ihnen gern im Haus sagen«, mischte sich Oda Wagner ein. »Nicht zwischen Tür und Angel.«

»Geht es um meine Tochter?« Ermattet griff sich Annegret Beenke an die Stirn. »Nicht schon wieder. Das halten meine Nerven nicht aus. Aber gut, kommen Sie bitte herein.« Sie trat einen

Schritt zurück. Christine fühlte sich unwohl, als sie ihr durch den rundbogigen Flur ins Wohnzimmer folgten, das die perfekte Kulisse für diese Frau bot. Weiße Wände, raumhohe Fenster, üppige Farne zu beiden Fensterseiten. Der Blick hinaus zeigte den penibel gepflegten Garten, zarte Ölgemälde in quadratischer Form zierten die Wände. Blumenmotive, eindeutig weiblichen Geschmacks.

Einen Hinweis, dass Dr. Beenke, der Cordhosen- und Fliegenträger, hier gelebt hatte, suchte Christine vergebens.

Annegret Beenke drapierte sich in einen der beiden hellen Stoffsessel und bat Christine und Oda Wagner, auf der Couch Platz zu nehmen.

Hoffentlich hat diese Oda keinen Schokoladenfleck an der Jeans, überlegte Christine, als sie sich auf dem weißen Sitzpolster niederließen. Sie räusperte sich, griff in ihre Tasche und legte Block und Kugelschreiber auf den staubfreien Glastisch neben eine silberne Vase mit weißen Lilien.

»Frau Beenke, wir müssen Ihnen leider mitteilen, dass Ihr Mann tot ist.« Christine sah die Frau an. Diese Momente gehörten eindeutig zu den schwersten ihres Jobs.

Annegret Beenke schluckte. »Tot?«

»Er wurde heute Morgen im Museum gefunden.«

»Natürlich im Museum. Wo sonst?«

Christine stutzte. Der weiche Tonfall blieb. Hatte die Frau die Tragweite dessen, was sie ihr gerade gesagt hatte, überhaupt mitbekommen? Christine warf einen Seitenblick zu ihrer Kollegin. Aber auch Oda Wagner sagte nichts. Sie saß einfach da und musterte die Witwe.

»John lebt für das Museum«, sagte Annegret Beenke. »Er ist ständig dort, wissen Sie? Er verbringt mehr Zeit im Museum als zu Hause.« Sie zuckte mit den Schultern. »John hätte das Museum heiraten sollen.« Annegret Beenke erhob sich. »Entschuldigung, ich habe vergessen zu fragen, ob ich Ihnen etwas zu trinken anbieten kann. Ich habe einen grünen Tee fertig, aber auch ein Nescafé ist kein Problem.«

»Frau Beenke.« Christine beugte sich vor. »Ihr Mann ist tot.«

»Ja, das sagten Sie bereits.« Annegret Beenke drehte sich um. »Entschuldigen Sie mich bitte für einen Moment, ich bin sofort wieder bei Ihnen.«

Ehe Christine oder ihre Kollegin etwas sagen konnten, hatte Annegret Beenke den Raum verlassen. Christine warf Oda Wagner einen fragenden Blick zu, aber die verzog nur die Mundwinkel. Beide Frauen schwiegen.

Nach ein paar Minuten kam Annegret Beenke zurück, ein Taschentuch in der Hand. Sie setzte sich, als sei nichts geschehen, als seien die beiden Polizistinnen lediglich auf einen Plausch vorbeigekommen.

Wieder ergriff Christine das Wort. »Ersten Ermittlungen zufolge wurde Ihr Mann ermordet. Erschlagen.« Sie beugte sich vor, wollte ihr Mitgefühl zum Ausdruck bringen. Doch Annegret Beenke zog sich bis an den hintersten Rand ihres Sessels zurück.

»Erschlagen?« Endlich kam eine Reaktion. »Ich habe gedacht ... Wer ... Warum ... Wann?«

»Der Arzt vermutet, gestern zwischen siebzehn und zwanzig Uhr. Was haben Sie denn gedacht, woran Ihr Mann gestorben sein könnte?«

»John hat Blutdruckprobleme. Er muss Tabletten nehmen. Ich habe gedacht, er hätte einen Herzinfarkt erlitten.«

»Haben Sie ihn denn nicht vermisst, heute Nacht?«, fragte Oda Wagner kühl.

Typisch, dachte Christine. Die konnte überhaupt kein Feingefühl aufbringen. Obwohl, recht hatte sie schon. Eine Frau musste doch merken, wenn ihr Mann nachts nicht neben ihr lag.

»Wir haben getrennte Schlafzimmer, wissen Sie, da kommt es schon mal vor, dass wir uns einen Tag lang nicht sehen. Oder auch zwei. Ich gehe immer früh zu Bett. Meistens kommt John erst, wenn ich schon oben bin. Und oft ist er morgens fort, bevor ich aufstehe.« Ein schwaches Lächeln huschte über ihre Züge.

»Gab es jemanden, mit dem Ihr Mann Streit hatte?«, fragte

Christine. »War er wütend auf jemanden? Gibt es irgendetwas, das Ihnen in letzter Zeit aufgefallen ist?«

»Aufgefallen? Nein. Mir ist nichts aufgefallen. Wie denn auch?« Die sanfte Stimme bekam einen bitteren Unterton. »Ich sagte doch, mein Mann war ein Workaholic. Ein eher seltener Gast im eigenen Haus.«

Christine unterdrückte den Impuls, Annegret Beenkes Hände tröstend zu umfassen. »Das tut mir leid«, sagte sie.

»Das braucht Ihnen nicht leidzutun.« Annegret Beenke lachte auf. »Wir führten eine gute Ehe. Zugegeben, wir standen uns nicht mehr sehr nah. Jeder von uns hatte seinen eigenen Interessenbereich. John lebte für das Museum, und ich bin ehrenamtlich in verschiedenen Vereinen tätig. Seit unsere Kinder aus dem Haus sind, haben wir kaum noch Berührungspunkte. Wir leben ... lebten ... nebeneinander her. Das Haus ist groß genug, wir haben uns arrangiert. Das ist bei vielen Paaren so, die ich kenne.«

Annegret Beenke hob den Kopf, begegnete Christines Blick, und diese fühlte, wie etwas ihre Seele berührte. Annegret Beenkes Augen erinnerten an einen Bergsee. Tief und unergründlich. Bevor sie allerdings weitere Fragen stellen konnte, störte Oda Wagners knarzende Stimme die Atmosphäre: »Wo halten sich denn Ihre Kinder auf?«

***

»Das war ja leider nicht viel«, sagte Christine eine halbe Stunde später zu Oda Wagner, als sie zurück in ihrem Büro waren. Jede von ihnen hatte einen Becher Kaffee vor sich. Für Christine war es bereits der zweite. Obwohl Baldrian sicher angebrachter gewesen wäre, so, wie sie sich über ihre Kollegin ärgerte. Da hatte sie gerade eine gute Grundstimmung für ein tiefergehendes Gespräch gelegt, schon funkte Oda Wagner dazwischen, und Frau Beenke verschloss sich wie eine Auster. Außer den Aufenthaltsorten ihrer Kinder hatten sie nichts mehr von ihr erfahren.

»Sie sind zu lasch rangegangen«, behauptete Oda Wagner nun. »Sie hätten mehr aus ihr rauskitzeln müssen.«

»Das müssen Sie gerade sagen ... so rücksichtsvoll, wie Sie sich verhalten haben! Warum haben Sie dann nicht weiter nachgehakt, als Frau Beenke dichtgemacht hat?« Christine war sauer.

»Ich wollte gucken, wie Sie in Hannover solche Fälle handhaben. Wäre ja möglich gewesen, dass ich noch etwas hätte lernen können.« Oda Wagner grinste süffisant. »Aber mit Lernen ist wohl nichts. Beim nächsten Mal übernehme ich wieder. Schade, dass wir dem Chef nun sagen müssen, dass wir kaum was haben, an dem wir ansetzen können.«

»Haben Sie denn nicht gemerkt, dass Frau Beenke total neben sich stand? Meine Güte, wir kamen nicht nur mit der Nachricht, dass ihr Mann tot ist, wir mussten ihr auch noch erklären, dass er ermordet wurde. Da kann man nicht von normalen Umständen ausgehen. Sie haben überhaupt kein Taktgefühl.« Christine war es leid, höflich mit dieser Oda umzugehen, das hatte sie nicht verdient.

Aber statt auf Christines Bemerkung einzugehen, legte ihre neue Kollegin unbeeindruckt nach. »Vielleicht hat Frau Beenke Alkoholprobleme und war schon leicht angeschickert. So einen Eindruck machte sie jedenfalls.«

»Dass Sie ihr das unterstellen!« Christine war erbost. »Außerdem riecht man so was doch.«

»Sind Sie wirklich so naiv, Kollegin? Ich denke, Sie kommen aus der Großstadt. Es gibt Spirituosen, die riecht man nicht. Wodka zum Beispiel.«

»Da kennen Sie sich wohl ziemlich gut aus, was?« Christine wurde langsam giftig. Um sich wieder ein wenig zu beruhigen, schob sie ihren Drehstuhl zurück, stand auf und ging in die Personalküche, wo sie sich einen weiteren Kaffee eingoss. Nicht dass sie sich von Oda Wagner derart reizen ließ, etwas zu entgegnen, was sie später bereuen würde.

Als sie ins Büro zurückkam, saß ihr Chef auf der Schreibtischkante. Durch seine kräftige Statur wirkte der Raum sofort überfüllt. Das konnte allerdings auch an dem intensiven Duft seines Rasierwassers liegen.

»Mmh. Kaffee. Krieg ich auch einen?« Siebelt sah sie bittend an.

»Natürlich. Milch und Zucker?«

»Beides wäre klasse. Zwei Löffel bitte.«

Christine stellte ihren Becher ab, drehte um und kam kurz darauf mit einem weiteren für Hendrik Siebelt zurück. »Bitte schön. Die Kanne ist nun allerdings leer.« Sie blickte ihre Kollegin lächelnd an. Denn, nein, jetzt noch neuen Kaffee aufzusetzen, während Oda Wagner hier mit ihrem Chef über den Fall sprach, das kam für sie nicht infrage.

»Danke.« Siebelt nahm den Becher entgegen. »Was gibt's zu berichten?«

Ohne ein Wort zu sagen, sah Oda Wagner Christine herausfordernd an.

Doch sie ignorierte ihre Kollegin und fasste zusammen, was sie in Erfahrung gebracht hatten. Oda Wagner malte unterdessen kleine Smileys auf ihre Schreibtischunterlage, das Werbegeschenk einer Bank.

»Jedenfalls wohnt die Tochter hier vor Ort, der Sohn auf Spiekeroog, und der war auch die letzten Tage nicht hier, wenn man Frau Beenke glauben kann. Er führt auf der Insel ein Hotel, das ›Deichblick‹«, schloss Christine. »Also werden wir gleich mal zur Tochter fahren.«

»Tut das.« Siebelt schob sich vom Schreibtisch, trank im Stehen aus und drückte Christine den leeren Becher in die Hand. »Den Bericht brauche ich spätestens heute Nachmittag. Die Presse sitzt mir bereits im Nacken, schließlich war John Beenke nicht irgendwer. Mit ein paar Fakten will ich schon aufwarten können. Dr. Krüger hat übrigens versprochen, den Obduktionsbefund später rüberzufaxen.« Er ging zur Tür, drehte sich dort aber noch einmal um. »Wie Oda gerade berichtete, als Sie so freundlich waren und mir den Kaffee holten, sprach Beenkes Sekretärin davon, dass er ein sehr gutes Verhältnis zu seiner Tochter hatte.

Dann kann sie uns vielleicht mehr sagen als die Ehefrau. Kitzeln Sie also alles aus der Tochter raus. Das haben Sie bestimmt in Hannover gelernt.« Er zwinkerte erst ihr und dann Oda zu.

Was sollte das denn werden? Wurde sie etwa von den beiden getestet? Blödmann, dachte Christine, als er den Raum verließ. Aus dem Augenwinkel sah sie das schmale Lächeln ihrer Kollegin. Beides Blödmänner.

Oda Wagner tippte kurz auf der Tastatur ihres PCs, griff zum Telefonhörer und wählte eine Nummer. Am anderen Ende musste jemand direkt neben dem Telefon gesessen haben, denn kaum hatte sie das Wählen beendet, sagte sie: »Moin, Frau Beenke. Oda Wagner hier, Kripo Wilhelmshaven. Meine Kollegin und ich müssten gleich mal mit Ihnen sprechen. Sind Sie zu Hause?«

Tomke Beenke schien das zu bestätigen, denn Oda Wagner sagte: »Okay, wir machen uns direkt auf den Weg. Bis gleich.« Damit legte sie auf, öffnete ein Fenster und nahm ihre abgetragene Lederjacke vom Haken. »Tja, dann woll'n wir mal ... Die Luft hier drinnen ist sowieso etwas verbraucht, da tut ein wenig frische Luft gut.« Oda Wagner schlüpfte in die Jacke. »Wenn ich Ihnen einen Tipp geben darf: Sehen Sie zu, dass Sie mit der Tochter nicht so harmlos umgehen wie mit der Mutter. Sonst werde ich dazwischengehen.« Sie schnappte sich ihren Kaffeebecher und verließ den Raum. »Wir sehen uns unten.«

Christine betrachtete die beiden anderen leeren Kaffeebecher und sah ihrer Kollegin nach. Was meinten Siebelt und diese Wagner eigentlich, mit wem sie es zu tun hatten?

***

Wieder saß Oda auf dem Beifahrersitz, als sie zu Tomke Beenke fuhren, die in einem Appartement am Südstrand lebte.

»Die lütte Beenke weiß es schon«, sagte Oda unvermittelt. »Ich hab ihrer verweinten Stimme angehört, dass sie die traurige Nachricht schon erhalten hat. Bestimmt von ihrer Mutter. Ich frag mich nur, warum Tomke Beenke nicht sofort zu ihr gefahren ist.«

»Das wird sie uns bestimmt gleich erzählen«, antwortete Christine Cordes ziemlich emotionslos. »Ich müsste mal eben beim Bäcker anhalten, wenn das für Sie in Ordnung ist. Meine Brotbestände zu Hause könnten nicht mal eine Maus ernähren, und ich weiß ja nicht, wie lange wir heute arbeiten.«

Oda warf ihr einen schrägen Blick zu. »Von mir aus, aber selbst in Wilhelmshaven haben die Supermärkte bis einundzwanzig Uhr auf.«

Ihr Kommentar schreckte Christine Cordes nicht ab, zum Glück dauerte der Brotkauf jedoch nicht lang. Als sie über den Grodendamm fuhren, blickte Oda nach links über den Großen Hafen. Vereinzelte Segelboote lagen noch an der Marina, sicher hartgesottene Segler, die auch im Winter nicht auf ihren Sport verzichten wollten.

Ihrer Kollegin mochten die gleichen Gedanken durch den Kopf gegangen sein, sie sagte: »Es ist schon beeindruckend, wie viel Wasser Wilhelmshaven hat.«

»Na ja«, entgegnete Oda. »Das mag daran liegen, dass die Stadt am Jadebusen liegt.«

»Natürlich, aber für mich als Binnenländerin ist es jedes Mal wieder faszinierend. So nah hatten wir den Strand in Hannover nicht. Bis zum Maschsee waren wir immer eine knappe Dreiviertelstunde unterwegs.«

»Tja«, gab Oda lediglich zurück. Was sollte sie auch sonst dazu sagen? Es interessierte sie ehrlich gesagt nicht wirklich, wo und wie die Neue früher gewohnt hatte.

Einen Parkplatz in einer der Parkbuchten entlang der Straße zu ergattern, gestaltete sich als gar nicht so einfach, und so mussten sie ein gutes Stück laufen, bis sie den Apartmentkomplex aus roten Backsteinen und viel Glas erreichten, in dem Tomke Beenke lebte.

»Nicht schlecht«, meinte Christine Cordes, und Oda vermutete: »Da werden die Eltern wohl ordentlich zur Miete zubuttern müssen. Die Mutter hat doch beiläufig erwähnt, dass ihre Tochter noch nicht lange beim Wilhelmshavener Kurier arbeitet. Wohnungen in dieser Lage sind nicht gerade günstig.«

»Ich weiß«, bestätigte Christine Cordes. »Wir haben uns hier auch mal was angeguckt, als mein Mann nach Wilhelmshaven zog. Aber daraus ist nichts geworden.«

Sie stiegen die Stufen zum Eingang hoch, Christine Cordes suchte den Namen Beenke in der langen Reihe der Klingelschilder und drückte schließlich den Knopf. Fast augenblicklich wurde der Summer gedrückt. Als sie im vierten Stock aus dem Aufzug traten, war die gegenüberliegende Tür geöffnet. Die junge Frau in der Wohnungstür konnte Oda nicht nur am verweinten Gesicht als Tochter des Opfers erkennen, sie war eindeutig die Frau von dem Foto auf Beenkes Schreibtisch.

»Mein Beileid«, sagten sie und Christine Cordes gleichzeitig.

»Danke.« Tomke Beenke zog die Nase hoch und wischte sich mit einem Stofftaschentuch über die Augen. »Kommen Sie doch herein.«

Durch einen kurzen Flur gelangten sie ins Wohnzimmer, dessen Ausblick Oda für einen Moment die Sprache verschlug. Natürlich kannte sie den Blick auf den Jadebusen. Nur nicht aus dieser Höhe. Das war schon beeindruckend. Unterhalb des Fensters robbte sich das Meer mit schaumbewehrten Wellenkronen ans Ufer heran, auf der anderen Seite des Jadebusens waren Dangast und die Windkrafträder in Butjadingen durch einen leichten Seenebelschleier zu erkennen.

»Schön haben Sie es hier«, sagte Christine Cordes.

»Finden Sie?« Tomke hörte einen Moment auf zu schniefen. »Ja, ist schon nicht schlecht, hier zu leben. Gibt Schlimmeres. Mein Vater hat die Wohnung gekauft. Ich darf hier wohnen.« Wieder zog sie die Nase hoch und ließ sich auf einen der beiden roten Sessel fallen. Oda blickte noch einen Moment aufs bewegte Wasser, während Christine Cordes auf der mit einem roten Laken verhüllten Couch Platz nahm.

»Ich kann gar nicht fassen, dass er tot ist«, flüsterte Tomke. Oda setzte sich in den anderen Sessel.

»Das glaube ich.« Christine Cordes sprach sanft. Wie zu einem Kind.

Oda vermutete, dass Tomke nicht allein wegen des Todes ihres Vaters Schwarz trug. Sie war das genaue Gegenstück zu ihrer weiß durchscheinenden Mutter. Die junge Frau war deutlich größer. Kräftiger. Sie ähnelte mehr ihrem Vater, obwohl ihr Haar blauschwarz gefärbt war. Zur verwaschenen schwarzen Jeans trug sie ein T-Shirt mit der Aufschrift »Saltatio Mortis« über einem ebenfalls schwarzen Sweatshirt. Saltatio Mortis. Hieß das nicht Totentanz? Was für ein irrwitziger Zufall, dass sie gerade heute dieses Shirt trug.

»Er fehlt mir jetzt schon.« Tränen liefen ungehindert Tomkes Wangen hinab. Ein Weinkrampf ergriff sie. Die Neue ließ ihr Zeit. Fehlte nur, dass sie Beenkes Tochter die Hand streichelte. Oda sah sich im Raum um. Ihr Blick blieb an zwei Fotos in schmalen Silberrahmen hängen, die auf einer schwarz gestrichenen alten Kommode standen. Neben den Fotos stand eine mit Wachs beträufelte Flasche, auf deren Hals eine halb abgebrannte schwarze Kerze steckte. Über der Couch hing ein auf Leinwand gemaltes Pentagramm.

»Haben Sie das gemalt?« Oda wollte das Heulen nicht länger angucken. Wenn die Neue schon nicht in die Pötte kam, musste sie eben tätig werden. Sie zeigte auf das Bild.

»Ja, mit Acrylfarbe.« Tomke Beenke sah von ihr zur Leinwand. »Man sieht es, nicht? Ist etwas stümperhaft, doch das ist egal. Es schützt mich vor dämonischen Mächten.«

»Ich dachte, ein Pentagramm wäre ein Symbol für die Anbetung Satans«, warf Christine ein.

»Nur, wenn eine Spitze nach unten zeigt«, entgegnete Oda. Vor Jahren hatte sie es mal mit einem Fall von Teufelsanbetung zu tun gehabt. Die Arbeit daran war ihr tatsächlich unter die Haut gegangen, und sie war mehr als erleichtert gewesen, als sie den Fall schließlich der Staatsanwaltschaft übergeben konnten.

Tomke nickte. »Stimmt. Bei zwei nach unten gerichteten Spitzen schützt es. Aber das wissen die meisten Leute nicht.«

Christine Cordes' Blick wanderte jetzt auch auf die Fotos. Auf dem einen waren Tomke und ein junger Mann zu sehen, das andere zeigte sie mit ihrem Vater. Auch auf den Bildern war Tomke schwarz gekleidet, wirkte wie ein dunkler Schatten neben dem distinguierten John Beenke und dem salopp gekleideten jüngeren Mann. Alle hatten die gleiche Mundpartie, das gleiche Lächeln.

»Das sind schöne Aufnahmen«, lobte Christine Cordes.

»Ja, das Foto von Papa, Max und mir ist auf Spiekeroog entstanden, am Tag der Eröffnung seines Hotels.«

»Hat Ihre Mutter es geschossen?«, warf Oda ein.

»Meine Mutter? Nein.« Tomke Beenke sah Oda an, als sei das ein vollkommen abwegiger Gedanke.

Interessant, dachte Oda. »Haben Sie eine Ahnung, mit wem Ihr Vater sich so heftig gestritten haben könnte, dass die Situation derartig eskalierte?«, fragte sie.

Tomke schnaufte ins Taschentuch, steckte es in die Hosentasche und wischte sich mit dem Ärmel ihres Sweatshirts über die Augen. »Nein. Wirklich nicht. Ich habe gedacht, ich weiß alles über meinen Vater, aber ... ich habe mich wohl geirrt.«

Christine Cordes zog den Lederblock aus der Tasche, klappte ihn auf und spielte mit dem Stift in der rechten Hand. »Wie war denn Ihr Verhältnis zu ihm?«

»Gut. Wir haben uns prima verstanden.« Tomke schniefte.

»Und Ihr Bruder?«

»Max? Der auch. Aber eher mehr auf Abstand. Liegt vielleicht auch daran, dass Max inzwischen auf Spiekeroog lebt. Wie gesagt, er leitet da das Hotel ›Deichblick‹. Ist ein kleines Hotel. Hat nur zwanzig Zimmer. Die sind aber jetzt alle renoviert worden und richtig stylish.«

»Das erwähnte Ihre Mutter bereits«, sagte Christine Cordes.

»Klar. Wie hätte ich nur daran zweifeln können. Mutter ist mehr als stolz auf Max. Das war sie immer schon.« Der Unterton in Tomkes Stimme schlug um. Gelangweilte Distanz wurde spürbar. Christine Cordes ging jedoch nicht darauf ein.

»Auf Sie ist sie bestimmt auch stolz.«

Oda konnte den weichgespülten Tonfall ihrer Kollegin nicht

mehr ertragen. »Wie ist denn das Verhältnis zwischen Ihnen und Ihrem Bruder?«, fragte sie.

»Wieso?« Überrascht sah Tomke sie an.

»Nur so. Es klang gerade, als wäre das nicht so gut.«

»Och, nee, eigentlich verstehen wir uns. Aber wir sind halt total unterschiedlich.«

»Was ja nichts Schlechtes sein muss«, mischte sich Christine Cordes wieder ein. »Sagen Sie, Ihre Mutter erzählte, dass Sie beim Kurier arbeiten. Hat man Sie dort vom Tod Ihres Vaters in Kenntnis gesetzt, und Sie sind daraufhin nach Hause gefahren?«

»N… nein.« Jetzt zögerte Tomke. »Ich bin noch krankgeschrieben. Mein Vater hat mich erst gestern aus dem Krankenhaus abgeholt und zu Hause abgesetzt. Nächste Woche muss ich wieder zum Dienst.«

***

Im Foyer der Polizeiinspektion betrachtete ein Mann die dort ausgehängten Fahndungsplakate. Während Oda Wagner draußen noch eine Zigarette rauchte, lief Christine ins Gebäude und eilte an ihm und dem kleinen Glasfenster vorbei, hinter dem der Kollege Thomsen seinen Dienst versah. Was er ihr nachrief, hörte sie durch die dicke Panzerglasscheibe nicht, die den Eingangsbereich vom eigentlichen Polizeitrakt trennte. Christine musste dringend aufs Klo. Sie hätte zwar auch bei Tomke Beenke gehen können, doch das wollte sie nicht. Wirkte irgendwie unprofessionell. Außerdem war es ein gutes Beckenboden- und Blasentraining, hatte sie sich gedacht, als sie die Muskeln während der Rückfahrt anspannte. Nun lief sie, so schnell es ging, die schmale Treppe in den zweiten Stock hoch. Sie warf Jacke und Tasche auf ihren Schreibtisch und hetzte zur Toilette. Erleichtert kehrte sie kurze Zeit später zurück.

»Na, den Mörder schon gefasst?«, feixte Niecksteit, der ihr auf dem Flur entgegenkam.

»Klar, er sitzt schon mit Hand- und Fußfesseln im Verlies«,

gab Christine fröhlich zurück. Der schlaksige Niekstein war der Einzige, zu dem sie auf Anhieb einen freundschaftlichen Draht gehabt hatte. Stets sah er aus, als käme er direkt aus dem Bett: verknittert und meist mit einem Fleck auf dem Sweatshirt. Seine roten Haare erinnerten ebenso wie sein verschmitzter Gesichtsausdruck eher an Pumuckl als an einen Kommissar.

»Und ... wie sieht es wirklich aus?« Niekstein öffnete die Tür zur Personalküche und dann das Fenster, zündete sich eine Zigarette an und beugte sich hinaus. In den Büros war das Rauchen schon seit geraumer Zeit untersagt, daher traf man Niekstein oft in diesem Raum an, in dem er heimlich rauchte.

»Was du machst, ist erstens nicht gestattet und zweitens nicht gesund«, mahnte Christine. Ich benehme mich ja, als wäre ich seine Mutter, schalt sie sich augenblicklich. Dabei waren sie nur wenige Jahre auseinander. Auch wenn ihr Kollege durch seine Strubbelhaare und die Kleidung immer noch wie ein ewiger Student aussah.

»Ach, an irgendwas stirbt jeder«, antwortete Niekstein leichthin. »Viele sterben an Krebs, einige durch Verkehrsunfälle, manche durch einen Herzinfarkt, wenige dürfen an simpler Altersschwäche sterben, und einige werden aus wie auch immer gearteten Gründen ermordet. Womit wir wieder beim Thema sind. Gibt's denn schon 'ne Spur?«

»Ach, du weißt doch, wie das ist.« Christine wedelte mit der Hand den hereinziehenden Qualm fort. Hoffentlich fing der Brandmelder nicht jeden Moment zu piepen an. »Steht ja in den seltensten Fällen jemand in den Startlöchern und ruft ›Hallo, ich war's‹. Außerdem ist es erst ein paar Stunden her, dass die Leiche gefunden wurde.«

»Du schaffst das schon.« Niekstein schnippste die Kippe aus dem Fenster, ging zum Tisch und drückte ein paarmal auf die Taste eines Raumdufts, der sogleich ein künstliches Waldaroma in der Küche versprühte. »Lass dich bloß nicht von Oda verunsichern. Die ist im Prinzip ein Pfundskerl. Sie ist es nur nicht gewohnt, neben sich noch eine Frau in der Abteilung zu haben.«

Er verdrehte die Augen und zwinkerte ihr zu. »Und was für eine …«

»Du Spinner!« Lächelnd gab Christine Niekstelt eine kleine Kopfnuss und ging zurück in ihr Büro.

»Waren Sie so lange auf dem Klo?« Oda Wagner saß bereits wieder an ihrem Schreibtisch. Ihr spitzer Kommentar erstickte Christines gerade noch zuversichtliche Haltung der Kollegin gegenüber im Keim. »Sie werden erwartet.«

»Von wem?« Christine sah Oda Wagner fragend an.

»Von der Lokalpresse, meine Liebe«, antwortete die so falsch, dass Christine unwillkürlich die Augen zusammenkniff. Dann jedoch straffte sie den Rücken. Das war purer Neid, vermutete sie. Diese Oda konnte es einfach nicht verknusen, dass Siebelt ihr den Fall übertragen hatte. »Ach, schon lange?«, fragte Christine.

»Der Beamte an der Pforte sagt, seit zwanzig Minuten«, gab Oda Wagner zurück. Ihre Kollegin übertrieb gerne, das hatte Christine in den letzten Tagen mitbekommen.

»Sie sind übrigens auf dem Weg zum Klo an ihm vorbeigerannt. Und wo der Chef nicht da ist, Ihnen aber die Leitung der Ermittlungen übertragen hat, will ich mich natürlich nicht vordrängeln.« Oda Wagner beugte sich über den Schreibtisch, die Arme auf der Tischplatte verschränkt, sodass ihr voluminöser Busen darauf auflag.

»Ist der Journalist jetzt im Besprechungszimmer?«, fragte Christine.

Oda Wagner nickte. »Ich kann natürlich mitkommen. Der Typ ist neu. Der war hier noch nie zu einem Pressetermin. Kommt wahrscheinlich auch aus Hannover. So, wie der auftritt …«

»Lassen Sie mal, ich schaff das schon allein.« Christine lächelte genauso falsch wie Oda Wagner. Dieser Fall war ihre Chance, sich in Wilhelmshaven zu beweisen, und die würde sie sich nicht verderben lassen.

Im Besprechungszimmer roch es nach Kaffee. Irgendwer – Christine vermutete, es war Niekstelt – hatte eine Thermoskanne,

Tassen, Zucker, Milch und Kekse auf den furnierten Eichentisch gestellt, der, wie das restliche Mobiliar des Raumes, aus den fünfziger Jahren zu stammen schien. Bekanntlich war das Geld bei den Behörden immer knapp; an der Einrichtung wurde am ehesten gespart. Wir können froh sein, dass wir überhaupt schon Computer haben, statt noch auf klapprigen Schreibmaschinen rumzuhacken, dachte Christine. Der Mann, der am runden Tisch auf einem Block herumkritzelte, war der, den Christine vorhin flüchtig unten im Foyer gesehen hatte. Sie ersetzte das falsche durch ein echtes Lächeln und streckte ihm die Hand hin. »Kriminaloberkommissarin Christine Cordes, ich leite die Ermittlungen in diesem Fall«, begrüßte sie ihn. »Guten Tag, Herr …«

»Töpfer. Jürgen Töpfer.« Der Mann stand auf. »Vom Wilhelmshavener Kurier. Aber machen Sie jetzt bloß keinen Witz über meine Urahnen. Die kenne ich schon alle. Also, die Witze, nicht die Ahnen.«

Christine schmunzelte. »Nehmen Sie doch gern wieder Platz. Sie sind so wie ich neu in Wilhelmshaven, sagte meine Kollegin.«

»Ach, hat sie das sofort erkannt?« Töpfer klang amüsiert.

»Sie hat anscheinend einen Blick für Auswärtige.« Christine setzte sich ebenfalls. »Womit kann ich Ihnen helfen?«

»Es geht um den Mord an Dr. Beenke, wie Sie sich denken können. Wir hätten gern Informationen. Schließlich interessiert unsere Leser, was ihm zugestoßen ist.«

»Tja, außer dass er tot aufgefunden wurde, kann ich Ihnen im Moment leider nicht viel sagen. Wir müssen das Ergebnis der Obduktion abwarten. Dann wissen wir mehr. Das verstehen Sie sicher.« Christine goss Kaffee in die Tassen und schob dem Journalisten Milch und Zucker rüber. Ihr Magen knurrte. Rasch griff sie nach einem der Kekse und biss hinein.

»Sie tappen also noch im Dunkeln. Keine erste heiße Spur?«, fragte Töpfer.

»Wie es in solchen Fällen eben so ist. Das müssten Sie eigentlich wissen.« Christine sah ihm direkt in die Augen und verlieh ihrer Stimme einen etwas tieferen Tonfall. »Oder waren Sie bislang eher für Klatschspalten und die Berichterstattung über das Privatleben der Politiker zuständig?«

»Hehe, junge Frau. Nicht so biestig.« Lächelnd trank Jürgen Töpfer einen Schluck Kaffee. »Natürlich kenne ich mich in der Berichterstattung über Mordfälle aus. Genau wie in der für die Klatschspalten. Das zeichnet uns Journalisten doch aus, wie man landläufig weiß. Mit dem Privatleben unserer Politiker hab ich mich zugegebenermaßen weniger beschäftigt. Aber das mag noch kommen. In einer Stadt wie Wilhelmshaven ist man an diesem Thema garantiert viel näher dran.« Er grinste breit.

Christine lächelte ebenfalls. »Sagen Sie, warum drehen wir den Spieß nicht einfach um, und Sie verraten mir, was Sie über Dr. Beenke wissen? Als Lokalredakteur werden Sie mir garantiert eine Menge über den öffentlichen Menschen John Beenke sagen können. Vielleicht sogar mehr als das, was in der Zeitung stand.« Christine nahm ein zweites Vanillekipferl. Das Magenknurren beruhigte sich erfreulicherweise allmählich.

»Lokalredakteur. Warum klingt es aus Ihrem Mund so abwertend?«

»Entschuldigung, das war absolut nicht so gemeint«, rechtfertigte Christine sich.

»Schon gut. Bedauerlicherweise kann ich Ihnen da allerdings nicht weiterhelfen. So gerne ich auch würde.« Töpfer zuckte mit den Schultern. »Ich bin nämlich erst seit Kurzem in der Stadt. Da fehlt mir noch das Insiderwissen über die hiesigen Seilschaften. Aber natürlich versuche ich, darüber mehr zu erfahren. Ich höre mich gern für Sie um. Und werde die Kollegen der Redaktion ausquetschen wie Zitronen. Im Archiv forsche ich ebenfalls nach. Und ich verspreche, Sie anzurufen, sobald ich etwas erfahre, das für den Fall relevant ist. Wir Wilhelmshavener Neulinge müssen doch zusammenhalten! Und es den einheimischen Urgesteinen bei der Zeitung und der Polizei zeigen! Kann ich davon ausgehen, dass Sie mich im Gegenzug ebenfalls informieren?«

Sein aufgesetzt naiver Hundeblick amüsierte Christine. »Ich fürchte, davon können Sie leider nicht ausgehen. Aus …«

»… ermittlungstechnischen Gründen. Ich weiß«, ergänzte Töpfer seufzend. »Aber einen Versuch war die Frage wert. Oder?«

»Selbstverständlich.« Christine lächelte und stand auf. »Je eher daran, desto eher davon, sagt meine Oma immer.«

Auch Töpfer schnappte seine Unterlagen und erhob sich. In der Tür stoppte Christine. Töpfer, der damit nicht gerechnet hatte, wäre beinahe mit ihr zusammengestoßen. »Aber wissen Sie was«, flüsterte sie ihm vergnügt zu, »wenn ich den Täter habe, rufe ich Sie sofort an.«

***

»Was hatten Sie denn mit dem zu flüstern?«, fragte Oda skeptisch, als sie aus der Küche auf den Flur trat und Christine Cordes mit dem Journalisten tuscheln sah.

»Ach, nichts Wichtiges. Ich habe nur versprochen, ihn anzurufen, sobald ich den Täter habe«, antwortete die Neue und lächelte.

»Der Typ scheint Ihnen ja sehr sympathisch zu sein.« Oda verzog spöttisch den Mund. »Na, zwei Neulinge in einer Stadt, da rückt man wohl automatisch gegen die Front der Einheimischen zusammen.«

Christine Cordes lachte auf. »Ist es wirklich so schlimm hier? Das kann ich kaum glauben.« Das Gespräch mit dem Journalisten schien ihr gutgetan zu haben. In diesem Moment war sie Oda beinahe sympathisch. Gemeinsam gingen sie ins Büro zurück, wo Christine Cordes nur eben ihren Block auf den Schreibtisch legte und wieder hinauslief.

»Ich stelle schnell noch die benutzten Tassen in die Geschirrspülmaschine«, sagte sie erklärend beim Rausgehen. »Nicht dass man mir noch vorwirft, ich lasse hinter mir herräumen.« Dabei schmunzelte sie.

Als Christine Cordes wieder an ihrem Schreibtisch saß, fragte sie: »Ist eigentlich der Obduktionsbefund aus Oldenburg inzwischen da?«

»Nein, aber Krüger hat zu Siebelt gesagt, wir können heute Nachmittag mit dem Ergebnis rechnen.«

»Gut. Dann rufe ich bei dem Kuratoriumsvorstand an, diesem Diersen, bevor ich gleich zu Tisch gehe. Wir sollten nachher unbedingt noch mit ihm sprechen.«

»Das habe ich bereits getan«, erwiderte Oda mit leichtem Spott in der Stimme. »Diersen hat um halb zwei Zeit für uns. Bin gespannt, was er über den Stress erzählt, den er mit Beenke hatte.«

***

Henner Diersens Sekretärin empfing sie im eleganten, mit Kirschbaum-Inventar und blauem Veloursteppich ausgestatteten Empfangsbereich der Kanzlei. Ein angenehm würziger Geruch lag in der Luft. Die Brünette stöckelte auf Stilettos durch einen mit weißer Glasfaser tapezierten Flur und ließ sie in ein Büro eintreten, dessen Großzügigkeit Christine neidisch machte. Wenn sie da an ihr eigenes beziehungsweise an das dachte, das sie sich mit Oda Wagner teilen musste …

Dieses schätzte sie auf mindestens dreißig Quadratmeter. Ein riesiger Schreibtisch bildete das Zentrum, zwei elegante Sessel standen davor. Über einem Sideboard an der linken Wand hing ein Ölgemälde mit Segelschiffen auf aufgewühlter See. Die rechte Wand wurde ebenso wie die dem Flur zugewandte Seite von Einbauschränken und Regalen voller Aktenordner ausgefüllt. Überflüssiger Schnickschnack fehlte, der Raum strahlte männliche Dominanz und Nüchternheit aus.

Der dunkelhaarige Mann hinter dem Schreibtisch überraschte Christine. Sie hatte damit gerechnet, dass der Kuratoriumsvorsitzende im gleichen Alter wie Dr. Beenke sein würde, sah sich jedoch einem Mann gegenüber, der die vierzig vielleicht gerade überschritten hatte.

»Wie schön, dass Sie es ermöglichen konnten, sich nach meinem Terminplan zu richten.« Diersen kam mit ausgestreckter Hand auf sie zu. »Damit haben Sie mir sehr geholfen.« Er schüttelte Oda Wagner und Christine die Hand. »Denn so kurzfristig den Mandantentermin zu verlegen, wäre schwierig gewesen.«

Christine und Oda Wagner hatten ihre Mittagspause gekürzt, da Diersens Sekretärin am Telefon erklärt hatte, es sei für ihren Chef unmöglich, einen wichtigen Termin zu verschieben. Anwälte, hatte sie gedacht. Halten sich immer für etwas Besonderes. Nur mein Frank nicht.

Diersen deutete auf die beiden Schwingsessel vor seinem Schreibtisch und setzte sich wieder dahinter.

»Kein Problem. Die Kripo kann flexibel sein.« Christine lehnte sich entspannt zurück. »Und wir hoffen, dass Sie jetzt auch uns helfen können.«

»Bestimmt wissen Sie bereits, dass Dr. Beenke heute früh tot im Museum aufgefunden wurde?«, fragte Oda Wagner.

Diersen nickte betrübt. »Ja. So was verbreitet sich wie ein Lauffeuer. Grauenhaft. Wer kann das nur getan haben?«

Christine sah ihr Gegenüber unverbindlich an. »Wir stehen noch am Anfang unserer Ermittlungen. Aber vielleicht waren Sie es ja und möchten nun ein umfassendes Geständnis ablegen?« Sie lächelte bei diesen Worten.

Diersen lachte kurz auf. »Geständnis? Ich? Warum sollte ich Beenke töten?«

»Wer weiß? Wir hörten, es gab Unstimmigkeiten. Oder sollten wir es Hahnenkämpfe um die Herrschaft über das Museum nennen?«

»Ach, hören Sie auf.« Diersens Nonchalance verschwand. »Natürlich gab es dann und wann Unstimmigkeiten zwischen der Museumsleitung und dem Kuratorium. So etwas gibt es überall und jeden Tag. Aber werden deshalb gleich alle Museumsdirektoren oder Kuratoriumsmitglieder umgebracht? Nein.« Er hob die Hände wie ein Priester beim Segen. »Ich gebe zu, Dr. Beenke und ich standen uns nicht sonderlich nahe. Wir schätzten uns, was das Fachliche anging, aber darüber hinaus verband uns nichts. Natürlich trafen wir uns oft auf den gleichen Veranstaltungen, das ist nun mal so in Wilhelmshaven. Man trifft sich, das ist unausweichlich. Aber auch nicht schlimm. Es ist das Schöne an dieser Stadt, dass sie so intim ist. Wissen Sie, ein guter Freund von mir hält sich mehrere Monate im Jahr in Ascona auf. Anfangs hat er es genossen, quasi inkognito zu sein. Inzwischen vermisst er die zufälligen Treffen, die zu Gesprächen oder einem kurzen Kaffeehausbesuch führen. Er ist sich des Wertes einer kleinen Stadt, in der jeder jeden kennt, jetzt sehr bewusst.«

»Jeder jeden? Ich denke, da gibt es sicher nur gewisse Kreise, in denen man sich kennt.« Typisch Oda Wagner, dachte Christine. War ja irgendwie klar, dass die bei einer solchen Aussage gleich dagegen anwetterte.

»Nun ja, ich kann eben nur von den Kreisen ausgehen, in denen ich mich bewege.«

Arroganter Schnösel, dachte nun auch Christine, behielt ihre Meinung jedoch für sich. »Kommen wir zurück zum Thema«, bat sie. »Gab es in letzter Zeit besonders heftige Auseinandersetzungen zwischen Ihnen und Dr. Beenke?«

»Nicht mehr als die üblichen«, antwortete Diersen. »Es gab jedes Mal ein gewaltiges Hin und Her vor neuen Ausstellungen. Beenke wollte grundsätzlich mehr Geld, als im Etat vorgesehen war. Dabei stehen auch uns nur begrenzte Mittel zur Verfügung.« Er lächelte süffisant. »Wir können nicht so mit unserem Geld aasen wie der Staat.«

Christine ignorierte die Spitze. »Gab es denn für die geplante Ausstellung ›Kirche, Kunst und Küste‹ ungewöhnlich hohe finanzielle Forderungen vonseiten Dr. Beenkes?«

»In der Tat.« Diersen legte die Fingerspitzen gegeneinander. »Dr. Beenke wollte in diesem Fall den Etat um einiges überziehen. Selbstverständlich kam es deswegen zu Differenzen.«

»Und diese Differenzen führten gestern zu einer tödlichen Auseinandersetzung.« Oda Wagner mischte sich ein. Sie fragte nicht, sie stellte fest.

»Wie bitte?«

»Immerhin waren Sie der Letzte, der Dr. Beenke lebend gesehen hat. Sieht so aus, als seien Sie derzeit unser Hauptverdächtiger.« Oda Wagner lächelte herausfordernd.

»Moment!« Diersen wirkte sichtlich entrüstet. »Also, ich sitze ja nicht allein im Kuratorium. Auch die anderen Kuratoriumsmitglieder waren dagegen, dass Beenke wieder einmal den Etat überzog. Ich war lediglich derjenige, der berufsbedingt den engsten Kontakt zu Dr. Beenke hatte. Fragen Sie doch Merkens, Burmann und Fischer.«

»Das werden wir tun, Herr Diersen«, sagte Christine freundlich, bevor ihre Kollegin reagieren konnte. Sie würde sich von der nicht an die Seite drängen lassen. »Darauf können Sie sich verlassen.«

»Er lebte noch, als ich ging, das müssen Sie mir glauben«, sagte Diersen kühl. »Es muss noch jemand nach mir da gewesen sein.«

***

Tomke Beenke saß auf der Couch und starrte aus dem Fenster auf die graubraune Nordsee. Die Elemente schienen sich austoben zu wollen, der Wind nahm Orkanstärke an. Der Parkplatz vor dem Seewasseraquarium war vorsorglich gesperrt worden, wie sie vorhin im Radio gehört hatte. Unterhalb ihres Fensters, auf dem Fliegerdeich, standen jedoch etliche Fahrzeuge. Menschen, die sich aus dem geschützten Auto heraus das Naturschauspiel ansehen wollten.

Tomke hatte die Ärmel ihres schwarzen Pullovers bis zu den Fingerknöcheln gezogen. Sie griff nach ihrem Becher, in dem der Tee kalt geworden war. »Kannst du dir vorstellen, dass er jetzt nicht mehr für uns da ist?«, fragte sie ihren Bruder, der auf einem der Sessel saß. »Nie mehr?«

»Er war noch nie für mich da.« Max Beenke sprach nüchtern, ohne erkennbare Emotionen. Er hatte weder geweint, als er bei Tomke ankam, noch gab es äußerliche Kennzeichen der Trauer. Max trug seine üblichen Blue Jeans, dazu ein weiß-blau gestreiftes Hemd und ein Sakko, das er allerdings abgelegt hatte, als er sich setzte. Seine dunkelblonden Haare, die Tomke liebevoll als straßenköterfarben bezeichnete, waren kinnlang und hinter die Ohren geklemmt.

Tomke war schon immer stolz auf ihren großen Bruder gewesen. Wenn sie ihn nun ansah, regte sich ein Funken Bedauern in ihr. Bedauern darüber, dass er keine feste Freundin hatte, die ihm in dieser Situation Halt geben könnte. Sicherlich war da die eine oder andere Frau gewesen, aber es hatte nie lange gehalten. Genau wie bei ihr. Vielleicht waren sie beide beziehungsunfähig? Wie hieß es doch: So, wie die Eltern es vorleben, machen es auch die Kinder. Tomke hatte ihre Eltern selten miteinander lachen sehen, selten eine Verbundenheit zwischen ihnen festgestellt. Sie waren einfach nur zwei Erwachsene, die mit ihren Kindern unter einem Dach lebten. Ob sie sich zumindest aufrichtig geliebt hatten, als sie geheiratet hatten?

»Natürlich war Papa für dich da, Max«, rügte sie ihn nun. »Genau wie für mich.«

»Für dich. Ja. Da war er immer da. Wenn seine Principessa etwas wollte, dann sprang er. Aber bei mir? Wann war er jemals ein Vater für mich? Wann hatte er Zeit? Da war immer erst seine Arbeit, dann kamst du und dann lange nichts mehr.«

»So darfst du nicht reden, Max!« Tomkes Stimme nahm einen leicht hysterischen Tonfall an. »Er hat dich genauso geliebt wie mich. Das weiß ich.«

»Gezeigt hat er es nie.«

»Vielleicht wart ihr euch zu ähnlich«, sagte Tomke besänftigend. »Ihr habt beide die gleiche Art, seid starrköpfig und wollt euren Willen durchsetzen. Und ihr habt es ja auch immer geschafft. Auf die eine oder andere Weise.«

»Quatsch, mit unserem Vater habe ich nicht die geringste Ähnlichkeit. Ich will sie auch gar nicht haben. So wie er wollte ich nie werden. Aber das ist ja nun hinfällig. Ich muss mich nicht mehr nach seinen Ansprüchen richten, mich nicht mehr von ihm an der Erfolgslatte messen lassen. Ich bin frei.« Max atmete tief durch.

»Max!« Tomke weinte. »Du darfst so nicht sprechen, das macht mir Angst.«

Sofort beugte sich Max vor und streichelte ihre Hand. »Das will ich nicht, Tomke, du brauchst keine Angst zu haben. Ich passe von nun an auf dich auf. Wirst sehen, wir können auch sehr gut ohne Papa leben.«

»Aber …«

»Schhhh …« Max setzte sich zu ihr auf das Sofa und nahm sie in den Arm. Tomke schmiegte sich an ihn. Sie ließ ihren Tränen freien Lauf. Das tat gut. Sie fühlte, wie sie etwas ruhiger wurde.

***

Christine parkte ihr Peugeot Cabrio in der Auffahrt ihres Hauses. Frank war noch nicht da, zumindest stand sein Auto nicht in der Garage. Es war spät geworden, sie hatte ihren Vorsatz, noch Aufschnitt zu kaufen, auf morgen verschoben. Zumindest das Brot war ja frisch, und die Reste von Käse und Schinken würden für heute Abend reichen.

Vielleicht hatte Frank noch Lust, essen zu gehen, obwohl er in der letzten Zeit immer müde und abgekämpft aus dem Büro kam. Er kniet sich viel zu sehr in seine Arbeit, dachte Christine, als sie den Schlüssel aus der Tasche kramte und die Tür aufschloss. Im Moment hatten sie fast genauso wenig Zeit füreinander wie früher, als sie noch in Hannover wohnte. Aber das würde sich sicher einspielen.

Als sie das Licht im Flur anmachte, verglich sie ihr Heim unwillkürlich mit dem der Beenkes. Natürlich war der Maadebogen keine so exklusive Wohnlage wie das Villenviertel, hier wohnten überwiegend jüngere Familien. Und selbstverständlich konnte man den Neubau mit Sprossenfenstern in der Sven-Hedin-Straße nicht mit der Villa in der Kantstraße vergleichen. Ganz sicher käme auch niemand auf die Idee, ihre Einrichtung in einem Hochglanzmagazin für schöneres Wohnen abzulichten, aber ihr Haus strahlte Gemütlichkeit aus. Wärme. Man sah ihm an, dass hier gelebt wurde. Auch wenn der sichtbare Beweis dafür gerade aus dem Korb mit leeren Flaschen bestand, den sie heute Morgen vergessen hatte mitzunehmen.

Christine zog ihre Pumps aus, ging die hölzerne Treppe hinauf ins Schlafzimmer und tauschte das Kostüm gegen den kamelfarbenen Nickianzug, den sie in der letzten Vorweihnachtszeit gekauft hatte. Dann lief sie wieder nach unten, nahm aus ihrer Tasche einen Umschlag und legte ihn auf den Wohnzimmertisch. Er enthielt den Obduktionsbericht, der erst kurz bevor sie Feierabend gemacht hatte per Fax gekommen war.

Sie dimmte das Licht, zündete die beiden Kerzen auf dem Tisch an und setzte sich mit angezogenen Beinen auf die Couch. Einen Moment betrachtete sie den weißen DIN-A4-Umschlag. Ob der Inhalt sie weiterbringen würde? Sie zog die Blätter heraus, auf denen Dr. Krüger seinen Bericht verfasst hatte.

Neben der Wunde an der Stirn gab es Spuren von vier Schlägen auf Beenkes Hinterkopf. Einer davon war so stark gewesen, dass er zu den Gehirnblutungen geführt hatte, die durch ein bisher wohl unbemerktes Aneurysma verstärkt worden waren. Körpertemperatur und Mageninhalt begrenzten die Todeszeit auf die Zeitspanne von siebzehn Uhr dreißig bis neunzehn Uhr. Außerdem konnten im Intimbereich des Toten Spuren von Gleitmittel sichergestellt werden. Dr. John Beenke, der verheiratete Museumsdirektor, hatte vor seinem Tod Geschlechtsverkehr gehabt. Christine war baff. Mit seiner Frau hatte Beenke sicher nicht geschlafen, so wie die von ihrer Ehe erzählte. Obwohl: Hätte sie etwas so Intimes erwähnt? Bestimmt nicht.

Christine legte den Bericht beiseite. Wo Frank nur blieb … Es war schon fast halb neun. Sie überlegte, ihn auf seinem Handy anzurufen, wusste aber, dass er das Telefon nur ungern mitnahm. Meistens ließ er es irgendwo liegen. Überwiegend zu Hause. Oder in der Kanzlei. Oft hatte sie es im Haus klingeln gehört, wenn sie seine Nummer gewählt hatte. Frank war absolut kein Freund der modernen Technik. Mit seinem Computer stand er beinahe auf Kriegsfuß, benutzte ihn zu Hause nie und konnte im Büro auch nur die Programme bedienen, die für seine Arbeit unerlässlich waren. Ob sie einfach mal im Büro anrufen sollte?

Christine griff zum Telefon, das neben ihr auf der schon leicht speckigen dunkelbraunen Ledercouch lag. Frank liebte dieses Möbelstück. Mehrfach hatte Christine versucht, ihn zu einer neuen Garnitur zu überreden, doch er beharrte darauf, dass dieses Teil blieb. Sie hatten es für ihre erste gemeinsame Wohnung in Hannover gekauft, als er noch Student und das Geld knapp gewesen war. Frank machte sich nicht viel aus Luxusgütern, genauso wenig wie aus gepflegter Wohnkultur. Wenn er abends zu Hause war, zog er gleich seinen Schlafanzug unter den marineblauen Bademantel, während Christine erst einen Hausanzug wählte. Das sei unnützes Umziehen, meinte Frank, im Schlafanzug fühle er sich genauso wohl. Außerdem müsse, wer abends unverhofft zu Besuch käme, damit rechnen, den Hausherrn bettfertig vorzufinden. Punkt. Und dieses Sofa gehörte zu ihm. Er würde sich mit Händen und Füßen wehren, falls jemand auf den Gedanken käme, es auszutauschen. Dabei hatte Christine letztens im Prospekt eines Möbelhauses eine wunderbare Garnitur in Eierschalfarbe gesehen … Sie seufzte, wählte seine Nummer in der Kanzlei, doch auch nach neunmaligem Läuten nahm dort niemand ab. Wahrscheinlich war Frank schon auf dem Heimweg.

Ihr Magen meldete sich. Sie ging in die Küche und schmierte Brote. Zum Glück waren noch drei Tomaten im Kühlschrank, die sie viertelte, mit Basilikumblättern dekorierte und an den Tellerrand legte. So sah das Mahl nicht ganz so armselig aus. Franks Teller deckte sie mit Zellophanfolie ab, ließ ihn stehen und kuschelte sich im Wohnzimmer wieder auf die Couch.

Sie musste eingenickt sein, denn sie zuckte zusammen, als Frank den Fernseher anmachte und sich in den Sessel fallen ließ. Sie hatte ihn nicht kommen hören. Ein Blick auf die Uhr zeigte ihr, dass es kurz nach zehn war. »Hey«, sagte sie zärtlich, setzte sich auf und beugte sich zu ihm. »Krieg ich denn gar keinen Kuss?«

Frank wandte ihr unbeteiligt das Gesicht zu, sie küsste ihn

zart auf den Mund und streichelte ihm über die Wange. »Ist ja schon wieder so spät geworden.«

»Kann ich auch nichts dran ändern.«

»Das war doch kein Vorwurf.« Enttäuscht über seine Reaktion setzte Christine sich wieder. Was war denn falsch daran, so etwas zu sagen? Überhaupt hatte sie in letzter Zeit das Gefühl, sie machte in Franks Augen alles verkehrt.

»Hmm.« Frank starrte auf den Fernseher, in dem eine Comedy-Sendung lief. Christine sah ihn nachdenklich an. Er arbeitete einfach zu viel. Es wurde dringend Zeit, dass er mal wieder Urlaub machte. Nur würden sie damit warten müssen, denn sie musste sich erst einmal in der neuen beruflichen Umgebung eingewöhnen. Vielleicht konnten sie zumindest übers Wochenende mal irgendwo hinfahren. Auf eine der Ostfriesischen Inseln. Da hätten sie keine lange Anreise und wären komplett raus.

Gerade, als sie ihm einen Wochenendausflug vorschlagen wollte, stand Frank auf. »Ich geh ins Bett. Bin hundemüde.« Er lief an ihr vorbei. Kein Kuss. Nichts. Sein leeres Rotweinglas blieb neben dem Teller auf dem Tisch stehen.

Ein paar Minuten versuchte Christine noch, sich auf die Show zu konzentrieren, doch dann drückte sie die Aus-Taste der Fernbedienung. Sie räumte das Geschirr in die Küche, ging ins Bad und schminkte sich ab. Natürlich hatte sie Frank und auch sich selbst eine Umgewöhnungszeit an das Wiederzusammenleben eingeräumt. Aber diese Zeit müsste inzwischen vorbei sein. Sie zog den Nickianzug aus und schlüpfte in ihr Nachthemd. Im Schlafzimmer brannte kein Licht mehr, Frank schlief. Sei nicht so mädchenhaft, Ehen sind nun mal so, hörte sie die Stimme ihrer Oma, als sie hellwach im Bett lag. Nimm endlich die rosarote Brille ab, Kind.

***

»Na, Mama, ist ja spät geworden«, begrüßte Alex Oda, als sie die Wohnung betrat. Er sah ihr von der Küchentür aus entgegen, ein Glas Cola in der Hand. »Gab's was Besonderes?«

»Einen Toten im Nordseemuseum.« Oda nahm Alex das Glas aus der Hand und trank einen Schluck. »Der Direktor.«

»Nee, sag bloß, ein Mord?«

»Jo.«

»Mit viel Blut?«

»Alex!« Ihr sechzehnjähriger Sohn hatte derzeit eine Vorliebe für blutrünstige Filme, Bücher und ebensolche Musik. Gemeinsam mit seinen Freunden Kurtchen und Björn spielte er in einer Band Black Metal. An sich mochte Oda diese Musik nicht, doch wenn Alex auf der Bühne stand, seine blonden Wuschellocken mit Gel glatt auf dem Kopf gebändigt und das Gesicht schwarz-weiß angemalt, dann war sie stolz wie Oskar. Sie drückte ihm das Glas wieder in die Hand, schnappte sich den Wasserkocher, füllte Wasser hinein und stellte ihn an. »Trinkst du einen Tee mit?«

»Ich hab ja die Cola.« Er griente. »Zumindest das, was du mir übrig gelassen hast.«

»Ist doch bestimmt noch mehr da. Wie sieht's mit Abendbrot aus?«

»Joa, da bin ich dabei.«

»Dann fang schon mal an, den Tisch zu decken.« Oda nahm einen Teefilter aus dem Schrank und gab Teeblätter hinein.

»Was war denn nun mit dem Museumsdirektor?«, bohrte Alex nach, während er Holzbrettchen und Messer auf den Tisch legte und Aufschnitt und Käse aus dem Kühlschrank nahm.

»Das war echt bizarr. Der saß vornübergebeugt an seinem Schreibtisch, den Kopf auf der Glasplatte. Ich hab mich hingehockt, da konnte ich sein Gesicht von unten inmitten des Blutes sehen, das um seinen Kopf verteilt war. Irgendwer hat ihm mit einem Gegenstand mitten auf die Stirn geschlagen.«

»Krass.« Alex schnitt ein paar Scheiben Gurke ab und steckte sich eine in den Mund. »Aber ihr wisst noch nicht, wer der Täter ist?«

»Nee.« Oda goss das kochende Wasser über die Teeblätter.

»Und wie war deine neue Kollegin heute? Hast du das Gefühl,

dass es langsam besser wird zwischen euch?« Alex ließ sich auf einen Küchenstuhl fallen und streckte die Füße von sich.

Oda atmete tief ein. »Die kam heute im Mäntelchen mit Kostüm und High Heels ins Büro. Muss ich noch mehr sagen?«

Alex prustete los. »Nee. Alles klar. Das passt nun wirklich nicht. Macht die gleich einen auf Chefin, oder was?«

»Ich weiß es nicht. Die ist so distanziert ... Ich kann sie schwer einordnen. Auf jeden Fall geht mir ihre Art gehörig auf den Senkel.« Der Tee war fertig, Oda nahm den Beutel heraus und goss sich in den Becher mit dem Glückspilz ein, den sie zu ihrem letzten Geburtstag von Alex geschenkt bekommen hatte.

Mittwoch

»Sieh an, sieh an«, sagte Siebelt am nächsten Morgen, als Christine und Oda Wagner ihm in seinem Büro gegenübersaßen. »Da hatte der Beenke also eine Geliebte.«

Er zündete sich eine Zigarette an – auch er hielt sich nicht konsequent an die Nichtrauchervereinbarung. Bislang hatte sich allerdings auch noch keiner beschwert. Siebelt gab großzügig Zucker in seinen Kaffeebecher und lehnte sich zurück, wobei der braune Schreibtischstuhl gefährlich unter seinem Gewicht schwankte. Er war einer der Menschen, denen man ansah, dass sie gern genossen. »Ich bin einfach zu klein für mein Gewicht«, war seine Standardantwort, wenn er mit seinem Schmerbauch aufgezogen wurde. »Wissen wir, wer diese Geliebte ist?«, fragte er.

»Nein. Noch nicht«, sagte Christine nach einem Seitenblick auf ihre Kollegin. »Aber ich denke, da können wir bei Frau Nienhauer noch mal nachhaken. Meistens wissen die Sekretärinnen ja mehr, als ihren Chefs lieb ist.«

»Was sagt der Obduktionsbericht?«, fragte Siebelt.

Christine hatte von Niesteit schon gehört, dass Siebelt sich nicht über Gebühr für den Papierkram interessierte, wenn er etwas an seine Kollegen delegiert hatte. Sie fasste den Inhalt zusammen und schloss mit den Worten: »Da hat jemand eine gewaltige Wut auf Beenke gehabt. Ich stelle mir das so vor: Beenke und der Täter geraten wegen irgendetwas heftig in Streit, in dessen Verlauf der oder die Unbekannte zu dem Tatwerkzeug greift. Beenke hat auf dem Schreibtischstuhl gesessen, das zeigt der Schlagwinkel. Die Schläge wurden von oben ausgeführt. Dieser erste Schlag war noch nicht tödlich, schreibt Krüger in seinem Bericht. Außerdem hat Beenke den Kopf noch mal gehoben, wie die Gerinnungsspuren zeigen. Vielleicht hat er dann noch etwas gesagt, was letztlich zu den tödlichen Schlägen geführt hat. Ich halte es für eine Affekttat, keinen gezielten Mord.«

»Ach, hören Sie auf.« Oda Wagner stemmte ihre Arme auf die Schreibtischplatte und beugte sich vor. »Wenn ich jemandem mit einem Gegenstand derart auf den Kopf schlage, dann will ich doch, dass er stirbt. Kommen Sie mir nicht mit Affekt. Das ist Nonsens.«

»Das sehe ich allerdings genauso«, sagte Siebelt. »Spätestens nach dem ersten Schlag muss der Täter gewusst haben, dass ihm Konsequenzen drohen. Deshalb hat er weiter zugeschlagen. Der erste Schlag kann zwar noch aus dem Affekt heraus erfolgt sein. Danach jedoch war es eine vorsätzliche Tötung. Mindestens. Vielleicht sogar Mord. Das werden wir wissen, sobald wir den Täter haben.«

Schon wieder zwei gegen einen, dachte Christine. Warum kann Siebelt sich nicht einmal auf meine Seite stellen? Kann denn nichts rundlaufen? Nicht der Beruf und nicht das Privatleben?

»Wie ist das mit der Tatwaffe«, fragte ihr Chef, »ist die irgendwo aufgetaucht?«

»Leider nicht. Das gesamte Museum und auch die unmittelbare Umgebung sind abgesucht worden. Fehlanzeige.«

»Wäre auch zu schön gewesen. Das hätte die Sache um einiges einfacher gemacht. Aber kommen wir noch mal zu der ominösen Geliebten.« Siebelt lehnte sich auf seinem Stuhl zurück. »Die Witwe hat gestern nichts in dieser Richtung gesagt.«

Oda Wagner warf einen schrägen Seitenblick auf Christine, bevor sie antwortete. »Nun ja. Ich habe mich in das Gespräch nicht groß eingemischt, weil ich dachte, Frau Cordes kitzelt schon alles aus ihr raus. Aber ...« Sie hob die Schultern. »Ich wäre härter rangegangen.«

So eine hinterhältige Schlange! Christine schäumte innerlich. »Jetzt machen Sie aber mal einen Punkt! Frau Beenke musste erst einmal die Nachricht verkraften, dass ihr Mann Opfer einer Gewalttat geworden ist. Sie sprach zwar von keiner guten Ehe, aber wahrscheinlich hat sie nichts von einer anderen Beziehung gewusst. Es ist doch oft so, dass die Ehefrau es als Letzte erfährt.«

»Und wenn sie es doch gewusst hat?«, sinnierte Siebelt. »Ergäbe ein klassisches Motiv. Mord aus Eifersucht.«

»Das glaube ich nicht. Dazu ist die Frau rein körperlich gar nicht in der Lage. Außerdem …«

»Was, außerdem?« Siebelt schnippte die Asche in den Aschenbecher und sah sie über die Gläser seiner randlosen Brille hinweg auffordernd an.

»Außerdem kann ich mir nicht vorstellen, dass Frau Beenke zu derart heftigen Gefühlen fähig ist. Andererseits habe ich auch den Eindruck, dass da etwas nicht stimmt. Das gebe ich zu.«

»Was meinst du, Oda?« Siebelt richtete das Wort an ihre Kollegin. Klar, er traute Christine nicht viel zu. Verdammt, sollten sie doch den Kram alleine machen. Am liebsten würde Christine auf der Stelle die Versetzung rückgängig machen. Sie sehnte sich entsetzlich nach den Kollegen in Hannover.

»Frau Cordes hätte härter rangehen können«, wiederholte Oda Wagner lakonisch.

»Aber das ist nicht richtig«, fuhr Christine dazwischen. »Man kann einer Frau nicht die Nachricht über den gewaltsamen Tod ihres Mannes überbringen und sie dann hart in die Zange nehmen. Das ist ohne jede Pietät. Die Frau war überhaupt nicht in der Lage, ernsthaft zu begreifen, was geschehen ist. Außerdem war es bestimmt nicht das letzte Mal, dass ich mit ihr gesprochen habe.«

»Ich hatte den Eindruck, dass Frau Beenke unter Tabletten- oder Alkoholeinfluss stand«, meinte Oda Wagner.

Siebelt sah Christine fragend an.

»Dazu kann ich nichts sagen. Eine Fahne hatte Frau Beenke jedenfalls nicht.« Christine fühlte sich plötzlich elend.

Siebelt stand auf. »Schieben Sie das Mitleid mal beiseite und fühlen Sie der Frau richtig auf den Zahn. Die weiß garantiert mehr, als sie zugeben will.« Er warf einen Blick auf seine Uhr und trank den Becher im Stehen aus. »O Mist, schon so spät. Ich muss los, hab gleich einen Termin außer Haus.«

Auch Christine erhob sich. Siebelt hatte ständig Termine außer Haus. Sie wunderte sich, wie ihr Chef es schaffte, trotzdem über alles informiert zu sein und auch zur rechten Zeit den passenden Tipp geben zu können. Wahrscheinlich traf er sich mit den »richtigen« Leuten. Durchaus tagsüber auf dem Golfplatz in Mennhausen, wie sie hatte munkeln hören. Vielleicht bekam er auf diesem Weg Informationen, die ihr gerade im aktuellen Fall sehr nützlich sein konnten. Egal. Das war wohl das Geheimnis der Chefs. Sie würden jetzt noch mal ins Museum fahren und mit der Sekretärin sprechen. Am liebsten wäre sie allein hingefahren. Denn diese Oda würde bestimmt wieder versuchen, sie auszustechen.

***

»Okay, Kollegin, dann quetschen wir die Gute mal aus wie 'ne Zitrone.« Oda knallte die Tür des Dienstwagens zu, den Christine Cordes unterhalb des Museums geparkt hatte, und schlang sich ihren Schal um den Hals. Es war ein irres Teil. Überdimensional und kunterbunt. Sie fing den amüsierten Blick der Neuen auf. »Klasse, nicht?«, fragte sie herausfordernd. »Hat mein Sohn vor Jahren im Textilunterricht gestrickt. Er hatte dabei so einen Spaß, dass das Ding einfach zu lang geworden ist. Na, besser als zu kurz. Auf jeden Fall richtig warm und kuschelig.« Sie ließ ihren Blick an ihrer Kollegin entlanggleiten, die heute immerhin eine lange Hose und ebenfalls einen dicken Schal trug.

Schweigend liefen sie die Stufen zur Deichpromenade hinauf. Heute war es noch kälter als gestern. Der Wind hatte sich ein wenig beruhigt, drückte aber die gefühlte Temperatur unter den Gefrierpunkt. Der Himmel über dem Jadebusen war grau, träge plätscherte das Meer ans Ufer und verdeckte den schmalen Sandstrand. Kaum ein Spaziergänger schien Lust zu verspüren, sich durch die feuchtkalte Luft zu quälen.

»Wie gut, dass der Weg so kurz ist, da brauche ich mir keine Watte in die Ohren zu stecken«, sagte die Cordes gerade.

Überrascht sah Oda sie an. »Watte?«

»Als Kind hatte ich häufig mit Mittelohrentzündungen zu tun, die Empfindlichkeit ist eine Folge davon.«

»Ach. Das ist ja blöd.« Zum Glück hatte Oda mit so etwas nichts zu tun. Sie war robust. Kannte keine Allergien, und auch von Erkältungen blieb sie weitestgehend verschont. Dafür war sie sehr dankbar, schob es aber auch darauf, dass sie sich viel an der frischen Luft bewegte.

Die Schritte der beiden Frauen verursachten ein kleines Konzert auf der Metallbrücke. Christine Cordes ließ aufatmend die Schultern sinken, wie Oda bemerkte, als sie die zwar nicht warme, aber zumindest windstille Halle des Museums betraten.

An der Kasse saß ein junger Mann. Nachdem ihre Kollegin sich gleich vorgedrängt und filmreif mit »Kripo Wilhelmshaven« vorgestellt hatte, grinste der Jüngling Oda an, als wollte er sagen: Die sieht auch zu viel fern, oder? Doch er nickte auf die Frage, ob Frau Nienhauer anwesend sei, und wies mit der Hand in Richtung der Büros. Schon auf dem Flur hörten sie die aufgebrachte Stimme der Sekretärin: »Nein, natürlich sage ich davon nichts. Geht ja niemanden was an …« Christine Cordes wollte stehen bleiben, wohl um dem Gespräch zu lauschen, doch Oda ging auf die Tür zu, klopfte kurz und riss sie im gleichen Moment auf.

Ina Nienhauer saß mit dem Hörer in der Hand am Schreibtisch. Verärgert über die Störung sah sie auf, stockte und beendete das Gespräch mit den Worten: »Ich krieg grad Besuch, melde mich später wieder.«

»Moin, Frau Nienhauer.« Oda zog den Reißverschluss ihrer Jacke auf und streckte der Sekretärin schwungvoll die Hand entgegen. »Wir haben noch ein paar Fragen.«

Die Sekretärin verzog das Gesicht. Offensichtlich war sie nicht gerade begeistert über ihren Überraschungsbesuch. Mit wem sie wohl telefoniert hatte? Und was würde sie nicht sagen? Vor allem, wem? Odas Spürhundinstinkt lief auf Hochtouren.

»Kommen Sie doch bitte mit hinüber in Dr. Beenkes Büro«, bat Ina Nienhauer. »Dort können wir besser reden. Darf ich Ihnen einen Tee anbieten?«

Oda nickte zufrieden, als Ina Nienhauer das Büro verließ, um den Tee zu holen. »Wie es sich für eine gute Sekretärin gehört«, sagte sie. »Schade, dass uns keine zur Verfügung steht ...«

»Wir haben unsere Kaffeemaschine, die tut's genauso«, brummte Christine Cordes. Etwas schärfer fügte sie hinzu: »Ich wäre Ihnen im Übrigen sehr verbunden, wenn Sie es jetzt endlich mir überlassen würden, die Fragen zu stellen. Falls ich was vergessen sollte, können Sie ja immer noch einhaken.«

»Schon klar«, gab Oda mit schrägem Lächeln zurück. »Aber denken Sie dran: wie 'ne Zitrone!«

***

»Ist Ihnen noch etwas eingefallen?« Christine rührte in ihrem Tee, was ihr ein Naserümpfen der Sekretärin einbrachte. Gut, ja, sie wusste, es gab es hier im Norden ein Ritual, wie man Tee genoss: zuerst den Kluntje in die Tasse, dann den heißen Tee, der den Zucker knacken ließ. Zuletzt ließ man die Sahne aus einem Minischöpflöffel kreisförmig in den Tee gleiten, damit sich ein Wulkje bildete. Getrunken wurde, ohne umzurühren. Das hielt man bei echten Friesen oder Ostfriesen für stillos. Aber Christine kam nun mal aus Hannover und wollte den Tee so trinken, wie sie es gewohnt war. Und dazu gehörte das Umrühren.

Obwohl es bereits elf Uhr war und eigentlich Tageslicht das Büro des verstorbenen Museumsdirektors hätte erhellen müssen, hatte Ina Nienhauer die Lampe über dem Besprechungstisch eingeschaltet. Das Licht schien warm und anheimelnd. Trotzdem fröstelte Christine, als ströme feuchte Kälte durch die Fugen des alten Gebäudes. Oda Wagner hatte sich demonstrativ zurückgelehnt, natürlich nicht in der Tasse gerührt, und beobachtete das Geschehen.

»Nein.« Zurückhaltung, gepaart mit ein wenig Abwehr, lag in Ina Nienhauers Stimme. »Ich denke, ich habe Ihnen alles gesagt.«

»Haben Sie noch mal nachgesehen, ob etwas entwendet wurde? Die Einnahmen der Kasse vielleicht?«, fragte Christine.

»Nein, wir haben hier nie Geld. Ein bisschen Wechselgeld, klar, aber die Tageseinnahmen werden abends in den Nachttresor der Bank geworfen. Hier gibt es nichts zu holen.« Ina Nienhauer stockte kurz und verbesserte sich. »Außer den Kunstwerken natürlich. Aber die sind ja alarmgesichert. Das fängt schon an zu piepen, wenn einer zu dicht mit der Nase rangeht. Da wäre die Hölle los, wenn jemand versuchen würde, ein Exponat zu stehlen. Außerdem hängen ja noch alle. Und wenn ein Alarm ausgelöst worden wäre, wäre ja der Wachschutz angerückt gekommen. Da ist die Alarmanlage des Museums nämlich aufgeschaltet.«

»Das ist doch schon mal beruhigend. Also wird es kaum um Kunstraub gegangen sein. Darauf weist schon allein der Umstand hin, dass Dr. Beenke an seinem Schreibtisch aufgefunden wurde.« Christine nahm Block und Kuli aus ihrer Tasche und legte beides auf den Tisch. Schluss mit lustig, sollte das demonstrieren. »Als Erstes hätte ich gern Dr. Beenkes Terminkalender. Und sein privates Telefonregister.«

»Selbstverständlich.« Ina Nienhauer stand auf, holte beides aus einem der Rollcontainer unter der Glasplatte und reichte sie Christine.

»Danke.« Sie steckte die in schwarzes Leder gebundenen Unterlagen in ihre Tasche. »Um noch einmal auf Ihr Verhältnis zu Dr. Beenke zurückzukommen: Sie sagten, es sei gut gewesen?«

»Das stimmt. Wir haben außerordentlich gut zusammengearbeitet.« Ina Nienhauer spielte mit ihrem Ring.

»Und außerhalb der Arbeit?«

»Wie meinen Sie das?« Sie sah Christine erstaunt an.

»Haben Sie sich außerhalb der beruflichen Zusammenarbeit auch mit ihm getroffen?«

»Nein. Warum auch?« Das klang barsch und abweisend. Und passte absolut nicht zu dem, was sie gerade gesagt hatte.

Christines Ton blieb freundlich. »Nicht mal mittags zum Essen? Oder eine abendliche Einladung als Dankeschön für die Zusammenarbeit? Kein Glas Wein nach Feierabend im Sommer nebenan auf der Promenade in einem der Straßencafés? Kein Weihnachtsessen? Nichts?« Sie wiegte nachdenklich den Kopf. »Komisch. Das verstehe ich nicht. Sie haben doch gesagt, Sie hätten ein gutes Verhältnis zu Dr. Beenke. Dennoch gab es absolut nichts Privates? Das finde ich ein wenig eigenartig.«

»Ach so … wenn Sie so was meinen … Natürlich haben wir mal ein Glas Wein zusammen getrunken. Oder mal mittags gemeinsam gegessen. Ich dachte nur …« Die Sekretärin biss sich auf die Unterlippe.

»Was dachten Sie?«, hakte Christine nach.

»Ach, nichts. Ich bin wohl ein wenig durcheinander. Das müssen Sie entschuldigen. Ist schließlich nicht leicht, wenn der Chef von einem Tag auf den anderen … nicht mehr da ist. Und einem Gewaltverbrechen zum Opfer fiel. Er war ja ein Mensch, den man so gemocht hat.« Ina Nienhauer wischte sich mit einem Taschentuch die Nase und griff zur Teekanne. »Möchten Sie noch?«

»Gerne.« Sowohl Christine als auch Oda Wagner bejahten.

Gerade, als Ina Nienhauer den Tee in ihre Tasse goss, fragte Christine: »Wussten Sie eigentlich, dass Dr. Beenke eine Geliebte hatte?«

Ina Nienhauer zuckte zusammen, wodurch der Tee auf die Untertasse lief und von dort auf den Tisch. Sie stellte die Kanne ab, sah sich suchend um, ging in ihr eigenes Büro und kam mit einer Packung Tempos zurück, die sie zum Aufwischen benutzte. Keine der drei Frauen sprach ein Wort.

Christine sah, dass Ina Nienhauer einen Kampf mit sich ausfocht. Als sie sich wieder setzte, die beschmutzten Tücher im Mülleimer lagen, sprudelte es aus ihr heraus. »Ja. Alexandra Hellmann. Seit anderthalb Jahren ist sie seine Geliebte, dieses blonde Gift. Hat John richtig aus dem Ruder gebracht. Es war fast nicht mehr zu ertragen, wie gut er gelaunt war, wenn er von einem Treffen mit ihr kam oder zu einem ging. Und diese ständigen Telefonate. Er hat nicht mal die Zwischentür geschlossen, wenn er ihr Süßholz ins Ohr geraspelt hat. Aber das hab ich dann gemacht. Hab oft auch die Tür geknallt. Damit er merkte, so geht das nicht. Das hat ihn aber trotzdem nicht gestört.«

Ina Nienhauer redete sich regelrecht in Rage. Ihre Mundwinkel bogen sich nach unten. Sie wirkte verbittert. »Die Hellmann hat sogar die Dreistigkeit besessen, ihn hier im Büro aufzusuchen. Das müssen Sie sich mal vorstellen! Und nicht nur ab und zu, nein, sie kam oft. Offiziell hieß es dann, sie müssten arbeiten. Dass ich nicht lache. Schließt man beim Arbeiten die Tür ab? Macht man beim Arbeiten komische Juchzgeräusche? Und überhaupt, was kann so eine schon arbeiten? Ich meine, wie kann sie mit jemandem wie John arbeiten können? Das ist unvorstellbar.«

»Was meinen Sie mit: Was kann so eine schon mit Dr. Beenke arbeiten?«, fragte Christine.

»Sie hat keine Ahnung von der Museumsarbeit«, zischte Ina Nienhauer.

»Haben Sie zufällig die Adresse von Frau Hellmann?«, fragte Christine.

»Natürlich!« Ina Nienhauer stand schwungvoll auf, griff zu Blatt und Stift und notierte die Adresse. »Vielleicht war es ja gar nicht der Diersen? Vielleicht war die Hellmann noch hier, es gab Streit, und sie hat ihn umgebracht? Vielleicht wollte er endlich mit ihr Schluss machen, und das hat sie nicht verkraftet?« Es klang wie eine Kampfansage.

»Das sind ein bisschen zu viele Vielleichts, finden Sie nicht? Aber natürlich werden wir das überprüfen.« Christine nahm den Zettel entgegen und sah, wie ihre Kollegin nickte. Endlich kommt Leben in die Bude, schien ihr Blick zu sagen.

***

»Das haben Sie gut gemacht«, sagte Oda mit leichtem Widerwillen in der Stimme, als sie zurück zum Wagen liefen. Denn, wenn etwas gut war, gab sie es auch zu. »So von hinten durch die Brust.« Sie rieb sich die Hände. »Dann wollen wir mal auf zum ›blonden Gift‹.«

Christine Cordes setzte sich ans Steuer. »Frau Nienhauer war ja richtig wütend. Aber sie machte auf mich auch den Eindruck einer verletzten Frau. Sie muss ihn wirklich sehr gemocht haben.« Sie fuhren los in Richtung Siebethsburger Straße, in der die Geliebte laut Ina Nienhauers Angaben wohnte.

»Vielleicht war sie ja heimlich in Beenke verliebt und beleidigt, dass der eine andere als Gespielin nahm«, überlegte Oda laut. »Dann wird sie innerlich gekocht haben, wenn die Hellmann ins Büro rauschte. Auf die bin ich nun wirklich gespannt.«

Alexandra Hellmann hatte ihre Wohnung in einem weißen Putzbau mit grünen Fensterrahmen und Balkonen, die zum Teil zu Loggias umgebaut worden waren. Auf dem Bürgersteig davor streckten Platanen ihre kahlen Äste auffordernd gen Himmel, als wollten sie mit Hilfe des leichten Windes die Sonne herbeiwinken. Hier, mitten in der Stadt, war es milder, bis hierher kam die Kälte des Meeres nicht.

Neben der Klingelleiste im Hauseingang hing ein weißes Kunststoffschild mit der Aufschrift »Alexandra Hellmann, Astrologin und Medium«.

»Sieh an.« Oda lächelte verblüfft. »Die Gute deutet also die Sterne. Na, dann mal los. Ob die Sterne ihr gesagt haben, was für eine Art von Besuch sie jetzt bekommt?«

»Frau Wagner!« Christine Cordes sah sie warnend an. »Halten Sie sich bitte zurück. Lassen Sie mich das Gespräch führen, denn …«

»… schließlich ist das mein Fall«, äffte Oda ihre Kollegin nach.

»Das auch, aber ich wollte eigentlich sagen: Ich habe eben eine andere Vorgehensweise. Daran müssen Sie sich gewöhnen.«

»Wie viel die bringt, haben wir ja gestern bei der Witwe gesehen«, gab Oda zynisch zurück.

Christine Cordes drückte den Klingelknopf. Augenblicklich ertönte der Summer.

Alexandra Hellmann empfing sie an der geöffneten Wohnungstür, als sie die letzte Treppenstufe in den zweiten Stock genommen hatten. Oda wusste nicht, was genau sie erwartet hatte, als sie zunächst die Beschreibung von Ina Nienhauer erhalten hatte. Medium. Allein der Begriff klang nach Weihrauch und Weltfremdheit. Bei einer Astrologin dachte Oda unwillkürlich an die schwarzhaarigen Frauen in bunten Flatterröcken und mit jeder Menge unechtem Goldschmuck, die auf Jahrmärkten ihre Dienste anboten. Doch die Frau, die ihnen nun entgegensah, entsprach weder dem einen noch dem anderen Bild. Auch der Begriff ›blondes Gift‹ wäre Oda nicht in den Sinn gekommen. Zumindest nicht auf Anhieb. Die Astrologin trug die blond gelockten Haare kurz und zur Jeans einen beigefarbenen gestrickten Rollkragenpulli. Ob sie sich in wallende Gewänder hüllte, wenn sie Klienten erwartete?, fragte sich Oda.

Christine Cordes stellte sie kurz vor.

»Kriminalpolizei?«, fragte Alexandra Hellmann skeptisch. »Um was geht es denn? Mein Gewerbe ist ordnungsgemäß angemeldet, und ich zahle Steuern, wie jeder andere Kleinunternehmer auch.«

»Es geht um Herrn Dr. Beenke, Frau Hellmann«, sagte Christine Cordes. »Dürfen wir bitte hereinkommen? Wir würden ungern im Treppenhaus mit Ihnen reden.«

»Selbstverständlich.« Sofort trat Alexandra Hellmann einen Schritt zurück und ging voraus ins Wohnzimmer, wo sie an einem runden Tisch aus Kiefernholz Platz nahmen. »Was ist denn mit John?«

»Er ist tot«, sagte Christine Cordes behutsam.

»Genauer gesagt, er wurde getötet«, fügte Oda kühl hinzu.

»Nein. Das kann nicht sein!« Alexandra Hellmann riss entsetzt die Augen auf. »Nein. O nein!« Ein Schluchzen entfuhr ihr.

Christine Cordes und Oda schwiegen. Alexandra Hellmann sog die Luft ein, als gäbe es für lange Zeit keinen Sauerstoff mehr. Sie öffnete und schloss den Mund, offensichtlich in dem verzweifelten Bemühen, nicht loszuweinen. Die Stille im Raum war auf eigenartige Weise hörbar. Schließlich fragte Christine Cordes: »Wann haben Sie Dr. Beenke denn das letzte Mal gesehen?«

»Gesehen?« Alexandra Hellmann legte den Kopf in den Nacken und biss sich auf die Lippe. »Am Montag. Wir haben zusammen zu Mittag gegessen.«

»Wo?«

»Hier, ich hatte gekocht. Wir kannten uns an diesem Tag siebzehn Monate, das wollten wir feiern.«

»Mittags?«, hakte Oda nach.

»Warum nicht mittags? John hatte am Abend noch einen Termin, da hätte er nicht kommen können.«

»Ja, mit Herrn Diersen. Das ist uns bekannt«, sagte Christine Cordes.

»Außerdem war er verheiratet«, warf Oda trocken ein. »Da konnte er sicher auch nicht jeden Abend wegbleiben.«

»Ja, das stimmt. Wir haben unser Verhältnis nicht an die große Glocke gehängt.«

»War für ihn ja auch einfacher. Heimlich im gemütlichen Nest der Nebenfrau.« Odas Stimme troff vor Sarkasmus. Sie ignorierte den empörten Blick ihrer Kollegin und fuhr fort: »Obwohl, im Museum waren Sie häufig, wie Frau Nienhauer uns erzählte. Dort wusste man über Ihre Affäre Bescheid.«

Christine Cordes mischte sich ein, bevor Alexandra Hellmann antworten konnte. »War denn keine Rede davon, dass er sich von seiner Frau trennen wollte? War das nicht wichtig für Sie?«, fragte sie und lehnte sich zurück, wollte wohl Entspannung signalisieren.

»Wichtig? Dass er sich trennt? Nein. Für mich war es gut, so, wie es war. Harmonisch, liebevoll, wir haben viel zusammen gelacht. Es kommt nicht darauf an, dass man nach außen hin zeigt, wie glücklich oder unglücklich man ist. Man muss es innerlich sein. Es gibt so viele Dinge, mit denen man sich beschäftigen muss, die einen belasten, da sollte man das Glück genießen und nicht fordern.«

»Wie alt sind Sie, Frau Hellmann?«, fragte Oda.

»Vierunddreißig. Warum?«

»Haben Sie keinen Wunsch nach eigener Familie, eigenem

Mann und vielleicht auch Kindern? War Ihnen eine Nebenrolle in Dr. Beenkes Leben genug?«

»Das war keine Nebenrolle. Wir haben sehr viel füreinander empfunden, auch wenn er die meisten Nächte in der Kantstraße verbrachte. Liebe zeigt sich nicht nur durch körperliche Anwesenheit.«

Ja, nee, war schon klar. Das war ein typischer Satz für außereheliche Beziehungen. Damit konnte man sich alles schönreden. Der Spruch kam sicher von Beenke. Männer eben. Einer wie der andere, dachte Oda.

»Gab es etwas, das Herrn Beenke in letzter Zeit belastete?« Christine Cordes behielt die Sanftheit in ihrer Stimme bei. Einfach ätzend.

Alexandra Hellmann sah sie lächelnd an. »Nein. Es gab nichts. John war ausgeglichen. Zufrieden. Privat und beruflich. Schließlich war es uns gelungen, den Petrus von Hooksiel für die Ausstellung ›Kirche, Kunst und Küste‹ zu bekommen.«

»Frau Nienhauer hat den Petrus auch erwähnt«, bestätigte Christine Cordes.

Alexandra Hellmann nickte. »Ich weiß ja nicht, was sie Ihnen erzählt hat, aber der Petrus ist nicht nur die einzige Bernsteinskulptur, die Adriaen de Vries jemals gemacht hat, sie war auch lange Zeit verschollen.« Sie begann lebhaft mit den ungeschmückten Händen zu gestikulieren. »Den Aufzeichnungen nach stand sie seit Ende des sechzehnten Jahrhunderts in der Kirche zu Pakens. Sie diente vielen Menschen als Zuflucht und Trost, ihr wurden sogar heilende Kräfte nachgesagt. Aber in der Nazizeit, so um 1938 herum, verschwand die Skulptur. Es gab keinen Hinweis, wo sie sich befinden konnte. John hat alle Hebel in Bewegung gesetzt, um den Aufenthaltsort des Petrus herauszufinden, aber … nichts. Niemand wusste zu sagen, wann genau und wohin er verschwunden war.«

»Sie sagten, es sei Ihnen beiden gelungen, die Skulptur aufzuspüren. Inwiefern waren Sie denn daran beteiligt?« Christine Cordes beugte sich vor.

»Tja …« Ein verlegenes Lächeln huschte über das Gesicht von Alexandra Hellmann. »Ich bin nicht nur Astrologin, ich habe auch mediale Fähigkeiten.«

»Ach nee«, entfuhr es Oda. Das wurde ihr langsam echt zu bunt. Sie erntete einen warnenden Blick ihrer Kollegin.

»Lachen Sie ruhig darüber. Ich kann mich in einen Trancezustand versetzen und Dinge sehen, die andere nicht wahrnehmen oder sehen können. Ich bewege mich dann auf einer anderen Bewusstseinsebene.« Nichts Leises, Sanftes lag in Alexandra Hellmanns Stimme, sie sprach sachlich, als ob sie über ein Kochrezept reden würde.

Oda runzelte die Stirn. Warum fielen ihr in letzter Zeit immer nur solche Vergleiche ein? Dabei hatte sie heute Morgen gut gefrühstückt. Sich ein Müsli gemacht. Mit Banane und tiefgefrorenen Beeren. Vielleicht komme ich in die Wechseljahre, dachte sie, obwohl ich ja eigentlich noch zu jung bin. »Und auf dieser Bewusstseinsebene haben Sie den Petrus gesehen?«, fragte Oda. Sie fühlte sich verulkt, da konnte die Astrologin noch so sachlich sprechen.

»Ich sagte ja, Sie mögen lachen, aber es gibt Ebenen, von denen die meisten nichts wissen. Weil sie sich nie damit beschäftigt haben. Die Mehrzahl der sogenannten zivilisierten Völker achtet nicht mehr auf Intuition oder innere Stimmen, geht ihren Alltagsgeschäften nach und wundert sich, dass sie ausgepowert und müde ist. Nur wenige lauschen auf die Bedürfnisse ihres Körpers und ihrer Seele. Auch die Seele bedarf der Pflege. Nehmen Sie mal die Naturvölker. Da gibt es oftmals noch die Fähigkeit zur besonderen Wahrnehmung. Oder Indien. Auch hier treffen wir auf Menschen, die sich loslösen können von ihrer sterblichen Hülle, die auf andere Ebenen gehen. Das bekannteste Beispiel sind Fakire. Die kennt ja nun wirklich jedes Kind.«

»Also, entschuldigen Sie bitte.« Oda wurde sauer. »Sie wollen doch nicht allen Ernstes behaupten, Sie hätten auf irgendeiner Ebene gesehen, wo der Petrus stand, das dann fröhlich Dr. Beenke mitgeteilt, und der brauchte den bloß noch abzuholen? Sie wollen uns wohl auf den Arm nehmen.«

»Nein, das möchte ich wirklich nicht. Aber Sie haben gefragt, und ich habe geantwortet. Vielleicht beschäftigen Sie sich mal ein wenig mit Reiki oder anderen Formen der Energiearbeit. Arbeit mit Engeln zum Beispiel. Es gibt interessante, aber auch unterhaltende Bücher zu diesen Themen. Ich kann Ihnen gern welche empfehlen.«

Auch Christine Cordes wurde die Sache jetzt anscheinend zu bunt, denn sie bat mit kühler Stimme: »Kommen wir zurück zu Dr. Beenke.«

»Natürlich.« Alexandra Hellmann lächelte nach wie vor. Oda mochte sie nicht. Ihre Kollegin offenbar auch nicht, denn in weiterhin kühlem Ton listete sie nun auf: »Soll ich also Folgendes festhalten? Dr. Beenke war ausgeglichen, liebevoll, hatte mit niemandem Streit, schon gar nicht mit Ihnen, und liegt nur deshalb jetzt im Rechtsmedizinischen Institut, weil zufällig jemand vorbeikam und ihn erschlug?« Sie griff zum Stift.

Oda griente. Das hätte sie ihrer Kollegin nicht zugetraut. Die schien ja doch Sinn für Humor zu haben. Sie beugte sich vor und ergänzte: »Wenn Sie auf dieser anderen Ebene verschollene Kunstwerke aufspüren können, dann fragen Sie dort doch mal nach, von wem Dr. Beenke erschlagen wurde. Das würde uns eine Menge Arbeit und Zeit ersparen.«

»So einfach geht das natürlich nicht.« Alexandra Hellmanns Stimme blieb sachlich.

»Gut, dann wenden wir uns wieder den irdischen Problemen zu, die Dr. Beenke gehabt haben könnte. Wie war das Verhältnis zu seiner Ehefrau, seiner Tochter und seinem Sohn? Was hat er Ihnen über seine Arbeit erzählt, wo gab es Probleme mit dem Kuratorium? Und wo waren Sie am Montag in der Zeit zwischen siebzehn Uhr dreißig und neunzehn Uhr?«

***

»Ich muss schon sagen, zwischendrin war sie gar nicht so schlecht«, hörte Christine Oda Wagner einige Zeit später sagen, als sie die Personalküche betrat. Ihre Kollegin stand mit Nieksteit am auf Kipp stehenden Fenster, beide rauchten eine Zigarette. Christine stellte ihren benutzten Becher in die Spüle und ließ Wasser einlaufen. »Hier gibt es ja kaum noch Sauerstoff. Vielleicht sollte man das Fenster ganz öffnen. Sind ja schließlich nicht alle in der Abteilung Raucher.«

»Es ist schon so mancher erfroren«, mäkelte Nieksteit, »aber noch keiner erstunken.«

»Aber erstickt«, beharrte Christine. »Stell dich nicht so an.«

»Du musst dich auf diese andere Bewusstseinsebene bringen«, feixte Nieksteit, »dann kriegst du den Mief hier drin nicht mit. Oda hat mir das von der Astrologin erzählt.« Er nickte aufmunternd. »Vielleicht können wir dem Chef ein eigenes Zimmer für dich aus der Tasche leiern. Mit roter Couch oder so. Stell dir vor, du siehst in diesem Traumzustand auf einer anderen Ebene, wer der Mörder von Beenke war. Das wär doch der Hammer.«

»Spinner.« Christine spülte den Becher, goss sich neuen Kaffee ein und nahm ihn mit in ihr Büro. Noch im Stehen trank sie dort den ersten Schluck. Wie eine Süchtige, dachte sie, als sie merkte, wie gut ihr das Koffein tat. Ich muss den Konsum wohl doch etwas reduzieren. Andererseits, irgendein Laster muss der Mensch ja haben.

Ihr PC zeigte Mail-Eingänge an. Christine freute sich, als sie sah, dass ihre Freundin Gudrun geschrieben hatte. Mindestens dreimal in der Woche tauschten sie sich auf diese Art aus und hielten einander auf dem Laufenden. Ich weiß fast mehr über Gudrun als über Frank, fiel ihr auf, als sie las, dass ihre Freundin den beantragten Urlaub genehmigt bekommen hatte. Aber heute Abend, da werde ich uns etwas Schönes kochen. Sie griff zum Telefon und wählte Franks Nummer.

»Cordes«, meldete sich ihr Mann.

»Ich bin's, Christine. Was hältst du nachher von einem leckeren, selbst gekochten Essen? Ich dachte, ich mache uns Schweinemedaillons mit Champignons, dazu einen Salat, und im Wein-Depot besorge ich uns einen schönen Rotwein.«

»Keine schlechte Idee. Aber rechne nicht zu früh mit mir. Kann kurz nach acht werden.«

Irrte sich Christine, oder klang Frank nicht wirklich begeistert?

»Ist gut, ich freu mich schon«, sagte sie. Als er nur »bis dann« antwortete und auflegte, schüttelte sie nachdenklich den Kopf. Das Abendessen wird uns guttun, dachte sie. Wir werden uns mal wieder richtig unterhalten, dann Musik zum Schmusen auflegen, und vielleicht haben wir endlich mal wieder Sex. Das letzte Mal ist viel zu lange her. Sie schmunzelte. Ja, es würde ein richtig romantischer Abend mit allem Drum und Dran. Eine Flasche Sekt würde sie auf jeden Fall auch kaltstellen. Bei diesem Gedanken spürte sie ein kleines Kribbeln in ihrem Bauch.

***

Als das Telefon klingelte, kam Oda gerade von der Mittagspause zurück.

»Er ist weg«, meldete sich eine aufgeregte Frauenstimme.

»Wer ist weg?« Oda verzog den Mund. Dass sich die Leute nicht angewöhnen konnten, sich mit Namen zu melden!

»Der Petrus!«

»Na, der sitzt aber doch schon seit über zweitausend Jahren neben Jesus und Gott irgendwo über den Wolken«, gab Oda nachsichtig zurück.

»Doch nicht *der* Petrus. Ich rede vom Bernstein-Petrus!«

Nun erkannte Oda Ina Nienhauers Stimme. Sie ließ sich auf ihren Stuhl plumpsen. »Sie meinen die Skulptur?«

»Genau. Sie ist verschwunden. Herr Diersen war gerade hier, weil wir an den Tresor mussten. Da haben wir festgestellt, dass der Petrus verschwunden ist.«

»Fehlt sonst noch etwas?«

»Nein. Nur die Skulptur.«

»Aber gestern sagten Sie doch, es sei nichts gestohlen worden.«

»Da hatte ich ja auch noch keine Ahnung! Der Tresor war schließlich verschlossen. Er ist auch nicht aufgebrochen worden, sonst hätte ich natürlich sofort Alarm geschlagen.«

»Wir kommen gleich vorbei. Fassen Sie bitte nichts weiter an.« Oda drückte eine Taste, um das Gespräch zu beenden. Sie wählte die interne Nummer der Spurensicherung. Gerd Manssen meldete sich nach dem dritten Klingeln.

»Sag mal, habt ihr auch die Fingerabdrücke am Tresor des Museums sichergestellt?«, fragte Oda.

»Nein, der steht doch im Keller. Es gab keinerlei Veranlassung, dort die Abdrücke zu sichern. Die Sekretärin hatte doch nachgesehen und gesagt, da sei alles in Ordnung.«

»Von wegen. Nichts ist in Ordnung. Sie hat gerade angerufen. Ein wichtiges Exponat ist aus dem Tresor verschwunden.«

»Dann wird Beenke das wohl rausgeholt haben.«

»Möglich ist es. Also, beweg deinen Hintern, Manssen, wir brauchen die Abdrücke auf dem Tresor. Die Skulptur ist ein Vermögen wert. Womöglich haben wir hier das Motiv, nach dem wir bisher gesucht haben. Wir sehen uns dort.«

***

Diesmal mussten Christine und Oda Wagner an der Nordsee-Passage vorbei zum Museum fahren, denn der starke Wind hatte sich zu einem waschechten Sturm entwickelt und einen Baum auf eine der Hauptverkehrsstraßen, die Peterstraße, krachen lassen. Die Feuerwehr war mit Hochdruck dabei, das Verkehrshindernis zu beseitigen. Doch nicht nur dort hatte der Sturm zugeschlagen – an vielen Stellen im Stadtbereich vermengte sich das Heulen des Windes mit dem »Tatütata« der Einsatzfahrzeuge. Zerbrochene Dachziegel auf den Bürgersteigen unterstrichen die ungemütliche Stimmung.

Im Museum trafen sie auf Gerd Manssen und seine Kollegen, die nicht nur am Tresor, sondern im gesamten Keller mit Rußpulver auf die Suche nach Fingerabdrücken gingen.

»Wie sieht es denn aus?«, fragte Christine interessiert. »Können Sie schon etwas sagen?«

Oda Wagner lehnte sich gelangweilt gegen eine Wand. Der große Raum war durch Neonröhren erleuchtet. Überall standen Bilder unterschiedlichster Größe. Für diesen Raum gab es eine eigene Alarmanlage, an der dicken Stahltür waren zusätzliche Sicherheitsschlösser angebracht. Wer hier reinwollte, musste entweder ein Meisterdieb sein oder aber den Code der Anlage kennen.

»Nee. Wie Frau Nienhauer Oda am Telefon gesagt hat, sind weder der Raum selbst noch der Tresor aufgebrochen worden. Es gibt auch keinerlei Hinweis darauf, dass jemand versucht hat, hier einzudringen. Die sichergestellten Fingerabdrücke werden wir mit denen von Dr. Beenke vergleichen, wir brauchen aber auch noch die von allen Leuten, die außer ihm Zutritt zu diesem Raum haben. Ist Herr Diersen noch oben? Dann können wir seine Abdrücke gleich nehmen.«

»Ich werde nachsehen.« Christine ging an Oda Wagner vorbei ins erleuchtete Treppenhaus. Es roch modrig, und trotz des Lichtes wurde es Christine unbehaglich. Auf einmal begann das Licht zu flackern. Der Sturm wehte mit solcher Kraft um das Gebäude, dass es sich sogar hier im Keller unheimlich anhörte. Als würden verzerrte Stimmen rufen. Christine beeilte sich.

Endlich erreichte sie die Eingangshalle und sofort fühlte sie sich wohler, obwohl auch hier der Wind zu hören war. Sie lief die Treppe ins Obergeschoss hinauf und klopfte kurz an Ina Nienhauers Tür, bevor sie eintrat. »Hallo Frau Nienhauer, ist Herr Diersen noch da?«

»Er sitzt nebenan. Auf *seinem* Stuhl.«

Allein an der Betonung des Wortes »seinem« erkannte Christine, dass Ina Nienhauer mit Diersen beileibe nicht einverstanden war. Sie ging ohne anzuklopfen durch die Verbindungstür.

»Guten Tag, Herr Diersen«, grüßte sie. »So schnell sieht man sich also wieder.« Sie blieb vor dem Schreibtisch stehen. Der war heute keineswegs aufgeräumt, sondern sah nach viel Arbeit aus. Nach chaotischer Arbeit, die sie Diersen an sich nicht zugetraut hätte.

Der Kuratoriumsvorsitzende trug einen eisgrauen Anzug mit Weste, das weiße Hemd blendete beinahe. Er passte perfekt in diese Kulisse. Die Längsfalte, die sich auf seiner Stirn bildete, störte allerdings das makellose Bild. Diersens Blick wurde kalt, der Ton schneidend, als er fragte: »Was gibt es denn noch?«

»Die Kollegen von der Spurensicherung benötigen Ihre Fingerabdrücke, um sie mit denen auf dem Tresor zu vergleichen. Sie haben sicher nichts dagegen. Sie kommen gleich hoch. Bei der Gelegenheit können wir uns auch noch ein wenig unterhalten.« Christine setzte sich. Durch die Fensterritzen zog es noch kräftiger als am Vortag. »Einen Moment bitte, ich gebe eben den Kollegen Bescheid.«

Sie holte ihr Handy aus der Tasche und rief bei Oda Wagner an. »Er ist noch hier«, sagte sie, »Sie können den Kollegen hochschicken.«

»Werde ich jetzt erkennungsdienstlich behandelt?«, fragte Diersen mit spöttischem Blick.

»Müsste das so sein?«, fragte Christine zurück, während sie ihr Handy wieder in ihrer großen Tasche verstaute.

»Kommt drauf an, von wem.« Sein Blick wanderte ihren Körper hinab.

Christine war froh, heute eine Hose und keinen Rock angezogen zu haben. Sie fühlte sich beschmutzt. Doch bevor sie etwas entgegnen konnte, ertönte von der Tür her Oda Wagners Stimme. »Dann mal her mit den Flossen.«

Noch nie war Christine so froh gewesen, ihre Kollegin zu sehen, die mit Gerd Manssen im Schlepptau auf den Schreibtisch zutrat. Sie lehnte sich erleichtert zurück. Irgendetwas musste faul sein mit diesem Diersen. Da war sie sich ganz sicher.

»Na, Sie haben es sich hier ja schon richtig bequem gemacht«, stellte Oda Wagner fest. »Wollen Sie künftig auch noch das Museum leiten, Herr Diersen?« Sie verschränkte die Arme vor der Brust, während Manssen das schwarze Kissen und die Karte für die Fingerabdrücke auf den Tisch legte.

Unbehaglich starrte Diersen auf die Utensilien.

»Also?«, fragte Oda Wagner.

»Also was?«

»Wollen Sie auch noch den Posten des Museumsdirektors übernehmen?«

»Das könnte ich gar nicht«, gab Diersen scharf zurück, während Manssen seine Finger einen nach dem anderen erst aufs Stempelkissen und anschließend auf die Pappe drückte.

»Weder zeitlich noch sonst. Es wird sehr schwer sein, einen Kunsthistoriker zu finden, der in Dr. Beenkes Fußstapfen treten kann. Aber …« Diersen richtete sich auf. Er warf Manssen, der gerade den letzten Abdruck vornahm, einen grimmigen Blick zu. »Ich werde natürlich interimsweise die Leitung übernehmen müssen. Mir bleibt nichts anderes übrig, und das Geschäft muss schließlich weiterlaufen.«

»Sie Armer«, spottete Oda Wagner und reichte Diersen Feuchttücher, mit denen er seine Finger säubern konnte.

Als Manssen gegangen war, setzte sie sich neben Christine auf den anderen Stuhl.

Christine fühlte sich inzwischen wohler. Noch bevor ihre Kollegin das Ruder wieder an sich reißen konnte, fragte sie: »Wo ist der Bernstein-Petrus geblieben, Herr Diersen?«

»Woher soll ich das wissen? Als wir, das heißt Frau Nienhauer und ich, heute Morgen an den Tresor gingen, war er fort.«

»Aber Frau Nienhauer hat doch gar keine Zugangsberechtigung zu Raum und Tresor, oder?«

»Zu dem Tresor nicht, das stimmt. Den Code zum Raum kennt sie natürlich. Das ist einfacher, gerade bei Umbauten zu neuen Ausstellungen. Da musste Beenke nicht jedes Mal mit, konnte sich um andere Dinge kümmern. Außerdem hat sich Frau Nienhauer in all den Jahren als äußerst zuverlässig erwiesen. Aber an den Tresor, da haben Sie natürlich recht, kamen nur Dr. Beenke und ich ran. Obwohl ich den Tresorcode für den Notfall selbstverständlich auch in meinem eigenen Safe deponiert habe. Wahrscheinlich wird Dr. Beenke es ebenso gehandhabt haben.«

»Also kann es sein, dass Frau Nienhauer den Code dennoch kannte?«, fragte Oda Wagner interessiert.

»Das entzieht sich meiner Kenntnis.« Diersen erhob sich. »Ich kann Ihnen nur so viel sagen, dass die Skulptur heute Morgen, als ich den Tresor öffnete, nicht mehr da war. Sie war offensichtlich das Einzige, was fehlte.« Er raffte die Papiere zusammen, die vor ihm auf dem Schreibtisch lagen, nahm eine lederne Aktentasche, die unterhalb gestanden haben musste, und stopfte die Dokumente hinein. »Und nun entschuldigen Sie mich bitte. Ich habe anderweitig zu tun.«

»Moment noch«, bat Christine. »Was wollten Sie denn überhaupt am Tresor?«

»Unterlagen, meine Liebe.« Diersen lächelte überlegen. »Wir benötigten Unterlagen.«

»Aus dem Tresor?« Christine runzelte die Stirn.

»Es gibt Papiere, die man nicht einfach im Aktenschrank aufbewahrt. Versicherungspolicen für besonders hochwertige Exponate zum Beispiel.«

»Warum brauchten Sie gerade heute eine dieser Policen?«

»Weil manchmal eben alles zusammentrifft. Der Eigentümer eines Gemäldes gab telefonisch durch, dass seine Leihgabe auf dem Rücktransport beschädigt wurde. Deshalb brauchten wir die Police. Wir müssen uns ja mit der Versicherung in Verbindung setzen. Natürlich hätte ich die Unterlagen auch allein holen können, doch Frau Nienhauer musste ebenfalls an den Tresor.«

»Name und Adresse des Leihgebers?« Das kam kurz und knapp von Oda Wagner.

»Ja, also der Leihgeber ist … Warten Sie einen Augenblick.« Er öffnete die Aktentasche und suchte in dem Papierchaos, wobei er zum ersten Mal ein wenig fahrig wirkte. »Moment, ich habe es gleich.« Umständlich angelte er einen Stift von der ledernen Stiftablage auf dem Schreibtisch, riss einen Zettel von einem Block, der links neben der Tastatur des Computers lag, und notierte Namen und Telefonnummer. »Bitte schön.« Er hielt ihr den Zettel hin. Bevor Christine das Blatt Papier allerdings an sich nehmen konnte, schnappte Oda Wagner es sich.

Mit einem gelassenen: »Sie gestatten doch?«, griff sie anschließend nach dem Telefon.

Obwohl Christine innerlich wegen der Dreistigkeit ihrer Kollegin schäumte, beobachtete sie Diersen, der wieder die Ruhe selbst war.

»Ach, und wann kommt er wieder?«, hörte sie Oda Wagner ihren Gesprächspartner fragen. »Ah ... Können Sie mir denn etwas über das beschädigte Bild sagen? ... Nicht? ... Schade. Danke jedenfalls, wir melden uns wieder bei Ihnen. Oder, besser noch, Sie richten ihm aus, dass er uns umgehend zurückrufen soll.« Sie gab die Telefonnummer durch und beendete das Gespräch.

»Ist nicht da, Ihr Leihgeber.« Sie kniff die Augen zusammen. »Ich könnte schwören, Sie haben das gewusst.« Nun lächelte sie. »Aber keine Sorge, wir bleiben am Ball.«

***

Es dämmerte bereits, als Max Beenke mit auf dem Rücken verschränkten Armen am Wohnzimmerfenster seines Elternhauses stand. Der Sturm hatte auch vor dem gepflegten Garten der Beenkes nicht haltgemacht, doch da der Gärtner im Spätherbst die Bäume beschnitten hatte, störten nur wenige abgebrochene Äste das Bild.

Als es klingelte, zuckte er zusammen, ging jedoch nicht zur Tür, sondern starrte weiter in die Dämmerung. Erst als er seine Mutter sagen hörte: »Darf ich vorstellen, mein Sohn Maximilian«, drehte er sich um.

Was er sah, erstaunte ihn. Da waren zwei Frauen, die auf den ersten Blick unterschiedlicher nicht hätten sein können: eine große Hosenanzugträgerin mit langem, am Hinterkopf aufgestecktem blondem Haar und eine kleinere, lässigere Frau, deren rote Strähnen im dunklen Haar eher zu Tomke gepasst hätten. Polizistinnen, vermutete Max. Lächelnd ging er auf die Frauen zu.

»Moin. Da meine Mutter Ihnen bereits gesagt hat, wer ich bin, brauche ich mich nicht noch einmal vorzustellen.« Galant wies er auf die Sitzgruppe. »Nehmen Sie doch Platz. Was können wir denn für Sie tun?«

»Ich bin erstaunt, Herr Beenke, dass Sie heute hier sind«, sagte die Kommissarin, die sich als Oda Wagner vorstellte.

»Nun ja, wenn der Vater so plötzlich stirbt ...« Max hob die Hände.

»Ich meine eher wegen des Wetters. Im Radio habe ich gehört, dass viele Fähren ihren Betrieb eingestellt haben. Spiekeroog ist doch tideabhängig. Da müsste es noch schwieriger sein, aufs Festland zu kommen, zumal die Insel keinen Flughafen hat.«

»Bei dem Sturm wäre es ohnehin Essig mit Fliegen gewesen«, antwortete Max ruhig. »Außerdem bin ich schon vorgestern aufs Festland gefahren. Ich hatte hier zu tun. Wissen Sie, auch wenn man ein Hotel auf Spiekeroog führt, alles kann man eben nicht von der Insel aus erledigen.«

»Aha.« Oda Wagner sah ihn interessiert an.

»Wo waren Sie am Montagnachmittag?«, fragte ihre blonde Kollegin. »Waren Sie da bereits in Wilhelmshaven?« Sie blickte seine Mutter fragend an.

»Montag war ich noch nicht hier«, gab er schnell zurück. »Und ich wäre auch nicht hergekommen, wenn ich die traurige Nachricht nicht erhalten hätte. Der Betrieb läuft schließlich weiter. Da kann man nicht länger weg als unbedingt nötig.«

»Auch jetzt? Im Januar? Ich denke, da ist Saure-Gurken-Zeit auf den Inseln.«

»Das war mal so, ist aber seit einigen Jahren komplett anders. Gerade in den eigentlich eher ruhigen Monaten suchen viele Gäste die Inselruhe, die es in der Saison nicht mehr gibt. Das

Einssein mit der Natur, den Elementen, die man auf Spiekeroog so wunderbar genießen kann. Zwar haben nicht alle Geschäfte, Restaurants und Hotels geöffnet, aber mein kleines Hotel bietet das ganze Jahr über Ruhe und Entspannung. Ich habe eine kleine Marktlücke aufgetan, wenn Sie so wollen.« Max lächelte, merkte aber, dass dieses Lächeln bei Oda Wagner nicht ankam. Ihre Kollegin war ihm eher zugeneigt, das spürte er.

Trotzdem hakte auch sie nach. »Wo waren Sie denn nun am Montag zwischen siebzehn Uhr dreißig und neunzehn Uhr?«

»In Aurich.« Er würde möglichst nur noch sie bei seinen Antworten angucken, Verbindung zu ihr aufbauen. Sie sah nicht schlecht aus, auch wenn sie sicher einige Jahre älter war als er. »Dort habe ich mich mit der Vorsitzenden eines Autorenkreises getroffen. Statt der üblichen Gute-Nacht-Weingummi-Tütchen oder Schokoladenbonbons möchte ich nämlich Geschichten in Mini-Buchform auf die Kissen legen lassen. Kleine Geschichten, die in Ostfriesland spielen. Wir haben das grobe Konzept dafür durchgesprochen. Also die Anzahl der Geschichten, Zeichenzahl pro Text und natürlich das Honorar für die jeweiligen Autoren.«

»Wenn Sie uns bitte Namen und Anschrift dieser Frau geben würden.« Die Blonde zog einen Block aus ihrer Tasche.

»Ulja Heimann heißt sie, aber die Anschrift habe ich nicht im Kopf. Ich werde sie Ihnen nachher telefonisch durchgeben.«

»Und wo waren Sie anschließend? Irgendwo müssen Sie ja übernachtet haben. Sind Sie nach Wilhelmshaven gekommen?«

»Nein. Ich habe Freunde in Aurich, über die ist auch der Kontakt zu Frau Heimann entstanden. Weil man sich berufsbedingt wenig sieht, bin ich nach dem Treffen dorthin gefahren. Wir waren bei einem Italiener essen, anschließend habe ich im Gästezimmer meiner Freunde übernachtet. Deren Anschrift kann ich Ihnen geben.«

Während die blonde Kommissarin Namen, Anschrift und Telefonnummer seiner Freunde diktierte, hörte er mit halbem Ohr, wie Oda Wagner sich an seine Mutter wandte. »Kommen wir zum eigentlichen Zweck unseres Besuches, Frau Beenke. Wussten Sie, dass Ihr Mann eine Geliebte hatte?«

***

»Die Frau ist wirklich nicht ganz echt«, sagte Oda, als sie wieder in ihrem Büro saßen. Inzwischen war es stockdunkel draußen. Das Unwetter ließ überhaupt nicht nach. Auf dem Weg zurück zur Polizeiinspektion waren sie in einen heftigen Hagelschauer gekommen.

Oda sehnte den Feierabend herbei. Sie schob den Drehstuhl so weit wie möglich zurück und legte die Füße auf den Schreibtisch, ungeachtet des schiefen Blickes ihrer Kollegin. »Nicht nur, dass sie absolut keine Reaktion bei der Nachricht vom Tod ihres Mannes gezeigt hat, auch bei der Frage nach der Geliebten bleibt sie ruhig. Das ist doch nicht normal. Die steht bestimmt unter Drogen, Valium oder Alkohol. Mir auch einen«, sagte sie, als Christine Cordes sich aus der Thermoskanne auf der Fensterbank einen Kaffee einschenkte, und fügte etwas widerstrebend ein »bitte« hinzu.

Christine Cordes reichte ihr den Becher und setzte sich. »Keine Ahnung, warum Frau Beenke so reagiert«, sagte sie. Sie hielt ihren eigenen Becher in beiden Händen, die Ellbogen auf den Schreibtisch gestützt. »Doch ich weigere mich entschieden, Ihre Theorie von Alkohol oder Drogen zu unterstützen. Ich denke, Frau Beenke ist krank. Psychisch, meine ich.«

»Ich weiß nicht.« Oda schüttelte den Kopf. »Auch wenn sie tatsächlich psychisch einen Knacks hat, müsste sie doch einigermaßen normale Reaktionen auf die Ermordung ihres Mannes und die Tatsache zeigen, dass ihr Mann eine Geliebte hatte. Irgendwas. Hysterisch anfangen zu schreien oder so. Aber nichts? Nee, so ein Verhalten ist nicht normal. Unter Garantie nicht.« Sie äffte Annegret Beenkes sanften Tonfall nach: »Nein, das wusste ich nicht, aber natürlich ist das möglich. Ich sagte ja bereits, dass wir eigentlich nur noch nebeneinanderher lebten.«

Oda nahm die Füße vom Schreibtisch. »Da stimmt doch was nicht. Und der Sohn war genauso zurückhaltend. Die haben Dreck am Stecken, ganz bestimmt. Am besten rufen Sie gleich mal die Autorenvorsitzende an, ob das mit dem Alibi überhaupt stimmt. Und wie der Junior Sie angesehen hat! War ja fast schon schmachtend. Zum Fremdschämen so was.«

Oda stand auf, fischte ihre Zigarettenpackung aus der Jacke und verließ das Büro. »Ich muss jetzt erst mal eine rauchen.«

Christine atmete tief durch. Oda Wagner war einfach unmöglich. Wie hatte der Junior sie denn angesehen? Nett und freundlich. Daran war doch nichts Falsches. Und schon gar nichts zum Fremdschämen. Sie war ja auch nett und freundlich zu Max Beenke gewesen. Wie es sich gehört.

Nicht so rotzig wie ihre Kollegin. Sicherlich, die Beenkes waren erstaunlich ruhig geblieben, da hatte Oda Wagner recht, doch zugeben würde Christine das auf keinen Fall.

Ob Frank auch eine Geliebte hatte? War er deshalb irgendwie anders? Ach was, er arbeitete nur zu viel. Daran lag es bestimmt. Er wollte noch mehr erreichen, um ihr zu beweisen, dass es richtig gewesen war, nach Wilhelmshaven zu ziehen. Ein wenig erleichtert griff Christine zum Hörer, um die Frau anzurufen, mit der Max Beenke zur Tatzeit zusammen gewesen sein wollte.

***

»Was hältst du von einem leckeren Essen?«, murmelte Oda griesgrämig vor sich hin, als sie die Haustür des Mehrfamilienhauses öffnete, in dem sie mit Alex wohnte.

Fast wäre sie dabei über ein Bobby-Car gestolpert, das die Mieter der Wohnung unter ihrer mal wieder nicht weggeräumt hatten. Sie gab dem Kindergefährt einen kleinen Tritt und wickelte sich den Schal vom Hals, während sie die Treppen hochstieg. Sie hatte das Telefonat heute Mittag zwischen der Neuen und ihrem Mann mitgekriegt, als sie zurück ins Büro kam, war allerdings vor der Tür stehen geblieben. Wahrscheinlich servierte Mrs. Hochmut alles mit silbernen Löffeln, Stoffservietten und bei Kerzenschein. Sie zuckte spöttisch mit den Schultern.

Was würde sie denn heute zum Dinner kredenzen? Tiefkühlpizza für Alex? Und für sich selbst Spaghetti aglio e olio? Die aß sie allerdings wirklich unglaublich gern. Ein paar Scampis dazu machten das Gericht perfekt, aber Scampis befanden sich normalerweise nicht in ihrem Kühlschrank. Oda kramte in ihrer tiefen Jackentasche. Sie angelte eine leere Packung Pfefferminzbonbons heraus, ein benutztes Tempo, eine alte Kinokarte. Keinen Schlüssel. Inzwischen stand sie vor der Wohnungstür. Mist. Aber vielleicht war Alex ja doch da, selbst wenn seine schwarzen Boots nicht auf der dafür vorgesehenen Matte im Hausflur standen. Sie klingelte. In der Wohnung rührte sich nichts.

Am liebsten hätte sie – zumindest leicht – mit dem Fuß gegen die Tür getreten. Heute lief aber auch alles schief. Nicht nur, dass sie den Schlüssel nicht fand. Die Neue machte keinesfalls die schlechte Figur, die Oda sich erhofft hatte. Wenn sie ihr doch bloß ein bisschen sympathischer wäre. Sie griff noch einmal in die rechte Jackentasche. Und fühlte den Schlüssel.

Wo kam der denn jetzt auf einmal her? Mit nun doch etwas besserer Laune schloss sie die Wohnungstür auf.

»Alex?«

Ihr Sohn antwortete nicht. Es lag auch kein Zettel auf der Kommode. Typisch. Wie oft hatte sie ihn schon gebeten, ihr wenigstens aufzuschreiben, wo er denn hin war. Doch Alex fühlte sich durch Vorschriften und Bitten kontrolliert. Dabei ging es nur um normales Zusammenleben. Warum wollte er das nicht begreifen? Er meinte erwachsen zu sein, aber das war er eben noch nicht. Sie warf den Schal auf die Ablage, hängte die Jacke auf einen Bügel, ging in die Küche und ließ sich auf einen Stuhl fallen.

Christine Cordes. Diese Frau lag ihr wie ein Stein im Magen.

Warum hatte Siebelt nicht Oda den Fall übertragen? Sie hätte nicht solche Zicken mit der Witwe veranstaltet, hätte sie gleich richtig rangenommen. Und die Hellmann ... Oda lachte bitter auf. »Ich habe es auf einer anderen Ebene gesehen ...!« So einen Schwachsinn konnte auch nur eine wie die Cordes glauben. Oder zumindest dulden. Sie griff zum Telefon und drückte die Taste, auf der die Handynummer ihres Sohnes eingespeichert war. Nach mehrmaligem Klingeln meldete er sich mit einem gedehnten: »Jaaa?«

»Wo steckst du? Warum hast du mir keinen Zettel hingelegt?«

»Mama. Nun reg dich mal wieder ab. Hab gedacht, du hast mit dem Fall so viel zu tun, dass du eh erst spät nach Hause kommst«, entgegnete Alex entschuldigend. »Ich bin bei Kurtchen. Wir haben mit der Band geprobt. Auch 'ne Aufnahme gemacht. Kann ich dir nachher mal vorspielen. Ist richtig geil geworden. Übrigens können wir am nächsten Wochenende im Pumpwerk auftreten. Als Vorgruppe. Geht doch klar, oder?«

»Darüber reden wir, wenn du zu Hause bist«, sagte Oda. »Wann gedenkst du hier einzutrudeln?«

»Ist elf okay?«

»Halb elf.« Oda beendete das Gespräch und streckte ihre Füße aus. Nein, heute war wirklich nicht ihr Tag. Sie reckte sich, dann stand sie auf, holte ein Glas aus dem Schrank und schenkte sich einen Schluck Weißwein aus der Flasche ein, die angebrochen im Kühlschrank stand. Ihr knurrender Magen erinnerte sie daran, dass sie seit dem Mittag nichts mehr gegessen hatte. Sie stellte die Flasche zurück und betrachtete den Inhalt des Kühlschranks. Sie musste dringend einkaufen. Aber ein Rest von Alex' Mittagessen war noch da. Lachs-Sahne-Gratin.

Sie aß es kalt aus der Tupperschale.

***

Es war inzwischen halb neun. Christine ließ die Schweinemedaillons in das heiße Fett der Pfanne gleiten. Frank hatte gesagt, es würde nicht später als acht. Aber länger wollte sie nicht warten. Da hatte er eben Pech. Dabei hatte sie den Tisch so liebevoll gedeckt. Mit den verchromten Platztellern, die sie sich in einem Anfall von Wahnsinn irgendwann einmal zugelegt hatte, dazu Stoffservietten, und in den beiden dreiarmigen Kerzenhaltern brannten weiße Kerzen. Nach Dienstschluss war sie extra noch zum Blumenhändler geflitzt, um Rosen zu kaufen, die zwar ein Vermögen gekostet hatten, nun aber die Deko abrundeten. Der Salat aus Rucola, Äpfeln und Champignons mit einem Klecks Preiselbeeren wurde durch ein Dressing aus Himbeeressig und Walnussöl verfeinert, ofenfrisches Baguette und Kräuterbutter standen auf dem Tisch, Franks Lieblingsmusik lief im Hintergrund, alles perfekt. Wer fehlte, war Frank.

Um Viertel nach acht hatte Christine noch gedacht, er würde jeden Moment kommen, und sich den Anruf in der Kanzlei verkniffen. Nun, eine Viertelstunde später, stieg die Wut in ihr hoch. Würde sie eben allein essen. Außerdem schmeckte das Fleisch kalt ja auch noch. Das Fett zischte, als sie die Medaillons wendete. Im gleichen Moment hörte sie, dass die Haustür geöffnet wurde.

»Tut mir leid. Ging nicht eher.« Frank hängte seinen Mantel an der Garderobe auf. Er blieb im Türrahmen stehen. »Das Essen ist noch nicht fertig?«

»Doch, du bist auf den Punkt genau gekommen.« Christine bemühte sich, freundlich zu bleiben. Das war ja wohl die Höhe. Kam zu spät und muffelte auch noch. »Nimmst du bitte den Salat mit rüber? Brot und Butter stehen schon auf dem Tisch.« Sie selbst nahm die Teller mit dem Fleisch.

Während sie aßen, schämte sie sich. Erwartete sie vielleicht zu viel von Frank? Mussten sie sich nicht beide wieder an das Zusammenleben gewöhnen? Und doch, sagte sie sich, könnte Frank eine Bemerkung zum Essen, zum gedeckten Tisch, zur romantischen Stimmung machen. Das konnte ein Mann auch, wenn er spät von der Arbeit kam. Sie schenkte Rotwein nach. Vielleicht lockerte der ja die Stimmung, machte Frank zugänglicher.

Und wirklich, er half nach dem Essen, das Geschirr mit in die Küche zu tragen, aber als Christine eine neue CD auflegen wollte, wiegelte er ab. »Ich bin müde. Muss ins Bett.«

Nun gut, dachte Christine. Dann also ins Bett. Wieder verspürte sie das leichte Kribbeln im Bauch, als sie nach oben gingen und Frank im Bad verschwand. Schnell zog sie sich aus und kramte in ihrer Wäscheschublade nach dem knallroten Stringbody, den sie vor Kurzem erstanden hatte. Er hatte einen sehr tiefen Ausschnitt und zwischen den Brüsten ein Band aus Strasssteinen. Sie fand ihn einfach klasse. Kurz überlegte sie, auch die kniehohen schwarzen Stiefel anzuziehen, ließ es jedoch sein. Sie wollte Frank heute Abend lieber nicht überfordern, ein wenig müde wirkte er ja doch. So wuschelte sie sich einmal durchs Haar und legte sich aufs Bett. Keine Minute zu früh, denn sie hörte, wie Frank aus dem Badezimmer kam.

Als er sie sah, verzog er das Gesicht. »Was soll das denn? Machst du jetzt einen auf Nutte, oder was?«

Christine erstarrte.

Dann setzte sie sich auf. »Was ist los mit dir?«, fragte sie leise, während Frank sich auf seine Seite des Bettes legte und die Decke bis an den Hals zog. »Du hast doch sonst nichts gegen Verführung.«

»Aber doch nicht so plump. So ordinär. Knallrot! Du und knallrot! Wo hast du diesen Fummel überhaupt her?«

»Das ist kein billiger Fummel.«

»Ach, dann war der also auch noch superteuer?«

»Das kann dir doch egal sein.« Christine wurde lauter. Plötzlich fühlte sie sich nackt. Und überhaupt nicht wohl in ihrer Haut. Sie griff nach ihrem Morgenmantel, der am Bettende lag, und schlüpfte hinein. »Schließlich arbeite ich genau wie du und verdiene eigenes Geld.« Sie stand auf und schnappte sich ihren Schlafanzug. Den Body wollte sie in Franks Gegenwart nicht ausziehen.

»Darum geht's doch gar nicht.«

»Nein? Worum geht es dann? Kannst du mir das mal erklären?« Mit in die Hüften gestemmten Armen funkelte sie ihren Mann an. »Ich gebe mir Mühe, alles romantisch zu machen – und du?«

»Genau das ist das Problem.« Frank richtete sich auf und lehnte sich gegen die Rückwand des Bettes. Jetzt wurde er ebenfalls laut. »Du mit deinem Romantikscheiß! Mir ist nicht ständig nach Kuscheln und Schmusen. Das kann ja kein Mann aushalten. Wir führen keine Wochenendehe mehr, unsere Flitterwochen sind schon lange vorbei, wir leben ganz normal zusammen. Mir geht dein ständiges Geküsst-werden-Wollen tierisch auf den Wecker. Werd langsam mal erwachsen!« Damit drehte er sich auf die Seite und löschte das Licht.

Donnerstag

Am nächsten Morgen war Frank sehr früh aufgestanden. Er hatte Christine, die erst in den frühen Morgenstunden eingeschlafen war, nicht geweckt. »Hab einen Termin in Hamburg«, hatte er auf einen Zettel geschrieben, den sie um kurz vor sieben auf dem Küchentisch fand.

Sie brühte sich eine Tasse Kaffee auf, setzte sich an den Küchentisch und griff zum Telefon. Ihre Freundin Gudrun war Frühaufsteherin, Christine konnte sie um diese Uhrzeit unbesorgt anrufen. »Ach, Gudrun«, sagte sie nun, »es läuft absolut schief, ich weiß nicht, was ich machen soll.«

»Ist es so schlimm?«

»Noch schlimmer. Frank ist mir so fremd. Ich habe das Gefühl, ich komme nicht mehr an ihn heran. Und meine Kollegin versucht mich zu torpedieren, wo es nur geht. Unser Chef hält eher zu ihr als zu mir, und Frank sehe ich nach wie vor sehr wenig. Ich weiß gar nicht, warum ich hergezogen bin. Als wir noch eine Wochenendehe führten, war alles irgendwie besser.«

»Tja, ihr müsst euch wohl wieder aneinander gewöhnen. Das braucht eben seine Zeit«, gab ihre Freundin aufmunternd zurück, nachdem Christine vom Fiasko des Vorabends erzählt hatte.

»Aber warum? Wir lieben uns doch. Warum ist es so schwer? Alles erscheint mir hier nur grau in grau. Das Wetter sowieso, irgendwie habe ich den Eindruck, die Hauptsache ist, man übersteht den Tag. Wo bleibt denn das Schöne? Da kann ich mir ja gleich die Kugel geben.«

»Dann aber bitte die aus Schokolade. Die mit dem Goldmantel und der netten Rosette. Die macht dick, und dann hast du andere Sorgen.«

»Gudrun!«

»Ach, nun hör mal mit dem Gezeter auf und lass den Kopf nicht hängen. Das wird schon wieder. Ist jetzt nur die Umstellung. Sollst mal sehen, bald fühlst du dich in der neuen Stadt pudelwohl. Erzähl lieber, was der Fall macht.«

»Der Kuratoriumsvorsitzende ist noch immer mein Favorit unter den möglichen Verdächtigen. Er war im Museum und hatte eine deutliche Abneigung gegen Beenke. Auch das mit der verschwundenen Bernstein-Figur kommt mir nicht ganz koscher vor, aber ich kann bislang nicht nachweisen, dass er etwas damit zu tun hat. Und dementsprechend fehlt mir bei ihm das Motiv. Beenkes Sohn Max war zwar bei der Vorsitzenden eines Autorenkreises, das hat sie bestätigt, allerdings ist er dort um fünf gegangen. Und bei seinen Freunden ist er erst um kurz vor sieben aufgetaucht.«

»Das heißt …«

»Genau da liegt das Problem. Von Aurich nach Wilhelmshaven braucht man mit dem Auto ungefähr eine Stunde. Wenn man allein die Fahrtzeit rechnet, könnte er es knapp geschafft haben. Aber dann blieb keine Zeit mehr für den Streit zwischen ihm und seinem Vater. Das passt also nicht.«

»Dementsprechend fällt er als Verdächtiger aus?«

»Ich weiß es nicht. Er gibt sich so gelassen, zeigt überhaupt keine Trauer. Das ist nicht normal. Und das gefällt mir nicht. Irgendwas ist mit ihm.«

»Also doch verdächtig?«

»Ich will ihn noch nicht ausschließen.«

***

»Habt ihr den Wert der verschwundenen Skulptur inzwischen in Erfahrung bringen können?«, fragte Siebelt bei der Besprechung in der Polizeiinspektion. Er rauchte seine unvermeidliche Zigarette, was Oda zum Anlass nahm, sich ebenfalls eine anzustecken. Wenn der Chef sich über die Richtlinien hinwegsetzte, konnte sie das auch. Der Neuen schien das nicht zu passen, sie stand auf und öffnete das Fenster.

»Der geht wohl in die Zigtausende«, sagte Christine Cordes.

»Ich habe die Versicherungsunterlagen gesehen. Nun müssen wir nur feststellen, ob der Petrus irgendwo zum Verkauf angeboten wird.« Sie sah heute blass aus, aber das mochte täuschen.

Genüsslich blies Oda den Rauch aus. »Ach nee, womöglich über eBay-Kleinanzeigen?«, frotzelte sie.

»Unsinn«, entgegnete Christine Cordes. »Es wird doch wohl auch in diesem Haus Leute geben, die Kontakte zur Schwarzmarktszene haben, oder? Sonst werde ich mal mit meinen alten Kollegen in Hannover telefonieren, die können mir sicher helfen.«

»Vergessen Sie Hannover. Bei uns erledigt Niiksteit die kniffeligen Angelegenheiten. Der ist nebenberuflich so 'ne Art Hacker. Kommt an alles und jeden ran.« Oda zuckte gelangweilt mit den Schultern. »Wenn Nieksteit das nicht rausfindet, findet's keiner raus.«

»Na, irgendwo muss das Ding ja stecken.« Siebelt drückte entschlossen seine Zigarette aus. »Habt ihr den Leihgeber von dem ramponierten Exponat inzwischen erreicht?«

»Leider nicht«, sagte Oda frustriert. »Der hat angeblich auch sein Handy nicht dabei. Zumindest springt gleich die Mailbox an, wenn man ihn anruft. Ich habe das Gefühl, Diersen wusste, dass wir die Sache mit der Beschädigung nicht so schnell überprüfen können. Wir kommen in dieser Sache leider einfach nicht weiter.«

»Ihr müsst mehr Druck machen. Noch mal anrufen, darauf bestehen, dass er zurückruft. Meine Güte«, Siebelt erhob seine Stimme, »du stellst dich doch sonst nicht so an. Ich komme mir vor wie in einem Kindergarten.« Er stand auf und steckte die Hände in die Hosentaschen. »Wie sieht's mit der Überprüfung von Beenkes Telefondaten aus?«

»Lemke sitzt gerade daran«, antwortete Christine Cordes schnell. Klar, der Rüffel galt eindeutig ihr. Der Chef hatte ja unbedingt gewollt, dass sie den Fall übernahm.

»Andere Kontakte?«

»Gab es nicht viele. Sein privates Telefonverzeichnis ist erschreckend leer. Beenke war zwar Mitglied im Lions-Club, aber privat pflegten sie kaum Kontakte, hat seine Frau gesagt. Obwohl, die scheint nicht wirklich gewusst zu haben, was ihr Mann so macht, wenn wir nur an die Geliebte denken.« Oda griente. »Vielleicht hat ihm sein gesellschaftliches Leben ja auch gereicht. Er war auf jeder großen Veranstaltung, mischte überall mit. Aber so was wie einen guten Freund hatte er angeblich nicht.«

»Was hat die Befragung der restlichen Kuratoriumsmitglieder ergeben?«

»Die hatten alle drei bei Weitem nicht solche Differenzen mit Beenke wie Diersen. Und bestätigten unabhängig voneinander, dass es Diersen war, der dem Budget strenge Zügel anlegte. Außerdem haben alle drei ein Alibi.«

»Überprüft?«

»Natürlich.«

»Und der Sohn?«

»Da werde ich noch mal nachhaken. Rein zeitlich wäre es zwar sehr knapp gewesen, aber wenn der Streit zwischen Vater und Sohn bereits vorher, vielleicht telefonisch, eskaliert war und der Aufenthalt in Aurich nur zur Vertuschung der Tat diente, hätte er es schaffen können.«

Oda sah, dass die Neue ihre Kiefermuskeln stark anspannte, denn die Sehnen und Adern an ihrem Hals traten hervor.

»Tun Sie das.« Siebelt warf einen Blick auf die Uhr. »Oh verdammt, ich komme zu spät. Habe noch einen Termin außer Haus.« Schon eilte er hinaus.

Auch Oda stand auf. »Na, dann wollen wir mal.« Sie nahm ihren Becher und auch den des Chefs mit.

Als sie die Küche betraten, ertönte gerade das Piepen der Geschirrspülmaschine. »Glück gehabt.« Oda stellte die beiden Becher in die Spüle. »Ist gerade fertig. Muss aber ja noch abkühlen. Kommen Sie. Niekisteit kann sich nachher ums Ausräumen kümmern. Zeit genug verbringt er ja hier.«

***

Wieder setzte Christine sich hinters Steuer des Dienstwagens. Sie gab sich Mühe, nicht zu rasant zu fahren, dennoch hielt sich ihre Kollegin auf dem Beifahrersitz provozierend übertrieben am Haltegriff über dem Fenster fest. Dabei fuhr Christine nun wirklich nicht schnell.

Auch heute war vor dem Avantgarde-Haus keine Haltebucht frei, sodass sie den Wagen erneut auf dem Parkplatz zwischen dem Großen Hafen und dem Jadebusen abstellte. Die Temperaturen hatten etwas angezogen, der Wind blies nicht mehr ganz so stark. Einzelne blaue Streifen zwängten sich durch die graue Wolkendecke, Möwen kreischten und eine kleine Schar Wildgänse flatterte über ihnen in Richtung Dangast.

Wie erwartet war Tomke Beenke zu Hause, wenngleich es diesmal etwas länger dauerte, bis der Türöffner gedrückt wurde.

Beim Anblick der jungen Frau erschrak Christine. Das ohnehin blasse Gesicht wirkte gräulich. Die schwarz umrandeten Augen mit den dunklen Ringen darunter wurden durch die schwarze Schlabberkleidung noch verstärkt. Tomke wirkte wie eine lebendige Tote.

In der Wohnung war es eiskalt. Das Fenster war geöffnet, dennoch hing Zigarettenrauch im Raum; der Aschenbecher auf dem Tisch quoll fast über. Sowohl Christine als auch ihre Kollegin behielten die Jacken an.

Oda Wagner ergriff das Wort, kaum dass sie auf der Couch Platz genommen hatten. »Zugegeben, es geht uns zwar nichts an, aber dennoch wundert es uns, dass wir Sie hier antreffen und nicht bei Ihrer Mutter. Müssten Sie nicht eigentlich bei ihr sein, um gemeinsam Vorbereitungen für die Beerdigung zu treffen? Oder haben Sie das alles bereits erledigt? Haben Sie nicht das Bedürfnis, Ihrer Mutter und Ihrem Bruder in diesen Stunden nah zu sein?«

»Mutter braucht mich nicht als Stütze, sie hat Max. Der regelt alles. Schließlich ist er nun das Oberhaupt der Familie. Außerdem geht das über meine Kräfte. Ich brauche Ruhe. Ich muss erst mal alles verarbeiten.« Tomke sprach flüsternd, als hätte sie selbst zum

Sprechen kaum Kraft. Jetzt fiel Christine doch die Ähnlichkeit mit der Mutter auf, vielleicht lag es an der Mimik. Es war schon eine eigenartige Familie.

Die junge Frau griff zum Päckchen Tabak auf dem Tisch, zog ein hauchdünnes naturfarbenes Blättchen aus der schmalen Spenderschachtel und drehte sich eine Zigarette. »Meine Mutter lässt mich mit diesen Dingen in Frieden. Sie weiß, dass ich nicht sehr belastbar bin. Ich bin eher …«, sie zündete die Zigarette an, nahm einen tiefen Zug, und ihre Stimme wurde fester, »… der Vogel-Strauß-Typ. Nichts sehen, Kopf in den Sand, dann wird es schon nicht so schlimm sein.«

»Vor dem Tod eines nahen Angehörigen kann man leider nicht wegrennen«, sagte Christine sanft. »Egal, womit Sie sich davon ablenken, egal, wie sehr Sie ihn auch ignorieren wollen, die Tatsache bleibt: Ihr Vater ist tot. Schlimmer noch: Er ist nicht einfach an Altersschwäche oder einer Krankheit verstorben. Irgendjemand muss einen solchen Hass auf ihn gehabt haben, dass er Ihren Vater getötet hat. Damit werden Sie sich auseinandersetzen müssen, das kann Ihnen keiner abnehmen. Meinen Sie wirklich, dass Ihr Bruder und Ihre Mutter Ihnen nicht dabei helfen könnten?«

»Max hilft mir doch. Er kommt jeden Tag vorbei. Wir reden und er erzählt mir alles, was wegen der Beerdigung und der Trauerfeier geplant ist. Ich muss nicht dabei sein. Ich bin auch so informiert.«

»Weshalb wir eigentlich hier sind …«, brachte sich Oda Wagner wieder ins Spiel, »Ihr Vater hat sich sicherlich mit Ihnen über den Bernstein-Petrus unterhalten, schließlich war Ihr Verhältnis ja immer gut, wie Sie Frau Cordes sagten. Hat er in diesem Zusammenhang irgendeine wie auch immer geartete Sorge um das Exponat geäußert?«

Tomke runzelte die Stirn. »Nein. Warum auch? Der Petrus kam in einem versicherten Werttransport und wurde, nachdem mein Vater sich von seiner Unversehrtheit überzeugt hatte, unverzüglich im Tresor des Museums deponiert.« Tomke musterte

Christines Kollegin. »Sagen Sie jetzt bloß nicht, dass die Skulptur verschwunden ist.« Sie blickte zu Christine. »Das geht doch gar nicht. Der Petrus war im Tresor. Der ist gesichert. Und es gibt obendrein noch die Alarmanlage.« Tomke nahm einen letzten tiefen Zug, bevor sie die Zigarette ausdrückte.

»Leider doch.«

Christine wollte weitersprechen, doch Oda Wagner war schneller. »Und das wirft natürlich ein komplett neues Licht auf den Fall. Deshalb ist es wichtig, dass Sie uns alles sagen, was Sie in diesem Zusammenhang wissen.«

»Tut mir leid.« Tomke zuckte die Schultern. »Da sind Sie bei mir echt an der falschen Adresse. Ina müsste mehr wissen, schließlich hat sie ja eng mit meinem Vater zusammengearbeitet.«

»Lassen Sie uns über die Kündigung Ihres Vaters als Museumsdirektor sprechen. Sie wissen sicherlich davon?« Christine war ein Gedanke gekommen.

Tomke nickte. »Natürlich. Wir haben eigentlich über alles miteinander geredet. Aber das war doch keine richtige Kündigung. Viel mehr eine Drohung. Mein Vater wollte seine Art, das Museum zu führen, durchsetzen und sich nicht von so einem kleinen Korinthenkacker wie Henner Diersen in die Parade fahren lassen. Er wusste schließlich, dass das Nordseemuseum nicht auf ihn verzichten konnte, wenn es denn weiterhin Wert auf seinen guten Ruf legt. Es war mehr so ein Säbelrasseln. Denn die anderen Kuratoriumsmitglieder standen ja voll hinter meinem Vater.«

»Es gab keine anderen Schwierigkeiten mit dem Kuratorium?«

Tomke drehte sich die nächste Zigarette. »Soweit ich weiß, nicht. Ich hatte den Eindruck, dass mein Vater in letzter Zeit eher lockerer war. Entspannter. Er wusste, was die neue Ausstellung nicht nur für das Museum, sondern auch für ihn persönlich bedeuten würde. Er sah sie als *die* Chance, mit der er landesweit Aufmerksamkeit erregen würde. Und das nicht nur in Fachkreisen. Vielleicht hat er sich dadurch den Ruf an ein größeres Museum erhofft. Immerhin war Adriaen de Vries ein bedeutender Bildhauer.« Tomke zündete sich die Zigarette an.

»So wie Bernini den Vier-Ströme-Brunnen in Rom geschaffen hat, hat de Vries den Merkurbrunnen in Augsburg modelliert. Natürlich nur unter anderem. Und stellen Sie sich vor, heute würde ein bislang unbekanntes Objekt von Bernini auftauchen. Was meinen Sie, was das für einen Wirbel gäbe!«

»Warum gab es diesen Wirbel um den Petrus denn bisher nicht?«, fragte Christine verwundert. »Eigentlich müssten die Zeitungen sich darum doch gerissen haben.«

»Da haben Sie recht.« Tomke lächelte, als sie den Rauch ausstieß, und Christine war trotz der Kälte froh über das immer noch geöffnete Fenster. Sie fror lieber, als im Qualm zu ersticken. Gegen Tomke war sogar Niekstei ein Waisenknabe. »Bislang war alles top secret. Der Paukenschlag sollte mit der Eröffnung erfolgen.«

»Bei der sicher Frau Hellmann an der Seite Ihres Vaters gestanden hätte.« Oda Wagner konnte sich anscheinend keine Spitze verkneifen.

»Frau Hellmann?« Tomke zog fragend die Augenbrauen hoch.

Christine warf ihrer Kollegin einen warnenden Blick zu, doch Oda Wagner sagte süffisant: »Die Astrologin, die Ihrem Vater den Tipp wegen des Petrus gegeben hat. Sie war nebenbei auch seine Geliebte. Wussten Sie das nicht?«

***

»Ich sach dir, das war total abgefahren.« Oda stand neben Nieksteit in der Personalküche. »Du hättest mal sehen sollen, wie die Tochter auf die Geliebte reagiert hat. Richtig mit Heulkrampf und allem. So eine Reaktion hätte ich eher von der Witwe erwartet. Aber von der Tochter …?« Oda warf den Kopf in den Nacken. »Es tun sich wahre Abgründe auf. Herrlich! Ob es da wohl ein inzestuöses Verhältnis zwischen Vater und Tochter gab? Das würde so einiges erklären.«

»Was sagt Christine denn dazu?«, fragte Nieksteit, der gerade die letzten Gläser und Becher aus der Spülmaschine räumte.

»Die hält das für eine normale Reaktion, weil die Tochter doch 'ne angeschlagene Psyche hat. Aber das ist Quatsch.«

»Findest du?« Nieksteit goss sich ein Glas Leitungswasser ein und trank einen großen Schluck. »Ich kann das nachvollziehen. Was meinste, wie dumm ich aus der Wäsche gucken würde, wenn mein Vater eine Freundin hätte.«

»Ja. Dumm aus der Wäsche gucken. Sauer sein. Das alles durchaus. Aber einen Heulkrampf kriegen?«

»Vielleicht brauchte sie einfach nur ein Ventil zum Weinen.«

»Mensch, Nieksteit. Du kapierst das nicht. Die Beenkes haben schon lange nur noch pro forma als Eheleute zusammengelebt. Das wird auch der Tochter klar gewesen sein. Außerdem scheint sie ein Problem mit ihrer Mutter zu haben. Überleg doch mal. Ihr Vater wird ermordet und sie hockt ganz allein in ihrer Wohnung, anstatt dass Mutter und Tochter sich gegenseitig trösten. Ist doch nicht normal.« Sie wiegte nachdenklich den Kopf. »Also, ich könnt schwören, da ist was nicht ganz koscher. Und mir kommt leider als Erstes in den Sinn, dass die Beziehung zwischen Vater und Tochter unnormal war. Vielleicht hat die Mutter das auch gewusst und sich deshalb zurückgezogen. Tomke Beenke könnte geglaubt haben, sie hätte ihren Vater für sich. Und nun kommen wir und berichten ihr, dass sie nicht die Einzige war, die ein enges Verhältnis zu ihrem Vater hatte. Klar muss sie 'nen Zusammenbruch kriegen.« Oda legte eine kurze Pause ein. »Wenn sie von der Geliebten denn wirklich erst durch uns erfahren hat.«

»Wie jetzt? Glaubst du, dass sie schon vorher davon wusste?«

»Keine Ahnung. Möglich wäre es. Ich habe da irgendwie ein ungutes Gefühl bei der ganzen Sache.«

»Nun hör aber mal auf, Oda! Das ist die Tochter. Und sie scheint ihn sehr geliebt zu haben.« Nieksteit angelte die Zigarettenpackung aus der Brusttasche seines zerknitterten Hemdes und bot Oda eine an. Die langte gerne zu. Gemeinsam stellten sie sich ans Fenster, öffneten es, und Nieksteit gab ihnen beiden Feuer.

»Nee, Nieksteit.« Oda blies den Rauch genüsslich aus. »Ich

finde, es ist nicht normal, dass die Tochter unter diesen Umständen nicht bei ihrer Mutter ist.«

»Aber wenn die beiden Frauen nun mal nicht miteinander konnten?«

»Dann frage ich mich: Wieso? Was ist so schwerwiegend, dass sie sich nicht einmal in dieser Situation gegenseitig stützen?«

»Keine Ahnung. Du wirst es schon irgendwie rausfinden. Aber du bist bestimmt auf dem Holzweg. Wenn die Tochter in der Mutter eine Nebenbuhlerin sah, oder wenn sie vielleicht sogar von der Geliebten wusste, dann hätte sie doch eher die Mutter oder Alexandra Hellmann umbringen müssen. Und nicht den Vater. Das macht keinen Sinn.« Er hielt seinen Zigarettenrest unter den laufenden Wasserhahn, bevor er ihn in den Müll warf. »Du hältst sie nicht wirklich allen Ernstes für verdächtig?«

»Verdächtig sind alle, wenn sie denn nur ansatzweise ein Motiv haben. Weißt du doch.« Oda klopfte ihrem Kollegen auf die Schulter. »Warum also nicht mal zur Abwechslung eine Tochter, die aus Eifersucht den Vater umbringt?«

»Du spinnst.«

»Nein. Gut, ich gebe zu, ich hätte das vorher auch nicht zwingend in Erwägung gezogen, aber, wie gesagt, was die Tochter da abgeliefert hat, hätte ich eher von ihrer Mutter erwartet.«

»Und wie passt die verschwundene Figur da rein? Glaubst du, die Tochter hat sie sich unter einem Vorwand zeigen lassen, um sie zu stehlen und den Verdacht so auf eine falsche Fährte zu lenken?«

Oda zuckte mit den Schultern. »Weiß man's?«

»Willst du jetzt etwa die Wohnung der Tochter durchsuchen lassen?«, fragte Niiksteit.

»Keine schlechte Idee.« Oda warf ihm zwinkernd eine Kusshand zu und verließ die Küche.

Kaum hatte sie ihr Büro betreten, klingelte das Telefon. Doch schon als sie die Stimme am anderen Ende der Leitung erkannte, hätte sie am liebsten gleich wieder aufgelegt. Thorsten. Ihr Exmann. Der Vater ihres Sohnes.

»Was willst du?«, fragte sie ihn unwirsch, denn er kümmerte sich kaum um Alex. Spielte nur gelegentlich am Wochenende den spendablen Sonntagsvater, im Alltag aber kam er nicht vor. Auch die bei der Scheidung vereinbarte Jedes-zweite-Wochenende-Regel hatte er nicht wahrnehmen wollen. Das sei für Alex nicht gut, hatte er behauptet.

»Ich habe heute zufällig Alex' Klassenlehrer getroffen. Ich bin ja mit ihm damals zur Schule gegangen. Und der hat mir erzählt, dass Alex' schulische Leistungen in der letzten Zeit arg zu wünschen übrig lassen. Dass sogar die Versetzung gefährdet sein kann, wenn er sich im zweiten Halbjahr nicht ordentlich auf den Hosenboden setzt. Sag mal, kümmerst du dich etwa nicht richtig um ihn?«

»Was kann ich denn dafür, wenn er sich einen Scheiß um die Schule schert?«, rechtfertigte Oda sich, worüber sie sich augenblicklich ärgerte. »Ich rede und rede, er verdreht nur die Augen, wir kriegen uns fast jeden Tag wegen der Schule in die Wolle. Alex hat im Moment nur seine Musik im Kopf. Schule ist nervig. Da wäre schon lange mehr Unterstützung von deiner Seite gefragt gewesen, aber du hast ja immer abgewimmelt, wenn ich mit dir über unseren Sohn reden wollte. Hast gesagt, ich solle Vertrauen in ihn haben. Und das hab ich. Was soll's, zur Not dreht er eben eine Ehrenrunde. Hast du damals ja auch. Also halt die Klappe! Gerade du darfst mir nämlich gar keine Vorhaltungen machen.«

Wütend lief sie am Schreibtisch auf und ab. Thorsten hatte sie schon immer schnell zur Weißglut gebracht. Was bildete der sich überhaupt ein, sich als fürsorglicher Vater aufspielen zu können, obwohl er hauptsächlich durch Abwesenheit glänzte? Und nun hatte er sich den gänzlich ungünstigsten Zeitpunkt für ein Gespräch unter Eltern ausgesucht. Aber er hatte schon immer ein schlechtes Timing gehabt.

»Kannst du dich mal hinsetzen?«, fragte Thorsten.

Verblüfft setzte Oda sich auf die Schreibtischplatte. »Hast du hier jetzt eine Kamera versteckt, oder was?« Sie knetete die Schnur des altmodischen Telefons.

»Ich kenne dich sehr genau, meine Liebe.«

»Ich bin nicht deine Liebe. Schon lange nicht mehr, falls du das vergessen haben solltest.«

»Ist doch egal. Reg dich ab, Oda, ich kenne dich und weiß, dass du ins Rennen gerätst, wenn du wütend bist.«

Thorsten konnte auch verständnisvoll sein. War er in den ersten Jahren durchaus gewesen, aber …

»Vielleicht ist es besser, wenn Alex für einige Zeit bei mir wohnt«, schlug er vor. »Dann kann ich ihn mir mal richtig zur Brust nehmen.«

»Sag mal, hast du sie nicht mehr alle? So weit kommt's noch«, wies Oda diesen Gedanken empört zurück. »Alex bleibt bei mir. Ich hab es in den letzten Jahren allein mit ihm geschafft und ich krieg das auch künftig ohne deine Hilfe hin.« Sie war jetzt vielleicht etwas unfair, aber das war egal. Er war ja auch nicht immer fair mit ihr umgegangen. Wenn sie nur daran dachte, wie er ihr damals das Ende ihrer Ehe angekündigt hatte. Aber … sie sollte sich nicht weiter aufregen. Vielleicht wäre es wirklich nicht schlecht, wenn Thorsten sich ein paar Tage um Alex kümmerte, aber das wäre das Eingestehen einer Niederlage. Und sie hatte nicht verloren. Alex befand sich einfach nur in der Pubertät. Mehr nicht. Damit waren schon ganz andere alleinerziehende Mütter klargekommen.

»Meine Güte, Oda. Dir scheint eine ganze Kompanie Läuse über die Leber gelaufen zu sein. Ich melde mich in den nächsten Tagen wieder, vielleicht bist du dann zugänglicher.«

»Du kannst mich mal gernhaben«, gab Oda zurück und legte den Hörer auf.

***

Annegret Beenke nahm den Topf aus dem Backofen und stellte ihn mit einem Holzuntersetzer auf den Küchentisch. Wie fast alles im Haus war auch die Küche weiß, die sterile Atmosphäre zog sich durch. Sie ergriff die Suppenkelle von der Metallleiste über dem Herd und hängte sie in den Topf.

»Lang zu, ich hab's extra für dich gekocht«, sagte sie zu Max, der jedoch weiter im Türrahmen stehen blieb.

»Meinst du nicht, du solltest mal mit Tomke reden?«, fragte er.

»Wie denn? Sie blockt ja alles ab. Geht nicht ans Telefon, wenn sie auf dem Display meine Nummer sieht, und reagiert nicht auf die Nachrichten auf dem Anrufbeantworter.« Annegret goss Mineralwasser in die Gläser auf dem Tisch. Dann ließ sie sich auf dem Stuhl nieder, auf dem sonst immer John gesessen hatte.

Auch heute passte sie in die Umgebung, hob sich farblich nicht ab. Sie hatte es abgelehnt, Schwarz zu tragen. Natürlich trauerte sie um John. Er war schließlich ihr Mann gewesen. Die Trauer um ihn tat zwar weh, ging aber nicht bis ins Mark. Sie hatte einen Weggefährten verloren, einen, den sie früher einmal geliebt und der irgendwann auf der Strecke eine andere Richtung eingeschlagen hatte.

Die Gefühle waren unterschiedlich gewesen in diesen Jahren. Zunächst war da erotische Liebe gewesen, die von tiefer Zuneigung abgelöst worden war. Damals war das Gefühl, dass John zu ihr gehörte, wichtiger gewesen als Leidenschaft. Doch dieses Gefühl war mit der Erkenntnis geschrumpft, dass John sich Leidenschaft woanders holte als bei ihr. Irgendwann, da waren die Kinder schon größer, hatte sie lange mit sich gerungen, ob sie sich von John trennen sollte. Aber da waren die Kinder, die gesellschaftliche Stellung und natürlich finanzielle Abhängigkeit. Die niemand vermutet hätte, weil ihre Eltern mit einer Bäckereikette reich geworden waren.

Doch ihre Eltern waren zutiefst gläubig. Sie hätten eine Scheidung nie akzeptiert, geschweige denn ihre Tochter finanziell unterstützt. Die Bäckereikette hatte ihr Bruder den Eltern abgekauft. Leider hatten sie die falschen Berater gehabt, und so war das Geld aus dem Verkauf, das zum Teil ihr Erbe gewesen wäre, nach gewagten Finanzspekulationen futsch. Und John, der kluge John, hatte bei der Eheschließung auf einem Ehevertrag bestanden. Wie dumm sie gewesen war, ihn damals zu unterschreiben. Dumm und über die Maßen verliebt. Sie hätte ihren

Lebensstandard nach einer Scheidung nicht annähernd halten können. Nicht mit dem Unterhalt für die Kinder und schon gar nicht mit dem, was sie hätte verdienen können. Denn arbeiten hätte sie müssen. Max und Tomke waren schon zu alt, als dass sie noch lange Unterhalt bekommen hätte.

Sie schob diese Gedanken beiseite, griff nach der Suppenkelle und goss die Ofensuppe auf ihren Teller. Es war eine einfach zu kochende Suppe, man musste die Zutaten nur in einen Topf geben und alles zwei Stunden im Ofen garen lassen. Kein Gericht, das große Aufmerksamkeit erforderte.

»Wenn du willst, kannst du auch stehen bleiben. Ist mir egal«, sagte sie zu Max, der daraufhin doch an den Tisch kam.

»Mama.« Er setzte sich und tat ebenfalls Suppe auf seinen Teller. »Du musst mit Tomke reden. Es kann doch nicht angehen, dass ihr beide, jede für sich allein, in euren Wohnungen trauert. Sie ist deine Tochter.«

»Ja.« Annegret lächelte schwach. »Das ist sie. Vielleicht mehr, als sie selbst wahrhaben will. So wie du das Ebenbild deines Vaters bist.« Sie rührte in ihrem Teller herum. »Nicht allein äußerlich, du hast auch viel von seiner Art.«

»Deswegen haben wir uns wohl auch so schlecht verstanden.« Max nahm einen Löffel Suppe. »Wie immer sehr lecker. Lass uns dieses Thema jetzt beenden. Hast du von dem Bestatter schon den Termin für die Beerdigung bekommen?«

»Montag. Um halb zwölf.«

»Und die Anzeige?«

»Ist erledigt.« Annegret blickte ihren Sohn an. »Hab ich zusammen mit dem Bestatter entworfen. Der hatte einige Muster dabei und kümmert sich darum. Er bestellt auch das Gesteck für den Sarg. Und die Blumengebinde für Tomke, dich und mich.«

***

»Nix«, sagte Niesteit, als er zu Oda und Christine Cordes ins Büro trat.

»Wie? Nix?« Oda sah von der Tastatur auf. Sie war froh, unterbrochen zu werden, denn im Gegensatz zur Neuen beherrschte sie nur ein Zwei-Finger-Hacksystem, dementsprechend dauerten alle Eingaben extrem lange.

»Nix zu finden von dem Petrus.« Niekstein ließ sich auf Christine Cordes' Schreibtisch nieder. »Ich habe alle Quellen angezapft, im Netz an Stellen rumgestöbert, an die normalerweise kein Unbefugter herankommt, aber nichts. Kein Angebot. Kein Bernstein-Petrus. Rien.«

»Ach nee, Französisch kannst du auch noch?« Oda griente.

»Klar, willst du mal zu mir kommen?«

»Nieksteit, so etwas ist doch unter deinem Niveau.« Oda griff zur Thermoskanne, nur um enttäuscht festzustellen, dass sie leer war. Musste sie denn alles selber machen? Konnte die Neue nicht auch in die Personalküche gehen und frischen Kaffee kochen? Dafür war die sich wohl zu fein. Sie stellte die Kanne zurück. »Und nun?«, fragte sie.

»Nun müssen wir davon ausgehen, dass der Petrus entweder zurückgehalten wird oder aber nie zum Verkauf gedacht war«, sagte Christine Cordes.

»Schiete«, entfuhr es Oda. »Es hätte so einfach sein können.«

»Einfach wäre es dann gewesen, wenn der Täter bei der Leiche geblieben wäre«, widersprach ihre Kollegin. »Wir haben es mit keinem dummen Täter zu tun.«

»Ach nee, aber ich bin dumm, oder was?« Oda sprang auf. »Wollen Sie mir jetzt weismachen, ich hätte keine Ahnung von meinem Job? Nur weil Sie aus Hannover kommen und die Weisheit dort anscheinend mit Löffeln gefressen haben? Sie können mich mal!« Oda schnappte sich die Kaffeekanne, riss die Tür auf und verschwand.

***

»So habe ich das doch gar nicht gemeint«, sagte Christine zu Nieksteit, der Oda Wagner verdutzt nachsah.

»Ist schon klar. Habe ich auch nicht so verstanden.« Niekstein kratzte sich am Kopf. »Ich weiß auch nicht, was in letzter Zeit mit Oda los ist. Sie ist so zickig. Früher war sie nie so.«

»Kann auch an mir liegen. Bis ich herkam, war Frau Wagner die einzige Frau in dieser Abteilung. Und zwischen uns stimmt leider die Chemie nicht.«

»So ein Quatsch.« Nieksteit setzte sich auf Oda Wagners freien Stuhl.

»Oda ist ein herzensguter Typ. Ein echter Kumpel. Auf Oda kann man sich immer verlassen. Zumindest konnte man es, bis …«

»Bis ich kam. Tut mir leid, Nieksteit.«

»Nun spiel das mal nicht hoch. Das renkt sich bestimmt ein. Vielleicht ist Oda nur ein bisschen eifersüchtig.« Er grinste. »Zu lustig. Oda ist eifersüchtig auf Christine. Dass ich das noch erleben darf. Ich dachte immer, Oda wäre so eine Art Neutrum. Dabei ist sie wohl auch nur eine ganz normale Frau.« Er warf den Kopf in den Nacken. »Ungeahnte Möglichkeiten tun sich da einem einsamen Junggesellen wie mir auf.«

»Hör auf mit dem Quatsch.«

Nieksteit nahm den Kopf wieder nach vorn. »Ist gut. Aber vielleicht könnt ihr zwei schon durch eine Klitzekleinigkeit ein paar Barrieren abbauen. Lasst das blöde ›Sie‹ und duzt euch.«

***

Duzt euch. Neutrum. Oda schäumte. So ein Verräter! Sie hatte gerade ins Büro zurückgehen wollen, als sie mitbekam, dass Nieksteit über sie redete. So etwas war noch nie vorgekommen. Noch nie, bis diese arrogante Kuh in diese Abteilung eingedrungen war. Zumindest hatte sie es nicht mitbekommen.

Entgegen ihrer sonstigen Gewohnheit, allem und jedem frontal zu begegnen, war Oda wie erstarrt vor der Tür stehen geblieben. Das hätte sie Nieksteit nie zugetraut. Der Neuen schon, dieser hinterhältigen Ziege. Die schleimte sich überall ein. Aber Nieksteit? Sie hatte immer gedacht, ein wirklich gutes Verhältnis zu ihm zu haben, und nun erwartete er von ihr, dass sie sich mit der Neuen duzte. Nee, ums Verrecken nicht. Da könnte die auf ihren Seidenstrümpfen herumkriechen, bis Löcher drin waren. Sie würde nicht klein beigeben, sie nicht.

Nicht Oda Wagner, das Neutrum. Ha!

***

»Was machen wir denn nun mit dem Teil?« Die weibliche Stimme klang fordernd.

»Nichts.« Henner Diersen schaute gelangweilt aus seinem Bürofenster. Es hatte zu schneien begonnen, der graue Himmel versprach eine Menge weiterer weißer Flocken. Kalt genug war es, damit der ganze Kram liegen blieb. Wie gut, dass ich nicht in einer Großstadt lebe, dachte er, während er den Tiraden seiner Gesprächspartnerin zuhörte. Hier in Wilhelmshaven konnte man zur Not ja fast immer auch laufen. Von Neuengroden bis zu seiner Kanzlei in der Gökerstraße waren es schlappe zwanzig Fußminuten, das war zu verkraften.

»Henner, das ist heiße Ware!«

»Meine Güte, nun hab dich nicht so. Weiß doch keiner, dass das Teil bei dir rumliegt.«

»Ist mir trotzdem nicht recht. Am besten, du nimmst es mit in die Kanzlei und schließt es in eurem Safe ein.«

»Du hast ja eine Meise! Ich bin Vorsitzender des Kuratoriums. Was, wenn die Polizei hier mit einem Durchsuchungsbeschluss auftaucht und es findet?« Er wies seine Sekretärin, die gerade hereinkommen wollte, mit barschem Winken zurück.

»Der Petrus bleibt erst mal bei dir«, sagte er leise. »Basta.«

***

Ina Nienhauer saß grübelnd an ihrem Schreibtisch. Sollte sie mit der Polizei reden oder nicht? Immerhin war John tot. Ina zog die mittlere Lade ihres Schreibtisches auf und holte eine kleine

Flasche Küstennebel hervor. Der trübgraue Inhalt des Fläschchens sah tatsächlich aus, als habe man Seenebel eingefangen. Mit geübtem Griff ließ Ina den Verschluss knacken. Der hochprozentige Schluck tat ihr gut.

Eigentlich trank Ina keinen Schnaps, aber in Ausnahmesituationen musste es schon mal sein. Leider hatte es in der letzten Zeit zu viele Ausnahmesituationen gegeben. Zu viele Geheimnisse und Verwirrungen. Gefühlsverwirrungen bei John, das stand zweifelsohne fest. Dass er sich mit dieser Hellseherin eingelassen hatte, war der absolute Gipfel. Gut, ihr eigenes Verhältnis mit John lag schon einige Jahre zurück, aber Ina hatte sich immer gewünscht, er würde seine Zuneigung zu ihr neu entdecken und erkennen, was er an ihr hatte. Fühlten sie nicht beide die gleiche Leidenschaft für die Kunst? Arbeiteten sie nicht wunderbar zusammen, ergänzten sich? Hatte sie sich nicht immer seine Sorgen um Tomke und Max angehört? Um Tomke, die nur durch Johns Beziehungen überhaupt eine Stelle beim Wilhelmshavener Kurier bekommen hatte, die unberechenbar und eigentlich ein seelisches Wrack war. Und um Max, diesen Tunichtgut, der alles anfing, aber nichts richtig zu Ende gebracht hatte. Erst kürzlich hatte John noch zu Ina gesagt, er sei gespannt, wie lange Max die Hotelsache auf Spiekeroog durchziehen würde.

Ina war sicher, die Unfähigkeit der Kinder, ein eigenverantwortliches Leben zu führen, hing mit der Unfähigkeit ihrer Mutter zusammen, die Max und Tomke nicht richtig erzogen hatte. John konnte nichts dafür, er war eben mit seinem Beruf immer zu beschäftigt gewesen, um sich auch noch um die Kinder zu kümmern. Dafür war Annegret zuständig gewesen. Annegret und ihre Eltern, die vor allem Max ohne Ende verwöhnt hatten.

Ina wusste, dass Annegrets Eltern es gern gesehen hätten, wenn Max die Bäckereikette später von Annegrets kinderlosem Bruder übernommen hätte. Doch der charmante Max, dem frühes Aufstehen noch nie gefallen hatte, hatte seine Großeltern so gekonnt um den Finger gewickelt, dass sie ihm seine zahlreichen Eskapaden und Berufsanfänge immer wieder finanziert hatten.

Obwohl – in diesem Fall war Ina ausnahmsweise nicht einer Meinung mit John: Sie glaubte, dass Max mit dem Hotel auf Spiekeroog endlich das Richtige gefunden hatte. Max umgab sich gern mit Leuten, hatte schon immer gern den Chef gespielt. Ob er auf der Insel mit den Insulanern auskam, wusste sie allerdings nicht.

Seine Schwester hingegen …

Es klopfte an der Tür.

»Herein«, rief Ina und im gleichen Moment stand Tomke im Raum.

»Tomke!«, rief Ina freudig überrascht. »Ich habe gerade an dich gedacht.« Sie stand auf und nahm sie in den Arm. »Es tut mir so leid.«

Tomke begann zu weinen. Ina wollte sie durch die Verbindungstür in das Büro ihres Vaters führen, aber Tomke wehrte sich.

»Bitte nicht. Ich möchte lieber hier bleiben, Ina. Ich kann da nicht rein. Da ist Papa noch zu nah.« Tomke ließ sich auf einen der Stühle vor Inas Schreibtisch fallen.

»Möchtest du einen Tee? Oder lieber Kakao?«

»So wie früher?« Tomke schluchzte.

»Ja, wie früher.« Ina strich sanft über Tomkes schwarz gefärbten Schopf. »Arme Kleine …« Sie ging hinaus, um den Tütenkakao aufzuschütten.

Als sie zurückkehrte, saß Tomke nach wie vor auf dem Stuhl, das Gesicht auf die Hände gestützt.

»Hier.« Ina drückte Tomke den heißen Becher in die Hand. »Trink mal erst, dann wird dir warm. Du bist ja auch wieder viel zu dünn angezogen.«

Tatsächlich war Tomkes schwarze Cordjacke über dem bauchfreien Pulli nicht gerade den Temperaturen angemessen. Es schneite immer noch. Doch die Flocken auf Tomkes Haar waren bereits geschmolzen und hatten nasse Flecken hinterlassen.

»Kann ich irgendwas für dich tun?« Ina legte eine Hand auf Tomkes Arm. Die Hand, an der sie den schmalen Ring trug, den John ihr vor Jahren geschenkt hatte. Sie fühlte sich als Tomkes wirkliche Mutter. In all den Jahren, in denen sie für John gearbeitet hatte, hatte sie viel Zeit mit ihr verbracht. Oft war Tomke nach der Schule ins Museum gekommen, hatte hier ihre Hausaufgaben gemacht, sich von Ina die Ausstellungen erklären lassen und häufig genug auch ihre Probleme bei Ina abgeladen. Ina wusste, in wen Tomke in der achten Klasse bis über beide Ohren verliebt gewesen war und wie schwer es mit den französischen Vokabeln und dem Lehrer für Französisch und Geschichte am Gymnasium am Mühlenweg gewesen war, der sie die neunte Klasse hatte wiederholen lassen. Damals war es Ina gewesen, die John gedrängt hatte, mit dem Lehrer zu reden.

Annegret hatte von alldem nichts mitbekommen. Das Museum war Tomkes zweite Heimat geworden und das Teehäuschen ein paar Meter weiter ihre Kantine. Mindestens dreimal pro Woche hatte Tomke sich dort im Sommer eine »Bratwurst von frei laufenden Deichschweinen« gekauft.

»Weißt du schon, wann die Beerdigung stattfindet?«, fragte Ina.

»Am Montag. Um halb zwölf.« Tomke wischte sich mit dem Ärmel über die verheulte Nase. »Deshalb bin ich auch hier.« Sie sah Ina bittend an. »Ich kann nicht an der Seite meiner Mutter an Papas Sarg stehen. Kannst du nicht mit mir gehen, Ina?«

»Aber Kleine …« Ina streichelte Tomkes Arm. »Das geht doch nicht.« Sie schüttelte den Kopf. »Natürlich bin ich auch dabei, aber du musst mit deiner Familie gehen.«

»Du bist nach Papas Tod meine Familie. Und Max natürlich. Meine Mutter war es nie.«

***

»Gudrun, was würdest du mit einer kleinen Skulptur tun, die du gestohlen hast?«, fragte Christine ihre Freundin am Telefon. Sie hatte sich einen Rooibostee gekocht und saß nun gemütlich in eine Fleecedecke eingekuschelt auf der Couch. Kerzen brannten, ihre Lieblings-CD von Robbie Williams lief leise im Hintergrund.

»Du meinst diesen Petrus? Tja. Wenn er, wie du sagst, nirgendwo im Netz auftaucht, ist er vielleicht noch zu heiß. Also ich würde ihn liegen lassen, bis der Rummel vorbei ist. Oder aber in eine Tasche packen, und ab damit über die Grenze. Vielleicht nach Holland, falls es dort einen Schwarzmarkt für solche Sachen gibt. Da kenn ich mich nicht aus. Aber die Figur hat doch einen enormen Wert, oder?«

»Ja. Sie muss also irgendwo zwischengelagert sein, wo es absolut sicher ist. In einem Tresor oder Safe. Ich habe Diersen in Verdacht. Der ist mir nach wie vor nicht geheuer. Ich bin sicher, der hat Dreck am Stecken.«

»Dann bohr nach, du hast bisher immer die richtige Nase für solche Sachen gehabt. Und du wirst es deiner Kollegin zeigen! Während die noch im Dunkeln tappt, hast du den Fall bereits gelöst. Glaub mir, du ...«

Ein Räuspern ließ Christine zusammenfahren. Frank stand in der Wohnzimmertür, ein Glas Wein in der Hand. »Ich ruf dich morgen wieder an. Frank ist gerade nach Hause gekommen.« Christine drückte die Aus-Taste am Telefon.

»Hi.« Sie wickelte sich aus der Decke und stand auf, um ihrem Mann einen Begrüßungskuss zu geben, doch er drehte den Kopf, sodass sie nur seine Wange streifte. »Ich hab dich gar nicht kommen hören.«

»Du warst ja auch in dein Telefonat vertieft.« Frank setzte sich auf den Sessel. Seine Körperhaltung war steif, vollkommen abweisend. Christine errötete, als habe er sie bei etwas Verbotenem ertappt.

»Magst du etwas essen?«, fragte sie. »Ich habe noch nicht gekocht, weil ich ja nicht wusste, wann du kommst, aber ich habe ...«

»Nimm dir ein Glas Wein und setz dich zu mir.« Frank legte die Beine übereinander, ganz der souveräne Anwalt. Christine nickte und lief in die Küche.

Der souveräne Anwalt? Was habe ich da denn gedacht? Er ist mein Mann. Er möchte mit mir ein Glas Wein trinken. Er freut sich, dass er früh nach Hause kommen konnte. Er will nicht, dass ich meine Zeit mit Kochen verplempere, wo wir in letzter Zeit so wenig gemeinsam gemacht haben. Vielleicht will er sich auch dafür entschuldigen, dass er meinen Verführungsversuch als nuttig bezeichnet hat. Wir werden uns jetzt nett unterhalten, vielleicht noch eine Pizza bestellen, uns einen schönen Abend machen. Ich sehe einfach zu schwarz. Vorsichtshalber aber trank sie den ersten Schluck Bordeaux noch in der Küche. Sie füllte das Glas wieder auf, bevor sie ins Wohnzimmer zurückkehrte und sich auf die Couch setzte.

»Möchtest du lieber eine andere Musik hören?«, fragte sie.

»Es ist vollkommen egal, welche Musik spielt. Ich muss mit dir reden. Christine, ich denke, unsere Ehe hat keinen Zweck mehr.« Frank sprach sachlich, als würde er mit einem Mandanten reden. »Wir haben uns etwas vorgemacht. Eigentlich war es zwischen uns schon nicht mehr in Ordnung, als ich aus Hannover weggegangen bin, aber das hat keiner von uns wahrhaben wollen.«

»Das stimmt doch nicht.« Bei Franks Worten legte sich ein Eisring um Christines Herz. Sie konnte nicht glauben, was er gerade gesagt hatte. Sie träumte. Bestimmt war sie auf der Couch eingeschlafen, und der gestrige Abend beschäftigte sie im Schlaf. Sie musste sich nur zwicken, um wieder wach zu werden. Um sich erleichtert an Frank ankuscheln zu können, der friedlich neben ihr schlief. Aber sie hatte keine Gewalt über ihren Körper, war wie erstarrt. Hielt sich krampfhaft am Glas fest.

»Doch. Du hast in deinem Perfektionsdrang nur nicht sehen wollen, was los war. An den Wochenenden haben wir so getan, als ob wir nach wie vor glücklich miteinander sind. Das ist in so wenigen gemeinsamen Stunden auch kein Problem. Aber seit du hier bist und wir uns jeden Tag sehen, verschwinden die Scheuklappen von Tag zu Tag. Wir haben keine gemeinsame Basis mehr, haben uns auseinandergelebt.« Frank wurde unsicher. Christine sah ihm an, dass er sich nicht wohlfühlte bei dem, was er sagte. Dass es ihm schwerfiel, so zu sprechen.

Aber dann sollte er es doch bitte lassen! Da war noch Liebe, das merkte sie doch! Warum sagte er Dinge, die ihnen beiden wehtaten? Hör auf, flehte sie innerlich. Hör bitte auf. Ich liebe dich. Ich will dich nicht verlieren. Hör bitte, bitte auf.

Ihre stumme Bitte kam bei Frank nicht an.

»Ich weiß nicht, woran es liegt, aber ich kann es nicht ändern. Ich habe das Gefühl, wir leben in einer Wohngemeinschaft, nicht in einer Ehe. Ich freue mich nicht, wenn ich abends nach Hause komme. Ich fühle mich hier inzwischen wie ein Fremdkörper. Und wie ein Schauspieler, der etwas abliefern muss, was er nicht empfindet. Das kostet mich sehr viel Kraft. Ich bin kein Schauspieler. Und ich kann nicht mehr. Kann deinen rosaroten Erwartungen nicht entsprechen. Es geht einfach nicht.« Frank fuhr sich mit beiden Händen über den Mund, als wolle er etwas verschließen, nicht preisgeben.

Wieder merkte Christine, dass auch ihm dieses Gespräch wehtat. Aber sie sah auch, dass es nicht aus einer Laune heraus geschah, dass Frank sich Gedanken darum gemacht hatte. »Was ist falsch gelaufen?« Sie zitterte am ganzen Körper. »Hätte ich etwas ändern können? Hätte ich mit etwas mehr Rücksicht auf dich deine Liebe behalten können?«

»Nein. Ich denke nicht. Dass ich den Job hier angenommen habe, war schon damals eine Flucht. Die ich als solche nicht erkannt habe. Die mir bis zu deiner Versetzung hierher auch nicht klar war. Glaub mir«, Franks Stimme verlor an Festigkeit, »ich habe mir ebenso wie du gewünscht, dass wir harmonisch und glücklich zusammenleben. Und ich empfinde es als privaten Konkurs, dass ich jetzt so mit dir reden muss. Aber ich kann nicht anders. Es tut mir leid.« Mit diesen Worten erhob er sich und trug sein Glas hinüber in die Küche.

Christine blieb wie gelähmt sitzen.

Kurze Zeit später hörte sie, wie er die Tür zum Gästezimmer von innen verschloss.

***

Die Decke des französischen Bistros war mit Ausgaben der französischen Tageszeitung ›Le Monde‹ tapeziert, das Licht gedimmt, die holzgetäfelten Wände vom Dunst zahlloser Zigaretten der letzten fünfundzwanzig Jahre dunkel.

Aus den Lautsprechern erklang Hintergrundmusik – eine CD, kein Radio, wie Oda schnell erkannte. Wer spielte, wusste sie nicht, sie konnte nur selten die Verbindung zwischen Song und Interpreten herstellen. Vor ihr auf der Theke standen ein Glas Cabernet Sauvignon und ein Aschenbecher.

Noch war wenig los, der Ansturm würde erst später erfolgen. Normalerweise kam sie unter der Woche selten hierher, heute jedoch hatte sie die Kneipenumgebung gesucht, wollte nicht allein zu Hause sitzen. Thorsten. Alex. John Beenke. Und Christine Cordes.

Probleme, wo sie nur hinsah. Wo hatte sich das Positive in ihrem Leben versteckt? Sicher, mit Alex gab es nicht nur Schwierigkeiten, aber er könnte sich wirklich mehr für die Schule interessieren. Mehr tun. Intelligent genug war er schließlich. Leider auch ziemlich faul. Würde er mehr arbeiten, müsste sie solch unschöne Telefonate wie das mit Thorsten heute nicht führen. Alles andere … Warum hatte sie nicht Hebamme gelernt? Da hätte sie es überwiegend mit glücklichen Müttern und Vätern zu tun gehabt. Mit dem Wunder neuen Lebens. Warum hatte sie sich einen Job ausgesucht, in dem Gewalttaten an der Tagesordnung waren?

Ein Mann nahm neben ihr Platz, er kam ihr vage bekannt vor. Er bestellte ebenfalls Rotwein, dieselbe Sorte, die sich bis eben noch in Odas Glas befunden hatte und nun dafür sorgte, dass sie alles ein klein wenig leichter nahm.

»Mir auch noch einen«, sagte sie zu Wilfried, dem Inhaber der Kneipe, der schon so manchen Seelenmüll von ihr mitbekommen hatte. Wilfried stellte beide Gläser gleichzeitig hin.

»Zum Wohl.« Odas Nebenmann hielt ihr sein Glas entgegen.

»Prost.«

Als Oda die Zigarette nahm, hatte er schon das Feuerzeug in der Hand, bevor sie danach greifen konnte.

»Sind Sie immer so schnell?« Der Wein hatte ihre Zunge gelöst und ihre Stimmung erhellt. Weg mit den Problemen, die kamen morgen von ganz allein zurück.

»Wenn das Gegenüber so nett ist …«

»Ach nee. Sehe ich nett aus?«

»Klar. Nett, aber auch …« Pause.

»Was, aber auch?«

»Irgendwie ein klein wenig genervt. So von allem.«

»Sind Sie ein Psycho-Heini oder was? Und was meinen Sie mit ›von allem‹?«

»Nee, mit ›Psycho-Heini‹ hab ich nichts zu tun. Und von allem … na, das sagt doch schon das Wort.« Der Mann grinste.

Ganz schön sympathisch. Oda drehte sich ein wenig auf dem Hocker in seine Richtung. »Aha. Also ein Seelenverwandter.«

»Keine Ahnung. Ich kenne ja Ihre Seele nicht.«

Oda lachte auf. Ein Typ für ein Wort-Tennis-Match. Klasse. Genau, was sie heute brauchte. »Die werde ich Ihnen auch nicht zeigen.«

»Schade. Aber …« Er wurde von Wilfried unterbrochen, der unaufgefordert zwei neue Gläser vor sie stellte. Herrschaftszeiten, hatte sie so schnell ausgetrunken? Das tat sie doch sonst nicht.

»Fangen wir doch erst mal mit Ihrem Namen an, bevor wir zu Ihrer Seele kommen.« Ihr Nachbar ließ sich nicht aus dem Konzept bringen.

Oda legte den Kopf leicht schräg. »Das muss ich mir erst mal überlegen. Kann ja nicht jedem Dahergelaufenen meinen Namen verraten.«

»Ich bin kein Dahergelaufener. Ich bin ein ›Neben-Ihnen-Sitzender‹.«

Wieder lachte Oda auf. »Und ein Scherzbold.« Sie glitt vom Barhocker. »Bin gleich wieder da.« Sie musste erst mal aufs Klo. Herrlich, dachte sie, als sie sich die Hände wusch. Und, warum soll ich ihm nicht meinen Namen sagen? Braucht ja bloß der Vorname zu sein.

»Oda«, sagte sie, als sie wieder auf den Hocker kletterte.

»Jürgen.« Er fragte nicht weiter. Wollte keinen Nachnamen wissen, nicht den Beruf, nahm sie so, wie sie da saß. Noch ein Pluspunkt für ihn.

Gut eine Stunde später liefen sie zu Fuß durch die sternenklare, verschneite Nacht. Oda führte Jürgen extra auf Umwegen zu ihrem Haus. Dass er ortsunkundig war, hatte sie im Laufe der letzten Stunde erfahren. Er war neu in der Stadt, wohnte gar nicht so weit von ihr entfernt. Doch auch wenn er sich hier noch nicht wirklich auskannte, dass Oda ihn mit dem Spaziergang ein wenig auf die Schippe genommen hatte, schien er zu merken, als sie vor ihrer Haustür standen. Schließlich wohnte Oda nur eine Parallelstraße vom Bistro entfernt.

»Du scheinst eine Meisterin im Täuschen zu sein«, sagte er.

»Und du ein Meister im Durchschauen.« Oda griente zurück. Keine Spur mehr von überheblichem Grinsen. Es knisterte, als Jürgen ihr ganz förmlich die Hand zum Abschied reichte. Und wie es knisterte! Das ging bis in ihren Magen und ließ ein paar Schmetterlinge flattern.

»Hast du was zu schreiben?«, fragte Jürgen, ohne ihre Hand loszulassen.

»Wozu?«

»Weil ich dir meine Telefonnummer aufschreiben möchte. Wäre zu schade, wenn wir ein nächstes Treffen dem Zufall überlassen müssten. So kannst du entscheiden, ob du mich anrufen willst oder nicht.« Er zwinkerte.

Am liebsten hätte Oda den Zettel in ihren BH gesteckt, als sie beschwingt und beschwipst die Treppenstufen hinauflief. Doch so beschwipst war sie dann doch nicht. Es musste reichen, wenn sie ihn in ihr Portemonnaie steckte.

Freitag

»Ja, ich habe es in der Zeitung gelesen«, sagte Christine in den Hörer, als Oda Wagner eintrat. Es war kurz vor halb neun, ihre Kollegin war eindeutig zu spät dran.

»Werden Sie bei der Beerdigung dabei sein?«, fragte Max Beenke.

Sie war überrascht gewesen, dass er sie anrief. »Natürlich werden wir dabei sein«, antwortete Christine.

»Und darf ich Sie und Ihre Kollegin auch zur anschließenden Kaffeetafel einplanen?«

»Mich nicht. Ich kann natürlich nicht für meine Kollegin sprechen, aber ich werde nicht daran teilnehmen. Schließlich habe ich Ihren Vater nicht gekannt.«

»Schade«, sagte Max Beenke.

»Danke für Ihren Anruf. Auf Wiederhören.« Christine legte auf.

»Sagen Sie bloß, das war die lütte Beenke?« Oda Wagner warf ihre Jacke über die Stuhllehne und ließ sich genauso schwungvoll auf den Schreibtischstuhl fallen. »Ahh, Kaffee!« Sie griff nach Becher und Kanne und nahm einen genüsslichen Schluck. »Genau das Richtige an diesem herrlichen Morgen.«

»Wenn Sie meinen.« Christine richtete ihren Blick auf die vor ihr liegende Akte. Fehlte noch, dass ihre Kollegin ihre verheulten Augen bemerkte, obwohl sie an diesem Morgen extra eine dicke Schicht Make-up aufgetragen hatte. Sie würde sich lieber ein Bein ausreißen, als vor Oda Wagner ihr privates Fiasko zuzugeben.

»Also, was wollte die Beenke?« Ihre Kollegin goss sich den Rest Kaffee ein.

Dumme Ziege, dachte Christine, da sitze ich hier schon seit einer guten Stunde, sie taucht gut gelaunt auf und entschuldigt sich nicht einmal für ihr Zuspätkommen. Viel geschafft hatte

Christine zwar nicht, weil ihre Gedanken immer wieder zu Frank wanderten, aber sie hatte es versucht.

»Es war nicht Tomke Beenke«, sagte sie, insgeheim froh, wieder in den Alltagstrott geholt zu werden. Gab es etwas Realeres als ihren Zwist? Fast hätte sie Oda Wagner dankbar angelächelt. Aber sie hätte dieses Lächeln erklären müssen, und so weit ging ihre Dankbarkeit dann doch nicht. »Es war Max Beenke.«

»Max Beenke?« Ihre Kollegin pfiff durch die Zähne. »Was wollte er denn?«

»Wegen der Trauerfeier Bescheid sagen. Die ist am Montag um halb zwölf in der alten Kapelle auf dem Friedhof Friedenstraße. Das steht heute aber auch in der Zeitung. Er hätte gar nicht anzurufen brauchen.«

»Ach nee, der charmante Max. Der hat Sie doch letztens so lieb angelächelt.« Oda Wagner war die Süffisanz in Person. Dass Christine kurz angebunden war, fiel ihr anscheinend nicht auf.

»Und nun hat er Sie persönlich zur Trauerfeier eingeladen? Das ist aber lieb von ihm.« Oda Wagner fuhr sich langsam durchs Haar. »Na, wir müssen nachsichtig mit ihm sein. Er weiß wahrscheinlich nicht, dass wir sowieso hingegangen wären. Hat er sonst noch was gesagt?«

Ihr überlegenes Grinsen ärgerte Christine maßlos. Gerade noch hatte sie für Sekundenbruchteile einen leichten Anflug von Sympathie für Oda Wagner empfunden, jetzt spürte sie, dass Tränen aufzusteigen drohten. Sie erhob sich und verließ das Büro.

Auf der Toilette schloss sie sich ein, kaute auf ihrer Unterlippe herum und sah verzweifelt nach oben. Nein, sie würde nicht losheulen, ganz bestimmt nicht. Und wenn es tatsächlich so kommen sollte, wie Frank es wollte, würde sie ihre Versetzung zurück nach Hannover beantragen. Zurück zu Gudrun. So lange würde sie hier durchhalten. Ohne klein beizugeben. Ohne sich von so einer wie Oda Wagner unterkriegen zu lassen. Sie zog undamenhaft die Nase hoch, nahm den Lippenstift aus der Tasche ihres Blazers und zog sich die Lippen nach.

Auf in den Kampf, spornte sie sich an. Christine, du schaffst das.

***

Eine Stunde später klingelten Oda und Christine Cordes zum zweiten Mal bei Alexandra Hellmann. Da Oda vorher angerufen hatte, war sie offenbar auf ihren Besuch vorbereitet.

»Kommen Sie herein«, bat sie lächelnd, als sie ihnen die Tür öffnete. »Ich habe einen ayurvedischen Glückstee für Sie gekocht.«

Oda rümpfte die Nase. Das war also der Grund für diesen komischen Geruch, der ihnen schon hier im Hausflur entgegengeschlagen war. Glückstee, was für ein Schwachsinn. Kräutertees ja, Ostfriesentee. Oder Kaffee. Aber Tee aus Gewürzen? Sie schüttelte sich innerlich.

Dennoch sagte sie nichts, als Alexandra Hellmann ihnen in der Küche den Tee in bunte Keramikbecher eingoss. »Nehmen Sie doch Platz.«

Diesmal hatte Oda mit der Neuen verabredet, dass sie das Reden übernehmen würde. Erstaunt hatte Oda registriert, dass Christine Cordes überhaupt nicht protestierte. Daraufhin hatte sie sie ein wenig genauer angesehen und festgestellt, dass die Wangen und Augen ihrer Kollegin gerötet waren. Darüber konnte selbst das Make-up nicht hinwegtäuschen. Sie schien wohl keinen so netten Abend gehabt zu haben wie sie selbst. Vielleicht war es diese Erkenntnis, die Oda ein bisschen milder stimmte, wahrscheinlich lag es aber eher daran, dass sie endlich wieder das Heft in der Hand hatte.

»Sicher haben Sie erwartet, dass wir wiederkommen«, begann sie. »Ist Ihnen in der Zwischenzeit noch etwas eingefallen, das uns helfen könnte?«

»Nein. Es tut mir leid.« Heute trug Alexandra Hellmann einen knallroten Pullover. Ihre blond gelockten Haare standen ein wenig wirr vom Kopf ab. Statt Oda beim Sprechen anzusehen, blickte sie auf den Tisch.

Als ob sie die Antwort auf meine Fragen in ihrer Teetasse lesen könnte, dachte Oda. »Also, Frau Hellmann, Sie waren über einige Jahre hinweg die Geliebte von Herrn Beenke, haben ihn oft in seinem Büro aufgesucht, sind dementsprechend auch über seine beruflichen Dinge informiert gewesen und wollen uns ernsthaft weismachen, Sie hätten keine Ahnung von irgendwelchen Schwierigkeiten oder Konflikten, die Ihr Geliebter gehabt zu haben scheint? Das nehme ich Ihnen nicht ab.«

Aus dem Augenwinkel nahm Oda wahr, dass Christine Cordes Kringel auf das Schreibpapier ihres ledergebundenen Blocks malte. Kringel? Die Neue malte Kringel? Was war denn mit der los? Die wirkte doch sonst immer oberkonzentriert und streberhaft.

Oda wandte sich wieder an Alexandra Hellmann. »Nun mal Butter bei die Fische. Wir wissen, dass Dr. Beenke dem Museumskuratorium mit Kündigung gedroht hat. Angeblich, um seine Position Diersen gegenüber zu stärken, weil niemand den Job so gut machen könnte wie er selbst. Aber war das vielleicht vorgeschoben? Gab es in Wirklichkeit einen anderen Grund, weshalb Dr. Beenke das Museum tatsächlich verlassen wollte? Hatte er ein lukrativeres Stellenangebot? Oder war sogar er derjenige, der den sagenumwobenen Bernstein-Petrus beiseitegeschafft hat? Immerhin hatten nur Dr. Beenke und Herr Diersen Zugang zum Tresor. Wollte Dr. Beenke mit dem illegalen Verkauf der Figur den Neustart für ein gemeinsames Leben mit Ihnen finanzieren?«

»Ach was.«

Irrte Oda sich, oder klang die Astrologin erleichtert? Hatte sie andere Fragen erwartet? Wenn ja, was für welche? Womit hatte die Hellmann gerechnet?

»Dass John etwas mit dem Verschwinden des Petrus zu tun haben könnte, halte ich für ausgeschlossen. Das wäre absolut nicht seine Art. Und sein Lebensglück auf einem Kunstdiebstahl aufzubauen …« Alexandra Hellmann sah sie nachsichtig lächelnd an. »Unmöglich. Es stand zudem überhaupt nicht zur Debatte, dass wir zusammenleben. Das sagte ich bereits. Allerdings hatte John in der Tat überlegt, den Job zu kündigen. Diese ständig wiederkehrenden Kontroversen mit Herrn Diersen als Vorsitzendem des Kuratoriums hatte er satt. Diersen wollte ihm in seine Arbeit hineinreden, das vertrug John nicht. Er hat versucht, die anderen Kuratoriumsmitglieder von seiner Sichtweise zu überzeugen, doch Diersen warf schlicht mit Zahlen um sich. Der künstlerische Aspekt, der weit über die Stadt- und Landkreisgrenzen hinaus strahlte und ein Anziehungspunkt für die Museumsbesucher war, zählte für ihn nicht. Was John wiederum in Rage versetzte. In seinen Augen war das Kuratorium einzig der Geldgeber für Kunst, die der Öffentlichkeit zugänglich gemacht werden sollte, aber beileibe kein finanzieller Aufpasser. Er fühlte sich gegängelt.«

»Sie sagten, er habe auch mit den anderen Kuratoriumsmitgliedern in regem Austausch gestanden. Von wem fühlte er sich denn nun gegängelt? Vom ganzen Kuratorium oder nur von einzelnen Personen?«

»Na ja …« Alexandra Hellmann goss sich eine weitere Tasse Tee ein. Reines Ablenkungsmanöver, vermutete Oda. Sie spürte, sie war auf der richtigen Fährte. Die Astrologin schien sich unwohl zu fühlen. Fragte sich nur: Warum?

Zögernd antwortete Alexandra Hellmann. »In erster Linie war es Herr Diersen, mit dem John nicht zurechtkam. Der sah in John einen Angestellten. Andersherum war das genauso. Das Museum war Johns Kind. Er hat es konzipiert, er hat es aufgebaut. John hielt das Museum für seines. Keiner durfte oder sollte ihm hineinreden. Er war der Macher, er hatte die Ideen. Die Zustimmung des Kuratoriums setzte er als selbstverständlich voraus.«

»Doch Diersen spielte nicht mit?« Ein Seitenblick auf Christine Cordes zeigte Oda, dass die nun keine Kringel mehr malte, sondern mitschrieb. Endlich wurde die Frau wieder normal.

»Nein. Nicht wirklich.« Alexandra Hellmann wollte auch ihnen Tee nachgießen. Christine Cordes nickte dankbar, doch als sie Odas noch volle Tasse sah, runzelte sie die Stirn.

»Tut mir leid, ist nicht so mein Ding«, erklärte Oda lapidar.

»Ich bin vielmehr gespannt, wie Dr. Beenke auf die nun nicht mehr automatisch vorhandene Zustimmung des Kuratoriums reagierte.«

Alexandra Hellmann stellte die Kanne ab. »John beschwerte sich, Herr Diersen würde sich immer in den Vordergrund spielen. Ihn an seiner Arbeit hindern und versuchen, selbst die Lorbeeren für die herausragenden Ausstellungen einzuheimsen.« Sie umfasste die Tasse mit ihren Händen.

»Haben Sie Dr. Beenke das nicht geglaubt?«

»Wie kommen Sie denn darauf?« Alexandra Hellmann wurde puterrot.

***

»Geht es dir nicht gut?« Besorgt beugte sich Max über seine Schwester. Tomke lag regungslos auf dem Sofa. Auf sein Klingeln hatte sie nicht reagiert, also hatte er den Schlüssel benutzt, den sie ihm bei ihrem Einzug gegeben hatte und der seitdem an seinem Schlüsselbund hing. »Wenn mal was ist«, hatte sie damals gesagt.

Er hatte gerufen, als er die Wohnung betrat, allerdings keine Antwort erhalten. Komisch, hatte er noch gedacht, sie wollte doch zu Hause sein, wenn er kam. Bestimmt ist sie gleich wieder zurück. So war er ins Wohnzimmer gegangen und hatte sich zutiefst erschreckt, als er Tomke auf der Couch liegen sah. Leblos, wie es schien. Dazu die Kälte. Alle Fenster waren geöffnet.

»Tomke!« Er rüttelte sie. Sie war eiskalt. »Tomke, wach auf.« Entsetzt hockte er sich zu ihr auf die Kante der Couch, umfasste ihren Oberkörper, zog sie hoch und drückte sie fest an sich. Nur langsam kam Leben in seine Schwester. Sie lächelte schwach, als sie ihn erkannte. Max lächelte erleichtert zurück und ließ sie sanft zurückgleiten. Er nahm die schwarze Fleecedecke vom Sessel, breitete sie über Tomke aus und streichelte ihre Wange.

»Ist alles okay? Geht es dir gut?«

»Ja. Ich war nur total erschöpft. Und brauchte Luft.«

»Ach, Tomke. Bei diesen Temperaturen holst du dir noch den

Tod!«, schimpfte Max. »Ich mach erst mal die Fenster zu.« Er gab ihr einen Kuss auf die Stirn. Tomke schniefte vor sich hin und wischte sich mit dem Ärmel über die Nase.

Als alle anderen Fenster geschlossen waren, blieb er einen Moment am geöffneten Wohnzimmerfenster stehen. Die Flut kam, noch roch das Watt nach Salz und Würze. Dieser Geruch war einer der Gründe, weswegen es ihn nach Spiekeroog verschlagen hatte, denn auf der Insel war er allgegenwärtig. Der zweite Grund war die Ruhe. Es gab dort keine Autos. Nicht mal einen Fahrradverleih. Er fühlte sich einfach wohl auf der kleinen Insel, die von der Tide und den Witterungsverhältnissen abhing. Auf die man nicht spontan gelangen und die man genauso wenig spontan wieder verlassen konnte.

Von Tomkes Wohnung aus konnte man ebenfalls über das Meer bis nach Dangast gucken, aber anders als früher empfand er diesen Ausblick nicht mehr nur als beruhigend, vielmehr weckte er die Sehnsucht nach seinem neuen Zuhause.

»Möchtest du einen Tee?« Er drehte sich zu seiner Schwester um. »Oder lieber einen dicken Kakao mit Sahne?«

»Tee. Kakao habe ich bei Ina schon gehabt.« Tomke setzte sich auf und zog die Decke um ihre Schultern.

Max ging hinüber in den Küchenbereich, setzte Wasser auf und gab die Teeblätter in den Filter. »Du warst im Museum?«, fragte er beiläufig, als er das Licht im Stövchen anzündete.

»Ja, ich wollte Ina bitten, mich zur Beerdigung zu begleiten.«

»Aber wir gehen doch zusammen hin. Mama, du und ich. Die Familie.«

»Du bist meine Familie, Max. Du und Ina. Mama nicht.«

»Das darfst du nicht sagen, Tomke. Mama liebt dich genauso wie mich. Du hast ihr nur keine Chance gegeben.« Max goss das kochende Wasser über die Teeblätter, ließ den Tee ziehen und setzte sich zu Tomke auf das Sofa.

»Du, Max …« Tomke kuschelte sich an ihn.

»Ja?«

»Ich weiß nicht, wie ich das sagen soll … Ich vermisse Papa

so sehr. Seine morgendlichen Anrufe, als sei ich noch nicht alt genug, um allein aufzustehen … Aber ein ganz kleiner Teil von mir«, Tomke stockte, »ein ganz kleiner Teil von mir ist auch froh, dass er nicht mehr da ist. Und dafür schäme ich mich.«

***

Christine hörte die Stimme ihrer Kollegin, die sich auf dem Flur mit Niekstеit unterhielt. Sie sah von ihrer Akte auf. Bestimmt lästerte Oda Wagner wieder. Christine spitzte die Ohren, bekam aber nur Wortfetzen mit. Sie meinte, ihren eigenen Namen zu hören, dazu das Wort »unwohl«, dann entfernten sich die Stimmen. Sie biss sich auf die Unterlippe.

Ja, unwohl fühlte sie sich hier ganz bestimmt. Gudrun hatte völlig recht: Sie würde hier ihr Ding durchziehen, den Fall allein lösen und nichts mehr mit Oda Wagner besprechen. Sollte die doch ihre Zeit mit Niekstеit in der Küche verbringen. Je mehr, desto besser.

Unwohl hatte sich allerdings auch Alexandra Hellmann gefühlt, das war Christine während des Gespräches aufgefallen. Je länger sie Oda Wagner und Alexandra Hellmann zugehört hatte, desto mehr Spekulationen waren in ihrem Kopf abgelaufen. Warum schlich die Hellmann bei ihren Antworten wie eine Katze um den sprichwörtlich heißen Brei? War ihre Liebe zum Museumsdirektor Beenke doch nicht so groß gewesen, wie sie es behauptet hatte? Warum hatte Alexandra Hellmann nicht in die gleiche Anti-Diersen-Kerbe geschlagen wie Ina Nienhauer? Gab es eine Verbindung zwischen Diersen und Hellmann, die sie nicht zugeben wollte? Wenn ja, welche?

Hatte Alexandra Hellmann vor ihrer Beziehung zu Beenke etwas mit Diersen gehabt? War Diersen der Angelpunkt, um den sich alles drehte, an den sie derzeit nur nicht herankamen?

***

Annegret Beenke fuhr behutsam in die Auffahrt ihres Hauses. Vom Auto aus drückte sie den funkgesteuerten Toröffner, wartete geduldig, bis das Tor hochgefahren war, und ließ den Wagen in die schmale Garage rollen. Erst als sie von innen den Knopf zum Schließen des Tores drückte, fiel ihr auf, dass Max' Renault nicht auf der anderen Straßenseite stand. Nachdenklich holte sie die Einkäufe aus dem Kofferraum, schloss die Tür auf, die die Garage mit dem Haus verband, und entsicherte mechanisch die Alarmanlage. Als sie die Taschen in der Küche abstellte, traf die Einsamkeit sie unvorbereitet mit solcher Macht, dass sie sich noch im Mantel auf den Küchenstuhl fallen ließ.

Sie war allein. Nicht nur für den Moment, denn Max würde sicher bald zurück sein, nein, sie war nun vollkommen allein. Ihr Vater war vor zwei Jahren plötzlich, aber im hohen Alter von immerhin vierundneunzig Jahren verstorben. Ihre Mutter litt unter Altersdemenz. Seit Mitte letzten Jahres bewohnte sie ein schönes Zimmer in einem Altenpflegezentrum in Heppens, wo sie rund um die Uhr betreut wurde. Max lebte auf Spiekeroog, Kontakt zu Tomke existierte praktisch nicht, und John …

Nun kamen endlich Tränen. Zunächst schluchzend und verzweifelt, nach einer Weile aber leicht und fließend. Das Gefühl der Trauer, das Annegret nun erfüllte, war weich und tief. Obwohl sie und John in den letzten Jahren nur noch nebeneinanderher gelebt hatten, war er doch ein Teil von ihr gewesen. Über dreißig Jahre lang. Das Gefühl, ihn im Hintergrund zu wissen, hatte ihr Sicherheit gegeben. Trotz seiner Affären, die ihr natürlich nicht verborgen geblieben waren. Doch Annegret hatte sich nie etwas anmerken lassen, war irgendwann abgestumpft und hatte die Ehe als Zweckgemeinschaft gesehen. Genau wie John.

Sie hatten beide profitiert von diesem Schauspiel nach außen, wollten beide das, was sie gesellschaftlich erreicht hatten, nicht aufs Spiel setzen. Sie war sein sicherer Hafen und er … Ja, was war John für sie gewesen? In erster Linie derjenige, der ihren Lebensstandard finanzierte. Der ihr die Putzhilfe bezahlte, die

Bügelfrau, das Auto. Und ihren nicht eben geringen Bedarf an Haushaltsgeld, denn Annegret kaufte niemals bei Discountern, sie bevorzugte die kleinen Geschäfte, von denen es leider immer weniger gab. In zweiter Linie war John der Mann, mit dem sie auf Bällen und bei gesellschaftlichen Anlässen in der Öffentlichkeit auftrat und dadurch – ja, auch das! – Existenzberechtigung fand. Sie war Frau Beenke, die Frau von Dr. John Beenke. Das schuf Achtung und Verbindungen. Blieben ihr diese Verbindungen nach seinem Tod? Wer würde zu ihr halten? Hatte sie richtige Freunde? Oder waren die ganzen Kontakte nur auf John abgestellt und auf ihre Rolle als »die Frau von …«?

Annegret wurde schlecht. Sie stand auf, trat an den Wasserhahn, beugte sich darunter und trank. Als sie den Kopf wieder hob, kehrte das Lächeln in ihr Gesicht zurück. Egal ob die Freunde echt waren oder nicht, sie war Johns Witwe. Man würde sie weiterhin respektieren, um Spenden bitten, zu Wohltätigkeitsveranstaltungen einladen. Im Gegensatz zu vorher musste sie allerdings niemandem mehr Rechenschaft über Ausgaben ablegen. Sie allein bestimmte nun, was sie wollte. Und was sie nicht wollte. Sie besaß Macht. Und die würde sie ausnutzen. Das erste Mal seit langer Zeit fühlte sich ihr Rücken schmerzfrei an, spürte sie keine Last mehr auf ihren Schultern. Sie war frei. Ein unterdrückter Freudenschrei entfuhr ihr, bevor sie, entsetzt über sich selbst, auf einen Stuhl sank.

***

»Tut mir leid, meine Lieben, für einen Durchsuchungsbeschluss bei Diersen reichen Vermutungen leider nicht, wie ihr eigentlich wissen müsstet.« Siebelt lehnte sich gegen die Bürotür. Oda und Christine Cordes saßen auf ihren Stühlen und mussten zu ihrem Chef aufblicken, was Oda grundsätzlich nicht gefiel.

Siebelt war vorhin in ihr Büro marschiert und hatte Resultate gefordert. Vermutlich war er wieder mit irgendeinem von der Staatsanwaltschaft zusammen gewesen, der ihn gepiesackt hatte.

Oder mit dem Chefredakteur des Wilhelmshavener Kuriers. Auf dem Golfplatz sicher nicht, dafür war es heute zu kalt. Nach zwei Bandscheibenvorfällen hatte Siebelt Schwierigkeiten mit dem Rücken, was ihm das Golfen bei diesen Temperaturen stark erschwerte. Wahrscheinlicher war ein Mittagessen mit einer seiner Herrenrunden in der »Schönen Aussicht« am Rüstersieler Hafen. Oda konnte sich vorstellen, wie sich seine Freunde mit neugierigem »Na, hast du den Täter schon?« auf ihn stürzten. Klar war er in Zugzwang, aber sie waren eben auch nur Menschen.

Als er ins Büro gestürmt kam, hatte die Neue einfach ihre Vermutungen ausgepackt. Oda schäumte noch immer innerlich. Da hatte die doch alles für sich behalten und nichts von dem, was sie dem Chef gerade auflistete, mit ihr besprochen. Natürlich hätte auch Oda diese Schlussfolgerungen ziehen können. Nein, Oda korrigierte sich, sie hätte sie eher als Christine Cordes ziehen *müssen*.

Die Neue vermutete, Alexandra Hellmann hätte um den heißen Brei herumgeredet, weil sie Diersen schützen wollte. Und stellte die Kernfrage: Inwieweit war Alexandra Hellmann mit dem Kuratoriumsvorstand Diersen im Bunde?

Siebelt war sofort begeistert gewesen. Klar, Diersen war die Kernfigur. Henner Diersen, der mit Beenke nicht zurechtkam. Diersen, den die Hellmann hatte schützen wollen, vermutlich, weil sie mit ihm ebenfalls ein Verhältnis hatte oder gehabt hatte und nicht nur mit Beenke. Aber die große Frage blieb: Was konnten sie vorweisen, um einen Durchsuchungsbeschluss zu erwirken?

»Nichts«, stellte Siebelt fest. »Die Untersuchung der Spuren im Tresorraum hat nämlich nichts Beweiskräftiges ergeben. Unverzeihlich, dass vorher keiner an den Tresor gedacht hat.«

»Es gab keine Hinweise darauf, Chef«, gab Oda schulterzuckend zurück. »Als Manssen mit der Sekretärin runtergegangen ist, war der Raum verschlossen. Und alarmgesichert. Da ist keiner auf die Idee gekommen, jemand habe sich dort Zutritt verschafft und etwas gestohlen.«

»Aber es befanden sich neben Beenkes Abdrücken eben auch Diersens dort. Auf dem Tresor und der Schaltanlage! Es muss Diersen gewesen sein, der als Letzter am Tresor war, der den Petrus entnommen hat und …« Die Neue machte einen leicht verzweifelten Eindruck. Verständlich, sie hatte den Durchsuchungsbeschluss unbedingt durchdrücken wollen. Allerdings konnte sich Oda ein wenig innere Schadenfreude nicht verkneifen, selbst wenn auch sie gern ins gleiche Horn wie Christine Cordes gestoßen hätte.

»Wir können das aber anhand der Spuren nicht beweisen, werte Kollegin«, sagte sie nun mit leicht bedauerndem Lächeln. »Auch wenn sich die Abdrücke von beiden nachweisen lassen, wir wissen nicht, wer zuletzt am Tresor war.«

»Leider.« Siebelt kratzte sich hinter dem rechten Ohr. »Für einen Durchsuchungsbeschluss bei Diersen reicht es wirklich nicht. Das Einzige, an das wir rankommen, sind alle Unterlagen, die mit dem Museum und der Kuratoriumsarbeit zu tun haben. An Diersens privaten oder eigenen geschäftlichen Kram … keine Chance. Zumindest im Moment noch nicht. Falls wir jedoch etwas bei den Museumsunterlagen finden, das Diersen belastet, sieht die Sache anders aus. Wisst ihr schon mehr über die Tatwaffe?«

»Auch da: Fehlanzeige. Die KTU meint, es sei ein stumpfer Gegenstand gewesen, aber kein Hammer oder so was. Und er war nicht eben klein.« Oda ließ beim Luftausstoßen die Lippen flattern.

»Aber es ist nirgends was aufgetaucht, was als Tatgegenstand herhalten könnte?«

»Chef!« Oda sah ihn mit blitzenden Augen an.

»Na, man wird doch wohl noch mal nachhaken dürfen.«

Das Klingeln des Faxgerätes unterbrach Siebelt. Oda drehte sich um, warf einen Blick auf das herauskommende Papier und reichte es weiter. »Für dich.«

Siebelt nahm es entgegen, guckte kurz darauf und griff nach der Türklinke. »Ich muss dann jetzt. Wir sind so weit klar?«

»Klar«, antworteten die beiden Frauen wie aus einem Mund. Doch statt darüber gemeinsam zu lachen, nutzte Oda die Gelegenheit für einen netten kleinen Seitenhieb.

»Meinen Sie wirklich, in Diersens Büro etwas Pikantes zu finden? Einen Slip im Aktenschrank oder Ähnliches?« Sie lehnte sich zurück und verschränkte ihre Arme vor der Brust. »Also wirklich, Kollegin, der Gute ist schließlich verheiratet, da ist man normalerweise vorsichtig mit solchen Beweisstücken.«

Samstag

Als Christine am nächsten Morgen in die Küche hinunterkam, leuchtete der Betriebsschalter der Kaffeemaschine. Ein warmer Rest für einen knappen Becher befand sich noch in der Kanne, Franks Becher stand bereits in der Geschirrspülmaschine. Ihre Augen flogen über die Arbeitsplatte und den Küchentisch, doch es gab keine kurze Zettelnotiz. Es gab: nichts. Augenblicklich spürte sie einen Kloß im Hals. Frank legte tatsächlich ein WG-Verhalten an den Tag. Konnte er wirklich nicht anders? Nach all den gemeinsamen Jahren? Wo war er? In der Kanzlei? Oder gab es eine andere Frau in seinem Leben? War er vielleicht schon aus dem Haus?

Der Kloß rutschte von ihrem Hals hinunter in den Magen, als sie an die Gästezimmertür klopfte. Frank antwortete nicht. Vorsichtig trat sie ein.

Ihr Blick fiel auf den Wilhelmshavener Kurier, der neben dem Bett lag. Langsam trat sie näher. Der Teil mit den Mietangeboten war aufgeschlagen.

»Was machst du hier? Ich bin durchaus in der Lage, mein Bett selbst zu machen.«

Sie zuckte zusammen, als Franks verärgerte Stimme hinter ihr in der Tür erklang. »Ich …« Christine stotterte. »Ich dachte, du wärst weg.«

»Ach, darf ich an einem Samstagmorgen nicht um neun in meinem eigenen Haus sein?« Das kam zynisch. Abweisend. Ironisch.

Milliarden Meilen von ihr entfernt.

»Doch, entschuldige …« Christine wusste nicht, was sie sagen sollte. Sie deutete auf die Zeitung. »Du suchst nach einer Mietwohnung?«

»Eine Eigentumswohnung werde ich mir nach der Scheidung wohl kaum leisten können, schließlich lasten noch eine Menge

Schulden auf diesem Haus.« Frank machte eine Pause. Ein Hauch von Lächeln schlich sich auf sein Gesicht.

»Frank …« Sie wollte einen Schritt auf ihn zugehen. Sofort verschloss sich seine Miene. »Bitte, Christine. Fang jetzt nicht wieder damit an. Es ist auch für mich nicht so leicht, wie du vielleicht denkst.«

Sie sah, wie er sich einen Ruck gab. Auf sie zukam. Doch er ging an ihr vorbei, faltete die Zeitung zusammen und begann, das Bett zu machen.

»Würdest du jetzt bitte mein Zimmer verlassen?«, sagte er, ohne sie anzusehen. »Und tu mir den Gefallen: Komm nicht wieder rein. Ich kann hier durchaus allein für Ordnung sorgen.«

»Frank. Gib mir, gib uns doch noch eine Chance.«

»Es hat keinen Zweck.«

Irrte sich Christine, oder lag doch ein wenig Bedauern in seiner Stimme?

»Halte nicht an etwas fest, woran nicht festzuhalten ist. Mach es uns beiden nicht schwerer, als es ist.«

»Nicht schwerer?« Christine konnte nichts dagegen tun, die Tränen liefen ihr übers Gesicht. »Uns? Ich habe das Gefühl, dass es dir überhaupt nicht schwerfällt.« Mit hängenden Schultern verließ sie den Raum.

In der Küche kippte sie den Kaffee aus ihrem Becher in den Ausguss und setzte neuen auf. Während er blubbernd durchlief, lehnte sie sich an die Arbeitsplatte und sah aus dem Fenster. Sie wusste nicht, was in Frank vor sich ging. Sie hatte nichts davon mitbekommen, dass er sich innerlich so weit von ihr entfernt hatte. Wenn es überhaupt noch eine Chance für sie gab, dann war es Zeit. Sie musste sich zurückziehen. Damit er merkte, was er an ihr hatte. Sie durfte sich ihm nicht aufdrängen. Ihr einziger Rettungsanker war die Hoffnung, dass Frank sich in einer Midlife-Crisis befand. Nach all den Mühen der ganzen Jahre: dem Studium, dem Aufbau der eigenen Existenz, dem Kauf des Hauses, der Ehe über die räumliche Distanz kam er wohl jetzt erst zum Luftholen. Zum Sich-selbst-Finden. Und zu dem, was

Männer um die vierzig anscheinend allgemein erlebten: dem Infragestellen der Lebenssituation.

Es musste eine Chance geben. Und Christine würde sie nutzen, wenn sie käme.

Montag

Es regnete am Montagmorgen, und genauso trübe wie der Himmel war auch die Stimmung in der Polizeiinspektion. Die Durchsicht der Museumsakten lief zwar auf Hochtouren, aber auf einen klaren Hinweis, der einen Durchsuchungsbeschluss für Henner Diersens Kanzlei und seine Privaträume gerechtfertigt hätte, war man noch nicht gestoßen.

Christine hoffte inständig, dass etwas auftauchte. Sie war sich so sicher gewesen, dass Diersen mit der Sache zu tun hatte, da hatte sie die leider zu dünnen Fakten beiseitegewischt und die Durchsuchung vorgeschlagen. Was zu Oda Wagners überheblichem Kommentar geführt hatte. Na, wenigstens war ihr Chef zu dem Zeitpunkt schon nicht mehr im Büro gewesen.

Christine fühlte sich elend. Dazu trug das Verhalten ihrer Kollegin natürlich bei. Nicht genug, dass sie im Fall John Beenke nicht weiterkamen, zwischen Frank und ihr herrschte mittlerweile tiefste Kühlschranktemperatur. Alles wirkte wie eingefroren. Er war am Wochenende kaum zu Hause gewesen. Hatte ihr nicht gesagt, wo er war. Die beiden letzten Abende hatte sie sich früh ins Bett verkrochen und sich die Decke über die Ohren gezogen mit dem Wunsch, nie wieder aufstehen zu müssen. Die bleierne Leere hatte sie derart erfüllt, dass sie nicht einmal mehr weinen konnte.

Und nun saß sie einer lächelnden, gut gelaunten Oda Wagner gegenüber, die augenscheinlich das Wochenende genossen hatte.

Christine war eben wieder in die Museumsunterlagen vertieft, als das Telefon klingelte.

Sie war schneller als ihre Kollegin am Apparat. »Cordes.«

»Holzer hier.« Ein süddeutscher, vielleicht bayerischer Akzent drang in ihr Ohr. »Sie wollten mich sprechen?«

»Herr Holzer.« Einen Augenblick überlegte Christine, wo sie den Namen unterbringen sollte, dann fiel es ihr wieder ein:

Herr Holzer war der Leihgeber des Exponats, für das Diersen die Versicherungsunterlagen aus dem Tresor geholt hatte.

War er also aus dem Urlaub zurück und hatte die Zettel mit der Bitte um Rückruf gefunden? Nun kam hoffentlich Licht in die ominöse Sache.

»Schön, dass Sie sich melden, Herr Holzer.« Christine sah, wie Oda Wagner gespannt die Ohren spitzte. »Es geht um den Schaden, der beim Rücktransport des Bildes entstanden ist, das Sie dem Nordseemuseum überlassen hatten.«

»Seit wann interessiert sich denn die Polizei für Versicherungsdinge?« Die männliche Stimme war sympathisch, voluminös. Christine hatte sofort ein Bild von dem Mann vor Augen: Mitte bis Ende vierzig, groß, kräftig, aber nicht zu dick, ergraute Haare, Oberlippenbart. Augenblicklich schmunzelte sie über sich selbst. Wie kam sie denn auf so etwas? Sie konzentrierte sich wieder auf das Gespräch. »Seit sie im Umfeld eines Verbrechens geschehen sind.«

»Ach. Sind Bilder gestohlen worden?« Neugierde klang aus Holzers Stimme.

»Nein. Dr. Beenke wurde ermordet.«

»Das gibt es doch gar nicht. Wie furchtbar! Und mein Bild soll etwas damit zu tun haben?«

»Nein, keine Sorge. Ich wollte nur wissen, ob es diesen Schaden tatsächlich gegeben hat.«

»Natürlich«, gab Holzer entrüstet zurück. »Oder meinen Sie, ich wollte die Versicherung betrügen?«

»Um Himmels willen, nein, das wollte ich Ihnen auf keinen Fall unterstellen. Aber solche Transportschäden sind relativ selten, wie uns die Versicherung mitteilte. Und wenn ein derartiger Schaden in unmittelbarem zeitlichem Zusammenhang mit einem Gewaltverbrechen gemeldet wird, macht uns das durchaus stutzig. Zumal Sie nicht erreichbar waren. Ebenfalls etwas, was seltsam anmutet, wo doch heute eigentlich jeder sein Handy mit sich führt.«

»Ich war beim Angeln. Da habe ich das Handy nie dabei. Ich

nutze die Zeit, um einfach runterzufahren. Mit mir allein sein. Außerdem, ich kann ja nichts dafür, dass mein Bild auf dem Rücktransport gerade zu der Zeit beschädigt wurde, als Dr. Beenke ermordet wurde. Der arme Mann. Ist ja grauenhaft. Ich kannte ihn zwar nicht persönlich, aber …«

»Kennen Sie denn Herrn Diersen persönlich? Den Vorsitzenden des Kuratoriums?« Christine war sich sicher, dass die Antwort auf diese Frage nur »Ja« lauten konnte. Das hatte sie im Gespür.

»Nein. Persönlich kenne ich keinen von beiden.«

Lag da nicht Zurückhaltung in Holzers Stimme?

»Mit Dr. Beenke hatte ich zunächst zu tun, telefonisch und schriftlich. Mit dem Herrn Diersen habe ich das erste Mal gesprochen, nachdem ich den Schaden gemeldet hatte.«

»Sie kannten sich vorher wirklich nicht?« Christine hoffte, dass nur Zweifel, nicht aber ihre innere Anspannung am anderen Ende der Leitung ankam.

»Nein. Woher denn?« Nun klang Herrn Holzers Stimme bestimmt.

Verdammt. Christine war sich so sicher gewesen. Sie sah ihr Gespräch mit dem Kuratoriumsvorsitzenden förmlich wieder wie einen Film ablaufen: wie Diersen unruhig wurde, als sie ihn gefragt hatten, weshalb er an den Tresor musste. Wie er auf dem Schreibtisch wühlte. Das war in ihren Augen reines Zeitschinden gewesen. Und dann die Entspannung in Diersens Verhalten, als er Holzer erwähnte. Der wegen des Urlaubs nicht greifbar war. Das musste Diersen gewusst haben. Aber ohne handfeste Beweise …

»Danke, Herr Holzer«, sagte Christine, wobei sie versuchte, keine Bitterkeit mitklingen zu lassen.

***

Mit gemischten Gefühlen betrat Ina Nienhauer das Haus, in dem Tomke wohnte. Sie hatte sich zwar nicht dazu überreden lassen, während der Beerdigung an ihrer Seite zu bleiben, aber zugestimmt, Tomke abzuholen. Im langen schwarzen Ledermantel öffnete Johns Tochter ihr die Tür. Sie sah erschreckend blass aus, unter ihren Augen lagen tiefe Ringe.

»Hallo, mein Schatz«, grüßte Ina und nahm sie kurz in den Arm. »Bist du so weit?«

Tomke nickte. »Ja, ich muss nur noch den Schal umbinden, dann können wir los.« Ungelenk wickelte Tomke das gestrickte schwarze Monstrum um ihren Hals.

»Geht es auch wirklich?« Ina machte sich Sorgen. Sie wusste aus der Vergangenheit, dass Tomke keinen großen psychischen Belastungen gewachsen war. Und der Gang, der vor ihnen lag, war der schwerste in ihrem Leben.

Ina hatte früher oft versucht, mit John über Tomke zu reden, doch der hatte ihre Bedenken stets beiseitegeschoben. Es sei normal, wie seine Tochter sich verhalte, war seine Standardantwort gewesen. Sie solle das nicht aufbauschen. Ina jedoch war der Ansicht gewesen, dass die psychische Instabilität nach der Pubertät hätte verschwinden müssen, und hatte auf ihre Art versucht, für Tomke da zu sein. Sie brauchte sich keine Vorwürfe zu machen.

Die Fahrt zum Friedhof verbrachten sie schweigend, jede in ihren Gedanken gefangen. Die Parkplätze rund um den Friedhof Friedenstraße waren voll. Schließlich war John eine Wilhelmshavener Größe gewesen und die Art seines Ablebens hatte sicher auch Menschen angelockt, die sonst nicht gekommen wären. Ekelhafte Schaulustige.

Ina fand schließlich noch einen Parkplatz in der Herbartstraße. Sie hakte Tomke fest unter, als sie durch das Tor auf die alte Kapelle zugingen.

Tomke stützte sich schwer auf ihren Arm. Ina nahm an, dass sie starke Medikamente genommen hatte, um den Tag überstehen zu können.

Bei der kleinen Tür zum Angehörigenraum seitlich der Kapelle blieb Ina stehen. »Hier musst du allein rein.« Sie gab Tomke einen Kuss auf die Wange.

»Komm doch mit«, bat Tomke, aber Ina schüttelte den Kopf und ging weiter zum Haupteingang.

***

Henner Diersen sah gerade noch, wie sich die Tür zum Angehörigenraum schloss, und beschleunigte seinen Schritt, als sein Handy klingelte.

Verdammt, er war sowieso schon spät dran. Hätte er das Ding bloß im Auto gelassen. Doch er war so daran gewöhnt, überall und ständig zu telefonieren, dass er das Gerät automatisch in die Tasche gesteckt hatte.

»Ja?«, meldete er sich unwirsch.

Eine Männerstimme schwoll wie ein Wasserfall in sein Ohr.

»Entschuldige, ich bin in Eile«, unterbrach Diersen den Anrufer. »Hast du inzwischen mit der Polizei geredet? … Prima. Dann ist das ja jetzt auch erledigt. Ich wusste doch, dass ich mich auf dich verlassen kann. Gut, dass du mir noch eingefallen bist, als die fragten, was ich am Tresor zu tun hatte. Da bin ich tatsächlich für einen Moment ins Schwimmen gekommen. So, aber jetzt muss ich Schluss machen. Ich melde mich nachher noch mal, dann können wir in Ruhe reden.«

Diersen beendete das Gespräch, schaltete das Handy ganz aus und eilte in die Kapelle.

***

In der ersten Reihe auf der Empore saßen Oda und ihre Kollegin. Christine Cordes trug einen dunklen Anzug und hielt ein Taschentuch in der Hand. Sie passte sich den Situationen an, wie ein Chamäleon. Oda nicht, sie trug die gleichen Klamotten wie üblich, schließlich war das hier Dienst.

Ob der Mörder unter den Trauergästen sitzt?, fragte sie sich.

Oder die Mörderin? Wer unter all den Leuten hier hatte von dem Petrus und seinem Wert gewusst? Wer saß nun dazwischen, spielte den Trauernden und gab im Geist schon das Geld aus, das die Skulptur brachte?

Sie spähte über die Brüstung nach unten. Der Sarg war unter einem weißen Liliengesteck kaum zu sehen, Blumengebinde, Kränze und Kandelaber mit brennenden weißen Kerzen sprengten fast den kleinen, lichtdurchfluteten Altarraum. Ob John Beenke tatsächlich so beliebt gewesen war, wie es dieses Blumenmeer zeigen sollte, wusste Oda nicht, auf jeden Fall war es beeindruckend.

Sie suchte in der Menge nach bekannten Gesichtern und erblickte Alexandra Hellmann ziemlich in der Mitte auf der rechten Seite. Sie trug eine schwarze Jacke mit Fellkragen und wischte sich immer wieder mit einem Taschentuch über die Augen. Das fiel nicht weiter auf, auch andere Anwesende hatten mit den Tränen zu kämpfen, was Oda verwunderte. Sie selbst hatte sich eigentlich immer ziemlich im Griff. Nur einmal, als vor ein paar Jahren eine gute Bekannte von ihr im Alter von nur dreiundvierzig Jahren morgens tot im Bett gelegen hatte, da hatte auch sie bei der Trauerfeier mit den Tränen zu kämpfen gehabt. Noch heute ging Oda nicht nur an Barbaras Geburtstag und Todestag, sondern auch an Weihnachten an deren Grab, legte eine weiße Rose nieder und …

Ach was, Oda wischte den Gedanken beiseite. Das hatte nichts mit dieser Situation zu tun. Das war privat und dies hier beruflich. Sie beugte sich ein wenig weiter vor. Henner Diersen hatte sie noch nicht entdeckt, er würde doch wohl nicht fernbleiben? Oder hatte der die Dreistigkeit besessen und sich zu Witwe, Sohn und Tochter in den Angehörigenraum begeben? Das mochte Oda hingegen nicht wirklich glauben.

Sie wollte gerade ihre Kollegin fragen, als der Kuratoriumsvorsitzende mit wehendem Mantel den Gang hinuntereilte und sich in eine der vorderen Reihen zwängte. Das passte zu ihm. Jedenfalls zu dem Eindruck, den Oda von ihm hatte. Bestimmt genoss er den schwungvollen Auftritt. Oder gab es einen Grund, dass er so spät kam?

***

Im Angehörigenraum saßen Tomke, Annegret und Max still nebeneinander. Es war das erste Mal nach Johns Tod, dass Annegret ihre Tochter sah. Sie hatte Tomke zwar mehrmals angerufen und gebeten zu kommen, doch Tomke hatte es abgelehnt. Wenn sie denn überhaupt ans Telefon gegangen war. Einmal hatte sie sogar den Hörer gleich wieder aufgelegt.

Was habe ich bloß falsch gemacht? Diese Frage ging Annegret seit Tagen durch den Kopf. Sie hatte doch stets versucht, ihrer Tochter eine gute Mutter zu sein. Allerdings hatte John ihr oft dazwischengefunkt. Wo er bei Max zu streng gewesen war, war er bei Tomke zu nachsichtig. Hatte seinem Lieblingskind alles durchgehen lassen und Annegret in die Rolle der Neinsagerin, der Missgünstigen, gedrängt. Dabei brauchten Kinder Grenzen, und was die Nachsichtigkeit bei Tomke gebracht hatte, das hatte Annegret aushalten müssen. Der Mutter-Tochter-Kampf wurde zum Krieg, irgendwann hatte Tomke sich gar nichts mehr von Annegret sagen lassen.

»Das klär ich mit Papa«, war ihre Standardantwort gewesen. »Halt du dich da raus.«

Wann Annegret begonnen hatte, sich rauszuhalten, wusste sie nicht mehr, aber sie wusste, dass sie zu spät erkannt hatte, wohin das führte. Anfangs hatte es überhaupt keinen Grund gegeben, Tomke, die gern im Garten arbeitete, nicht zu glauben, dass die Kratzer auf den Armen von den Rosen stammten. Doch mit der Zeit war Annegret argwöhnisch geworden. Gartenkratzer verliefen doch kreuz und quer über die Arme. Und nicht so gerade und nur auf den Unterarmen wie bei ihrer Tochter.

Entsetzt hatte sie vermutet, dass Tomke sich diese Verletzungen selbst beibrachte, und sie darauf angesprochen. Daraufhin hörten die »Rosenkratzer« abrupt auf. Annegret war erleichtert gewesen – bis sie durch Zufall gesehen hatte, dass diese Verletzungen stattdessen im unteren Bereich des Dekolletés auftraten.

Sie hatte versucht, darüber mit John zu sprechen, schließlich hatte er eine wesentlich engere Verbindung zu ihrer Tochter. Wo sie nicht weiterkam, könnte er doch mit Tomke reden. John jedoch gab ihr deutlich zu verstehen, dass sie sich unnütz Gedanken machte. Er hätte alles im Griff, Tomke sowieso. Gegen diese Mauer aus Abwehr war sie einfach nicht angekommen. Und so hatte sich Annegret zurückgezogen, in ihrem Herzen mindestens genauso verletzt wie Tomkes Arme. Sie hatte ihrerseits eine emotionale Mauer um sich gezogen, um sich vor weiteren Verletzungen durch das ablehnende Verhalten ihrer Tochter zu schützen. Es war eine brüchige Mauer. Aber sie existierte.

Doch es war ein Fehler gewesen, nicht weiter um Tomke zu kämpfen. Spätestens, als Tomke nach dem ersten Selbstmordversuch im Krankenhaus lag, hätte sie sich gegen John auflehnen müssen. Sie hatte es nicht getan. Weil er ihr das Selbstbewusstsein genommen hatte. Dabei hätte sie um ihre Tochter kämpfen müssen. Das wusste sie heute.

Als sie Tomke jetzt sah, erfasste sie die Trauer wie ein Blitzschlag. Nicht die Trauer um John, sondern die Trauer um ihre Tochter. Wie ein Häufchen Elend hing sie an Max' Seite. Ihr Blick war abwesend. Als sei sie ganz woanders und nicht hier, im Angehörigenraum der Friedhofskapelle. Was für Medikamente Tomke wohl genommen hatte?

Antidepressiva? Beruhigungsmittel? Ja, danach sah es eher aus. Annegret kannte deren Wirkung zur Genüge aus eigener Erfahrung. Manchmal hatte sie, nach zu vielen, zu hastig hintereinander- oder durcheinandergeschluckten Pillen, genau so ein Bild im Spiegel gesehen.

Ihre Tochter war ein hilfloses Menschlein, das mit der Welt nicht klarkam.

Annegret unterdrückte ein Schluchzen. Sie hatte so viel geschehen lassen, sich so lange selbst hinter Bergen von Medikamenten versteckt. Doch jetzt würde sie sich um ihre Tochter kümmern. Tomke war nun genauso allein wie sie, wo John tot und Max auf Spiekeroog war. Sicher gab es eine reelle Chance für sie beide. Sie würde den Kampf um ihre Tochter wieder aufnehmen. Koste es, was es wolle. Kurzerhand warf Annegret alle Zurückhaltung und Tomkes Ablehnungen der letzten Jahre über Bord und nahm die Hand ihrer Tochter.

»Komm«, sagte sie und nickte Max zu, der an ihrer anderen Seite stand. »Zusammen überstehen wir auch das.«

***

»Nein, bedaure, Siebelt«, sagte Oda Wagner knappe zwei Stunden später, als sie zusammen im Besprechungsraum der Polizeiinspektion saßen. »Wir haben in den Museumsunterlagen leider immer noch nichts gefunden, was Diersen belastet. Ist also Essig mit der Aussicht auf einen Durchsuchungsbeschluss.« Sie griff in die Tasche ihrer Steppweste, zog eine Packung Zigaretten heraus und zündete sich eine an.

»Also stehen wir mit leeren Händen da?« Auch Siebelt setzte sich wieder einmal über das Rauchverbot hinweg und griff zur zweiten Zigarette.

Christine musste sich sehr zusammenreißen, um nicht lautstark zu protestieren. Da gab es in der EU Diskussionen um rauchfreie Zonen, in Irland durfte sogar in den öffentlichen Pubs nicht mehr geraucht werden, doch hier in Wilhelmshaven ignorierte man die Bestimmungen. Na ja, wo kein Kläger, da kein Richter. Und Christine würde sich hüten, ihren Chef oder die Kollegin an höherer Stelle anzuschwärzen. Schließlich wollte sie sich den Weg zurück nach Hannover nicht mit Negativeinträgen in der Personalakte versperren. Obwohl sie trotz allem, was sie bei der Arbeit erlebte oder, besser gesagt, durchlitt, liebend gern hierbleiben würde, wenn es mit Frank noch eine Chance gäbe.

»Objektiv gesehen, ja«, sagte Oda Wagner nun mit saurem Gesichtsausdruck. »Doch ich werde diesen Diersen knacken, mag er auch noch so gewieft sein.«

»Oder unschuldig. Diese Möglichkeit gibt es ja auch«, gab Siebelt zu bedenken.

»Das kann ich mir nicht vorstellen«, widersprach Oda Wagner.

Christine sah aus dem Fenster. Dieses Gespräch hätte ebenso gut ohne sie ablaufen können. Wagner drängte sie immer mehr in die Rolle der Assistentin, erkämpfte sich ihren alten Platz zurück. Natürlich müsste Christine kontern, die Kollegin in ihre Schranken verweisen, schließlich hatte der Chef ihr die Verantwortung für den Fall Beenke übertragen. Doch nach dem Gespräch mit Frank, nach seiner Ankündigung, war jegliche Energie verschwunden. Sie war froh, den Tag einigermaßen überstehen zu können. Ein Teil von ihr war wie abgestorben. Leider gehörte zu diesem Teil auch ihr beruflicher Ehrgeiz. Es war sowieso alles egal. Frank, Oda Wagner und Wilhelmshaven. Das war fast schon Geschichte. Ein Zwischenspiel, aus dem sie bitter hatte lernen müssen.

Sie warf einen Blick aus dem Fenster. Die Zweige der Kastanien waren noch kahl, doch Christine hatte bei der Rückkehr vom Friedhof gesehen, dass sich aus der Erde am Fuß der Stämme die ersten Schneeglöckchen ans Licht wagten. Schneeglöckchen. Die Lieblingsblumen ihrer Mutter. Als Kind hatte Christine diese Blümchen mit schlechtem Gewissen auf dem naheliegenden Friedhof zu deren Geburtstag stibitzt. Nicht ohne abends ein wirklich innig gemeintes Vaterunser zu beten. Ob sie die Frühjahrstriebe der Kastanien in diesem Jahr wohl noch hier erleben würde?

»Frau Cordes. Hallo! Sind Sie noch da?« Oda Wagner stieß Christine in die Seite.

»Entschuldigung, ich war gerade mit meinen Gedanken woanders.«

»Das haben wir gemerkt.« Oda Wagners Lächeln wirkte in Christines Augen verächtlich. Und sogar der Chef guckte missmutig.

»Tja, meine Damen, da werdet ihr weiter wühlen müssen.« Er stand auf und ging zur Tür. »Irgendwer hat Beenke schließlich umgebracht, und die Presse sitzt mir im Nacken. Ich will Resultate sehen. Begründete Verdächtigungen. Scheißegal was, Hauptsache, ihr liefert mir was.«

***

Der Himmel hatte John wohl gut aufgenommen, denn als sie aus der Kapelle getreten waren, waren die morgendlichen Wolken verschwunden und hatten einem eisigen, aber strahlend blauen Himmel Platz gemacht. Das ist ein Zeichen, dass alles gut wird, hatte Annegret in dem Augenblick gedacht.

Zur Kaffeetafel waren sie ins Bootshaus am Stadtpark gefahren, um bei Hühnerkraftbrühe und Schnittchen zusammenzusitzen. Fast hundert Leute waren gekommen. Inzwischen lichteten sich die Reihen. Tomke war während der Feier ruhig geblieben – dafür hatten ihre Medikamente gesorgt. Doch damit musste nun Schluss sein. Annegret nahm sich fest vor, ihrer Tochter langsam, aber mit Nachdruck zu helfen. Schlimm genug, dass sie selbst an Tranquilizern hing, dass sie sich lange Zeit vorgemacht hatte, sie bräuchte diese Hilfsmittel. Tomke war zu jung, um sich das Leben kaputtzumachen. Seit Johns Tod hatte Annegret den eigenen Tablettenkonsum reduziert, was ihr erstaunlicherweise gar nicht so schwer gefallen war, wie sie befürchtet hatte. Vielleicht, weil sie jetzt endlich wusste, wofür sie das tat. Denn da war der eiserne Wille, mit beiden Beinen wieder im Leben zu stehen. Für ihre Tochter.

Annegret stand auf. Sie lief an Max vorbei, der in ein intensives Gespräch mit Henner Diersen verwickelt war. Tomke unterhielt sich mit Ina Nienhauer. Ina. Annegret war nie eifersüchtig auf Johns Sekretärin gewesen. Nicht im Hinblick auf John. Auch wenn sie eine Zeit lang vermutet hatte, dass Ina Johns Geliebte war.

Was Tomke und Ina betraf, war das eine andere Sache. Nun, auch da würde sie einen Weg zu finden wissen. Ina hatte die längste Zeit Einfluss auf Tomke gehabt, das schwor Annegret sich. Sie holte ihren Schal von der Garderobe und schlang ihn sich um den Hals. Sie musste ein wenig vor die Tür, auch wenn die Sonne trügerisch war und die Kälte sofort bis auf die Knochen ging. Dazu kam die ungewohnte Farbe ihrer Kleidung, die sie frieren ließ.

Dem Anlass entsprechend war sie in Schwarz gekleidet, schließlich konnte man als Witwe bei der Trauerfeier des Ehemannes schlecht Weiß tragen. Aber sie mochte keine dunklen Farben. Sie gaben ihr das Gefühl, ebenfalls schon tot zu sein. Sie brauchte Leichtigkeit. Licht. Luft. Die weiße Kleidung war ihr Aufbegehren gegen den Käfig gewesen, in dem sie steckte.

Im Hinausgehen bat sie den Wirt um einen Korn. Sie stellte sich auf der Terrasse des Restaurants an einen Stehtisch, trank das Glas in einem Zug aus und ließ ihren Blick schweifen: Über den großen Teich des Stadtparks war sie früher mit Max und Tomke im gemieteten Ruderboot gefahren, das aussah wie ein großer Schwan. Bis hin zu dem breiten, von Bäumen gesäumten Weg, den sie so oft allein gegangen war. Auch heute liefen Jogger und Nordic Walker unbekümmert ihren Rundgang; das Leben ging weiter. Sie schaute zurück auf den Teich und den Bootssteg. Zurzeit lagen keine Boote im Wasser, doch im Frühling würde man sie wieder mieten können. Vielleicht kam der Winter ja noch mit aller Macht und verwandelte den Teich in eine Eislauffläche. Wie früher. Als Teenager war sie hier Schlittschuh gelaufen und hatte sich an der Glühweinbude in Falk verliebt. Oder hieß er Falko? An seinen Nachnamen konnte sie sich nicht mehr erinnern. Was wohl aus ihm geworden war?

Annegret fröstelte.

Sie wollte gerade wieder hineingehen, als sich eine Hand auf ihre Schulter legte. Annegret sah sich um. Tomke stand neben ihr.

»Erwarte nicht zu viel von mir, Mutter«, sagte sie in einem Ton, der Annegret noch mehr frösteln ließ. »Das, was in den ganzen Jahren gewesen ist, kann man nicht einfach ungeschehen machen.«

»Aber wir können uns darum bemühen, wieder Zugang zueinander zu finden«, bat Annegret mit aller Inbrunst. »Wir müssen es nur beide wollen.«

»Vielleicht …« Tomkes Gesicht wurde mit einem Mal aschgrau, sie schnappte nach Luft und sackte so schnell in sich zusammen, dass Annegret sie nur knapp auffangen konnte.

»Einen Arzt«, schrie sie, »wir brauchen sofort einen Arzt!«

Max kam angerannt, half ihr, Tomke zurück in die Wärme des Restaurants zu schleifen. Immer wieder streichelte Annegret die Wange ihrer Tochter, doch Tomke reagierte nicht. Sie war ein lebloses, zusammengesacktes Häufchen Mensch.

Binnen Minuten trafen Notarzt und Rettungswagen ein. Max nahm Annegret beiseite, die nicht von Tomke weichen wollte.

»Ich fahre mit ihr«, sagte Annegret. »Sie darf jetzt nicht allein sein.«

»Du bleibst hier«, bestimmte Max. »Du kümmerst dich um die letzten Gäste. Ich fahre mit. Wir sollten Tomke im Moment nicht überstrapazieren. Es reicht, wenn ich bei ihr bin, ich gebe dir umgehend Bescheid, sobald sie untersucht worden ist. Du kannst später oder morgen früh zu ihr gehen.«

»Nein. Sie braucht jetzt ihre Mutter«, widersprach Annegret, doch Max ließ den Widerspruch nicht zu.

»Du bleibst hier und bringst die Trauerfeier zu Ende. Basta.«

Als der Rettungswagen mit Tomke und Max wegfuhr, sah Annegret dem Fahrzeug hinterher. Was für eine Ähnlichkeit der Junge mit seinem Vater hatte! Nicht nur rein äußerlich. Seine ganze Art. Übernahm gleich das Zepter, bestimmte, was geschah. Und sie, ja, wieder einmal auch sie, fügte sich. Lief sie Gefahr, sich künftig von ihrem Sohn bevormunden zu lassen? Nein. Sie atmete tief durch. So etwas würde sie nie mehr mit sich machen lassen.

***

Christine brauchte dringend frische Luft. In der PI war es stickig gewesen, daran war nicht nur der Zigarettenqualm schuld.

Frische Luft, Wind und Wasser, genau das fehlte ihr jetzt. Also fuhr sie nach Feierabend erst einmal zum Südstrand, obwohl ihr klar war, dass sie nicht wirklich viel würde sehen können. Aber sie hatte das Gefühl, das leichte Rauschen der Nordseewellen könnte ihr helfen, ihr inneres Gleichgewicht wiederzufinden. Wenn das Meer überhaupt da war, sie hatte leider keinen Blick auf die Tidezeiten in der Zeitung geworfen.

Diesmal fuhr sie nicht über den Grodendamm, sondern nahm die Rheinstraße in Richtung Kaiser-Wilhelm-Brücke. Sie hatte vor Kurzem in einem der Geschäfte in der Südstadt eine Lammfelljacke gesehen, mit der sie liebäugelte. Vielleicht sollte sie heute einfach mal etwas unvernünftig sein und sich diese Jacke kaufen.

In der Rheinstraße war Tempo dreißig vorgeschrieben. Christine hasste diese Zonen. Als sie langsam die Straße entlangfuhr, bemerkte sie Franks geparktes Auto an einer Straßenecke.

Automatisch stutzte sie. Was machte Frank denn hier? Besuchte er eine Mandantin? Aber die kamen doch normalerweise in die Kanzlei.

Vielleicht hat er eine Freundin, meldete sich ein kleines Teufelchen in ihr zu Wort.

Vergiss es. Es gibt keine Geliebte. Nicht bei Frank.

Dennoch machte sich ein mulmiges Gefühl in Christine breit, und als ob die beiden Ampeln dazu beitragen wollten, dass sie so schnell wie möglich ans Wasser kam, konnte sie ohne Stopp über die Kaiser-Wilhelm-Brücke und durch bis zum Parkplatz auf dem Fliegerdeich fahren.

Christine stieg aus. Sofort fuhr der Wind unter ihren Mantel. Sie hörte das leise Plätschern des Wassers und lief vorsichtig, um nicht auszugleiten, den Deich hinunter auf den Deichsicherungsweg. Dort blieb sie stehen, blickte aufs Meer und streckte die Arme seitlich aus. Sie wollte die Weite, die salzige Luft in sich aufnehmen, sich vom Wind alle Sorgen wegpusten lassen. Auch wenn der das natürlich nicht vermochte. Und sofort tauchte dieser vermaledeite Verdacht wieder auf. War tatsächlich eine andere

Frau der Grund für Franks Verhalten? Wenn ja, wie lange lief das schon? Etwa schon seit der Zeit, als sie noch eine Wochenendehe geführt hatten? Warum hatte er dann nicht gesagt, dass es keinen Sinn für sie machte, nach Wilhelmshaven zu ziehen, weil er sie nicht mehr liebte? Sie schlang die Arme um ihren Oberkörper.

Einige lange Minuten blieb sie so stehen, dann drehte sie sich um und lief zurück hinauf zum Parkplatz. Dabei fiel ihr Blick auf das Gebäude, in dem Tomke Beenke wohnte. Sie sah an dem Haus empor, rechnete sich aus, wo die Wohnung der jungen Frau liegen musste, doch im vierten Stockwerk drang lediglich aus einigen der äußersten Fenster Licht. Vielleicht hielt sich Tomke Beenke nun doch bei ihrer Mutter und ihrem Bruder auf. Christine wünschte ihnen, dass sie in diesen Stunden wieder zusammenrücken konnten.

***

»Mama, ich bin's, Max.« Endlich meldete er sich. Erleichtert ließ Annegret das Messer, mit dem sie sich gerade einen Apfel geschält hatte, auf die Arbeitsplatte fallen. Gleichzeitig umklammerte sie das Telefon, als könne sie es dadurch zwingen, nur positive Botschaften zu übermitteln.

»Wie geht es ihr? Bist du noch im Krankenhaus?« Ihre Stimme zitterte.

»Tomke hat eine Medikamentenvergiftung. Sie haben ihr den Magen ausgepumpt. Ich habe den Ärzten gesagt, es muss ein Versehen gewesen sein, denn sie stand ja heute unter enormem psychischem Druck. Papas Beerdigung und so. Das haben sie mir auch geglaubt.«

»Gott sei Dank.« Annegret fiel ein Stein vom Herzen.

»Na ja, zumindest für den Moment. Sie schläft jetzt. Hat überhaupt keinen Zweck, dass du herkommst. Ich werde heute Nacht bei ihr bleiben und nehme dann morgen die erste Fähre nach Spiekeroog. Schließlich war ich jetzt eine Woche nicht da, ich muss wenigstens einen Tag rüber, um ein paar Dinge zu klären.

Dann kann ich wiederkommen. Oder du rufst mich an, wenn du mich brauchst. Morgen solltest du allerdings schon sehr früh hier sein. Die Ärztin meinte, sie wollen einen der niedergelassenen Psychiater hinzuziehen. Da ist es besser, wenn du als ihre Mutter bei ihr bist und nicht ich als Bruder. Du musst verhindern, dass sie dahinterkommen, dass dieser Medikamentenmissbrauch nicht der erste ist. Wenn sie rauskriegen, dass Tomke schon einmal versucht hat, sich mit Schlaftabletten das Leben zu nehmen, weisen sie sie vielleicht gleich in die Psychiatrie des Reinhard-Nieter-Krankenhauses ein.«

»Deswegen habe ich den Notarzt ja auch gebeten, sie ins Willehad-Krankenhaus zu bringen, Max. Ich bin mir sicher, diesmal war es kein Suizidversuch. Diesmal war es wirklich ein Versehen. Oder die psychische Belastung. Soll ich nicht doch noch kommen?«

»Lass mal, Mama, ich bleibe jetzt hier, und du kommst morgen früh. Du kümmerst dich um Tomke, versprichst du mir das?« Ein dringliches Flehen lag in seiner Stimme.

»Natürlich. Ich werde auf sie aufpassen, das ist doch selbstverständlich! Ich bin ihre Mutter und liebe sie genauso wie dich!«

Als Max das Telefonat beendete, ließ Annegret den Kopf hängen. Tränen rannen über ihr Gesicht und tropften ungehindert auf den Fußboden.

***

Die Geräusche des abendlichen Straßenverkehrs drangen durch die Eingangstür des türkischen Restaurants herein. Oda saß allein am Tisch, Jürgen war noch nicht da. Und sie ärgerte sich darüber.

Die Bedienung fragte nach ihrem Getränkewunsch. Schiet wat drauf, dachte Oda. Warum soll ich warten? Sie bestellte einen trockenen Rotwein. Mit türkischen Weinen kannte sie sich nicht aus, da verließ sie sich lieber auf die Empfehlung der Kellnerin. Ungeduldig trommelte Oda mit den Fingern auf dem Tisch herum, während sie auf den Rotwein und auf Jürgen wartete.

Sie mochte es zwar nicht zugeben – zeigen würde sie es sowieso nicht –, aber sie war doch ein wenig aufgeregt.

Das ganze Wochenende hatte sie hin- und herüberlegt, ob sie Jürgen anrufen sollte oder nicht. Sähe das nicht aus, als wenn sie ihm hinterherliefe? Männer sollte man doch zappeln lassen. Irgendwo hatte sie gelesen, dass Männer in der Liebe auch heute noch Jäger waren. Obwohl die Steinzeit lange vorbei war. Sie wollten keine Frauen, die sich allzu leicht erobern ließen. Andererseits: Erstens war sie sowieso nicht leicht zu haben und außerdem eine gestandene Frau. Warum sollte sie sich nicht bei ihm melden? Dazu hatte er ihr schließlich seine Telefonnummer gegeben. Von Liebe oder Beziehung war ja gar nicht die Rede gewesen. Nur von einem weiteren Treffen. Dennoch hatte ihr Herz heftig geklopft, als sie Sonntagabend zum Telefon gegriffen hatte.

Es war ein nettes, wenngleich etwas kurzes Gespräch gewesen, in dem sie sich für den heutigen Abend verabredet hatten. Eigenartigerweise hatte Oda dieses Telefonat dennoch gefallen. Sehr sogar. Erst, als sie aufgelegt hatte, fiel ihr auf, dass sie nicht einmal wusste, was er beruflich machte. Na, das würde sie heute herausfinden.

»Hey.«

Sie hatte ihn nicht kommen sehen. Oda sah auf und grinste. »Hast Glück gehabt, fünf Minuten später und ich wäre weg gewesen. Man lässt eine Dame nicht warten.«

»Eine Dame?« Er lachte herzhaft auf, machte jedoch sofort eine zerknirschte Miene und setzte sich ihr gegenüber. »Tut mir echt leid. Ich bin untröstlich. War keine Absicht. Der Job. Du verstehst?«

In diesem Moment brachte die Kellnerin den Rotwein und sah Jürgen fragend an.

»Für mich den gleichen, bitte.« Als die junge Frau gegangen war, deutete er erheitert auf das Glas. »Das wolltest du innerhalb der nächsten fünf Minuten ausgetrunken haben? Beim letzten Mal hast du dir zumindest ein wenig mehr Zeit gelassen.«

»Na, vielleicht hätte ich mir auch diesmal etwas mehr Zeit gelassen«, gab Oda amüsiert zu und reichte Jürgen die Speisekarte, die er unverzüglich aufschlug.

»Hast du schon ausgesucht?«

»Nein. Was machst du überhaupt beruflich? Darüber haben wir noch gar nicht gesprochen.«

Die Bedienung brachte den zweiten Wein. Jürgen klappte die Speisekarte zu. »Ich nehme das Döner-Rollo mit Salat und Brot«, sagte er. »Und Tsatsiki.«

»Ich auch.« Oda reichte der jungen Frau die Speisekarte. »Also?«, fragte sie Jürgen. Der hob das Glas. »Zunächst mal: Zum Wohl. So viel Zeit muss sein.«

»Zum Wohl.« Sie ließen die Gläser aneinander klingen.

»Was ich beruflich mache?« Jürgen sah sie skeptisch an. »Na hör mal, das müsstest du doch wissen. Schließlich haben wir uns das erste Mal bei euch im Kommissariat gesehen. Als ich mit deiner Kollegin über den Mord an Dr. Beenke gesprochen habe.«

»In der Polizeiinspektion«, verbesserte Oda automatisch, während sie nachdachte. Deshalb also war er ihr im Bistro vage bekannt vorgekommen. Er war der neue Journalist beim Wilhelmshavener Kurier. Er war der Mann, mit dem Christine Cordes so fröhlich geplaudert hatte.

Diese Erkenntnis traf sie wie ein Schlag.

»Was ist?«, fragte Jürgen. »Habe ich etwas Falsches gesagt?«

Oda winkte ab. Sie griff zu ihrem Rotwein, um Zeit zu gewinnen. War es Zufall gewesen, dass Jürgen sich im Bistro neben sie gesetzt hatte? Oder schlichte Berechnung? Hatte er Erkundigungen über die beiden ermittelnden Beamtinnen eingeholt und erfahren, dass Christine Cordes verheiratet war? Hatte er gedacht, an eine alleinerziehende Mutter würde er eher herankommen? Und damit an Informationen? Aber was war mit den Schwingungen, die doch eindeutig zwischen ihnen existierten? Hatte ihr Bauchgefühl so unrecht?

Er sah sie fragend an, aber Oda konnte nichts sagen. Als das

Essen kam, war sie erleichtert. Mit vollem Mund sprach selbst sie nicht viel.

***

Christine lag schon im Bett, als sie die Haustür hörte. Ein Blick auf den Wecker zeigte ihr, dass es kurz vor elf war. Als sie vom Südstrand nach Hause gekommen war, hatte sie versucht, Frank in der Kanzlei zu erreichen, doch dort hatte niemand abgenommen. Auch die Handynummer hatte sie gewählt, aber wie so oft hatte sie es dann im Nebenzimmer klingeln hören. Daraufhin war sie, das erste Mal in den sieben Jahren ihrer Ehe, mit schlechtem Gewissen an sein Handy gegangen und hatte sein Adressbuch geöffnet. Im ersten Moment war sie erleichtert gewesen, als sie keinen verräterischen Eintrag gefunden hatte. Aber dann hatte sie sich gesagt, dass Frank vielleicht nur deshalb keine Nummer eingespeichert hatte, weil er sein Handy sowieso kaum nutzte.

Sie knipste die Nachttischlampe an. Sollte sie runtergehen und mit Frank sprechen? Oder so tun, als ob sie schliefe?

Nein. Sie schwang die Beine aus dem Bett. Sich schlafend zu stellen, wäre Vogel-Strauß-Politik, und Gudrun hatte ihr erst neulich gesagt: »Der Nachteil des Kopf-in-den-Sand-Steckens ist der, dass man nicht sieht, wer einem in den Arsch tritt.«

Christine nahm ihren Bademantel vom Fußende des Bettes und zog ihn über. Sie würde sich nicht in den Hintern treten lassen, weder von Frank noch von einem anderen. Trotzdem ging sie mit unsicherem Gefühl die Treppe hinunter.

»Frank?« Sie raffte den Bademantel über der Brust zusammen, als sie in die Küche trat, in der ihr Mann am Kühlschrank hantierte. »Es ist ja so spät geworden. War etwas los? Ich habe versucht, dich anzurufen, aber in der Kanzlei ging keiner mehr ran.«

Frank drehte sich um, ein Stück Käse in der Hand. »Nein. Nichts Besonderes. War heute nur eine Art Krisensitzung. Wegen dieses Mandanten, der angeblich seine Frau im Gartenteich ertränkt hat. Da mussten wir noch einmal die Fakten durchgehen, schließlich beginnt der Prozess übermorgen.«

»Aha.« Christine drehte sich um. Schlafwandlerisch schleppte sie sich die Stufen hoch, ließ den Bademantel im Schlafzimmer einfach fallen und igelte sich im Bett ein. Also doch.

Frank hatte eine Geliebte.

Alles in ihr schrie: Komm wieder zu mir, tu mir das nicht an, ich liebe dich doch; aber das lautlose Schreien verklang ungehört im Kopfkissen.

***

»Also, mein Lieber, mir wird das jetzt zu heiß.« Das Telefon und mit ihm eine nörgelnde Frauenstimme hatten Diersen um dreiundzwanzig Uhr fünfundvierzig aus dem Schlaf gerissen.

»Sag mal, weißt du eigentlich, wie spät es ist?«, schnauzte er in den Hörer. »Es ist mitten in der Nacht. Was, wenn meine Frau an den Apparat gegangen wäre?«

»Die gute Heidi ist doch auf einem Seminar. Schon vergessen, mein Lieber?«

Diersen stöhnte. Warum hatte er sich darauf bloß eingelassen. Nichts als Ärger hatte ihm der ganze Kram gebracht. Verdammt großen Ärger, der sich nun als vollkommen unnütz herausstellte. Dass Sandra sich von einer reizvollen, erotischen Frau in eine Nervensäge verwandelte, damit hatte er nun wahrlich nicht rechnen können. Verdammter Mist. Es wurde Zeit zu handeln, den ganzen Schlamassel loszuwerden. Er setzte sich auf und rieb sich das Kinn. Eine halbe Minute war es still am Telefon. Dann kam ihm der rettende Gedanke.

»Hör mir genau zu«, sagte er.

***

Oda wälzte sich im Bett herum. Sie konnte nicht einschlafen. Der Abend spukte ihr im Kopf herum. Am liebsten hätte sie sich beim Nachhausekommen mit ihrem Sohn unterhalten, doch Alex war tatsächlich für ein paar Tage zu seinem Vater gezogen. Dort hatte er im Keller sein eigenes Reich und fühlte sich nicht so kontrolliert wie bei ihr. Das hatte er natürlich nicht gesagt, als er gestern die große Sporttasche gepackt hatte.

Seine Worte waren die eines einfühlsamen Erwachsenen gewesen, nicht die eines sechzehnjährigen Jungen. »Ich glaub, es ist besser, wenn ich dich für ein paar Tage in Ruhe lasse, Mama.« Er hatte sie ein wenig verschämt umarmt, auch wenn keiner da war, der ihn hätte sehen können. »Komm du mal erst mit dir selbst klar. Beziehungsweise mit deinem Job. Scheint im Moment wirklich stressig zu sein. Und wenn du mich brauchst, weißt du, wie du mich erreichen kannst.«

Augenblicklich hatte Oda ihren Ex gehasst für die Ausweichmöglichkeit, die er Alex bot. Selten hatte sie sich so als Versagerin gefühlt wie in dem Moment, als die Tür hinter Alex ins Schloss gefallen war. Doch ihr Sohn wurde nun mal erwachsen, sie musste sich ans Loslassen gewöhnen.

Nun lag sie im Bett und sah zu, wie die Digitalziffern der Uhr voranschritten. Hatte sie sich falsch verhalten? Jürgen durch ihren Rückzug womöglich vor den Kopf gestoßen? Aber er musste doch gemerkt haben, dass sie keine Ahnung davon gehabt hatte, dass er der Journalist war, an dem sie vor ein paar Tagen vorbeigelaufen war.

Sie ärgerte sich über sich selbst. Warum musste sie auch alles schwarzsehen, ihm Dinge unterstellen, die sicherlich gar nicht zutrafen? Sie würde sich bei ihm entschuldigen. Gleich morgen früh.

Oder – könnte, sollte, dürfte sie Jürgen jetzt noch anrufen?

Sie griff zum Telefon.

Er meldete sich verschlafen nach fünfmaligem Läuten. »Töpfer.«

»'tschuldigung. Ich wollte dich nicht wecken«, sagte sie kleinlaut.

»Oda?« Mit einem Mal klang Jürgen hellwach.

»Ja.« Sie schämte sich für ihre Spontaneität. »Ich hätte bis morgen warten sollen.«

»Hast mich nur ein bisschen geweckt. Ich habe gerade versucht einzuschlafen. Gar nicht so leicht, wenn man grübelt. Was war denn los mit dir? Du warst plötzlich so komisch.«

»Ich hab auch gegrübelt.«

»Worüber?« Zärtlichkeit lag in Jürgens Stimme.

Oda legte sich bequem zurück, die wohligen Schwingungen waren wieder da. »Über dich.«

»Über mich?« Lächelnder Unglaube am anderen Ende der Leitung.

»Darüber, wie wir uns kennengelernt haben. Ob eine Absicht dahintersteckte.«

»Klar steckte da 'ne Absicht hinter. Neben mir saß eine attraktive Frau. Die umso attraktiver wurde, je mehr ich mit ihr sprach. Deren Esprit mich gefangen nahm. Wie sieht eigentlich deine Bettwäsche aus?«

»Bitte?«

»Also, meine ist nicht sehr sexy. Gebe ich zu. Marke ›No Name‹. Schlicht dunkelblau.«

»Jersey oder Satin?«

»Jersey. Satin kann ich nicht ab. Außerdem ist Jersey kuscheliger. Und bei dir?«

»Auch Jersey. Knallrot.« Oda lächelte, wurde aber gleich wieder ernst. »Wir schweifen ab. Jürgen, ich muss es wirklich wissen. Hast du es drauf angelegt, mich kennenzulernen, weil ich an dem Mordfall arbeite?«

»Nein, liebe Oda. Das habe ich gar nicht nötig. Die Infos, die ich brauche, kriege ich ohnehin, da muss ich mich nicht einschleimen. Vor allem nicht unter falschen Voraussetzungen. Ich arbeite schließlich nicht bei irgendeinem Revolver- oder Boulevardblatt. Dass ich dich kennenlernte …«, sie hörte, wie er sich in seine Kissen kuschelte, »… das ist Fügung. Schicksal, wenn du es so nennen willst. Das hat mit dem Job nichts zu tun. Weder mit deinem noch mit meinem. Bist du nun zufrieden und wieder nett zu mir?«

»Ja.« Odas Stimme wurde tiefer. »Du, Jürgen?«
»Jaa?«
»Meinst du, dass rote und blaue Bettwäsche zusammenpassen?«
»Weiß ich nicht. Aber ich hätte nichts dagegen, mal unter knallroter Wäsche zu schlafen.«

Dienstag

Die Frau, die von Henner Diersen früher zärtlich, neuerdings aber immer genervter Sandra genannt wurde, war an diesem Dienstagmorgen früh aufgestanden. Zu sehr lastete diese Angelegenheit auf ihrer Seele, passte sie doch so gar nicht zu ihrem sonstigen Leben. Sie konnte heute nicht mehr sagen, warum sie mitgespielt hatte, aber sie war froh, dass es zu Ende ging.

Sie zog das vorgefertigte gelbe Normpaket der Post auseinander und stellte es auf den Tisch. Um auf dem Paket und seinem Inhalt keine Fingerabdrücke zu hinterlassen, trug sie die Einmalhandschuhe, die sie immer beim Reinigen des Bades anzog. Den Adressaufkleber hatte sie auf dem PC geschrieben und ausgedruckt, genau wie Henner es ihr gesagt hatte. Als kleinen Gag hatte sie noch einen Absender hinzugefügt. Die Skulptur war ordentlich in Haushaltsrollenpapier gepackt, auch den Aufkleber »zerbrechlich« hatte sie sich bei der Post besorgt. Eigentlich konnte nichts schiefgehen. Erleichtert klebte sie das Paket zu. Sie würde noch warten, bevor sie es zur Hauptpost am Rathaus brachte, erst gegen zehn setzte dort die Stoßzeit ein. Dann, so war sie überzeugt, würde man sich an sie nicht erinnern können. Zur Sicherheit legte sie die geringelte Strickmütze zurecht, die ihr gelocktes Haar verbarg und bei diesem Schmuddelwetter, das draußen herrschte, auch kaum auffiel.

***

Vorsichtig öffnete Annegret die Tür des Krankenhauszimmers. Es war noch früh, gerade kurz nach acht, doch sie hatte es zu Hause nicht mehr ausgehalten. Die ganze Nacht hatten dieselben Fragen in ihrem Kopf gekreist: Was war wirklich geschehen? War es tatsächlich nur ein Versehen gewesen, oder hatte Tomke absichtlich zu viele Medikamente geschluckt?

Voller Unbehagen betrat sie das Krankenzimmer. Ihre Tochter lag allein im Raum. Das abgedunkelte Fenster führte nach Osten. Annegret ging leise darauf zu und zog die Vorhänge auf. Nicht dass es viel gebracht hätte – es fing gerade an zu dämmern. Am liebsten hätte Annegret das Fenster geöffnet, denn im Zimmer roch es muffig. Doch der Wind pfiff so gewaltig, dass man es durch die Thermopenverglasung hören konnte. Sie befürchtete, dass Tomke sich erkälten würde.

Nur ein kleines Nachtlicht brannte. Annegret rückte einen Stuhl an Tomkes Bett und betrachtete ihre Tochter im Schlaf.

Als damals die Schnitte von den Armen ins Dekolleté gewandert waren, hatte sie sich umgehört. Es hatte nicht lange gedauert, bis sie erfuhr, dass man so etwas »selbstverletzendes Verhalten« nannte. SVV. Annegret hatte sich mit einer Jugendpsychologin in Verbindung gesetzt, weil sie mehr über dieses Verhalten erfahren und Fakten auf den Tisch legen wollte, wenn sie mit John darüber sprach. SVV sei eine Persönlichkeitsstörung, die vor allem bei Mädchen auftrete und in der Pubertät beginne, hatte die Psychologin erklärt.

»Warum?«, hatte Annegret gefragt. »Warum verstümmeln sich Mädchen, die doch gerade in diesem Alter schön sein wollen?«

Es läge wohl daran, dass Mädchen auch heute noch dazu erzogen werden, artig und brav zu sein, während Jungs ihre Aggressionen nach außen bringen können, hatte die Psychologin gesagt. Fremdaggressiv nenne man das. Bei Mädchen hingegen richte sich die Aggression eher nach innen. Sie suchten Fehler oft bei sich, vor allem, wenn sie den Verlust von Liebe und Anerkennung erfuhren. Annegret hatte das in Bezug auf Tomke nicht verstanden. Warum sollte sie Aggressionen gehabt haben? Es ging ihr doch gut, sie hatte keine Probleme. John und sie waren glücklich verheiratet, auch finanziell ging es ihnen gut. Und Anerkennung? Tomke hatte eine Menge Freunde, war ständig unterwegs. Das einzige Problem, das sie damals hatten, war Tomkes Verhalten. Mit Annegret wollte sie nichts zu tun haben, sie hatte sich vollkommen auf John fixiert.

Das sei normal, wurde ihr damals erklärt, aber es sei wichtig, dass der Wunsch nach Hilfe von Tomke selbst käme. Annegret allein würde ihr nicht helfen können. Sie hatte mit John darüber gesprochen, doch der hatte das Thema sofort vom Tisch gefegt. Sie übertreibe mal wieder, hatte er gesagt und sich abgewandt. Auch der Versuch, Tomke dazu zu bewegen, die Hilfe einer Psychologin anzunehmen, war gescheitert. Mehr noch, nach diesem Versuch war Tomkes Ablehnung Annegret gegenüber noch stärker und offenkundiger geworden. Und an ihrem Verhalten hatte sich nichts geändert.

Tomke regte sich. Sanft nahm Annegret ihre Hand und streichelte sie. Sofort öffnete Tomke die Augen. »Du?« Sie entzog Annegret ihre Hand.

»Max musste zurück nach Spiekeroog. Und wir beide wollten nicht, dass du allein bist.«

Es dauerte ein paar Sekunden, bis Tomke ganz wach war. »Er hatte eine Geliebte, Mutter«, sagte sie, »wusstest du das?«

»Nein. Aber die Kommissarinnen haben es mir erzählt. Ich vermute allerdings, es hat immer mal andere Frauen gegeben.« Annegret knetete ihre Hände. »Diese Affären haben aber nie lange gedauert. Wahrscheinlich hat dein Vater die Abwechslung gebraucht. Es gibt Männer, die sind so. Auch wenn es schwerfällt, das zu akzeptieren.«

Tomke drehte den Kopf weg. »Wie konnte er mir das nur antun?«

***

»Man kann es drehen und wenden, wie man will«, sagte Oda zu Nieksteit und der Neuen, als sie in der Personalküche standen. »Wir kommen einfach nicht weiter.«

Draußen blies der Wind in Sturmstärke. Wieder war im Radio die Warnung durchgegeben worden, Autos nicht auf den Parkplätzen am Nassauhafen und unterhalb des Seewasseraquariums stehen zu lassen, denn mit dem aufkommenden Sturm stieg auch die Flut. Oft wurden dadurch die Parkflächen überspült. Schon so mancher Autofahrer war wütend durchs Wasser gewatet, in der Hoffnung, das salzige Nass nicht auch im Wageninneren vorzufinden.

Die Zweige der kahlen Bäume in der Mozartstraße tanzten im Wind und bewegten sich wie die Tentakel eines Tintenfisches.

»Es muss einen Hinweis geben«, sagte Christine Cordes. »Wir müssen tiefer eintauchen. Wenn wir nur dahinterkämen, wo diese Skulptur ist. Die kann sich doch nicht in Luft aufgelöst haben. Vielleicht sind wir bei der Familie zu nachsichtig gewesen.«

»Ach nee.« Oda blickte ihre Kollegin spöttisch an. »Ist doch die ganze Zeit mein Reden. Also, auf, auf! Durchleuchten wir das durchscheinende Wesen von Mutter Beenke, reißen der Tochter die schwarzen Klamotten vom Leib und dem schleimigen Sohn die Maske vom Gesicht.«

»Frau Wagner!«, sagte Christine Cordes empört.

»Nee, meine Beste, nun ist Schluss mit lustig, nun werden die Samthandschuhe ausgezogen. Wenn Sie das allerdings nicht können: Ich habe kein Problem damit.«

***

Zusammen mit Oda Wagner ging Christine zurück in ihr Büro. Ihr Kollege Heiko Lemke kam ihnen auf dem Flur entgegen. Wie immer war er korrekt gekleidet: helle Hose, Flanellhemd mit Pullover, braune, geputzte Schuhe und die Haare mit peniblem Seitenscheitel frisiert.

»Ist Niecksteit noch in der Räucherkammer?«, fragte er.

»Nö, der ist gerade raus«, antwortete Oda Wagner. »Gibt's was Besonderes?«

»Eine mumifizierte Leiche in einer Einzimmerwohnung.«

»Na dann, viel Vergnügen!« Oda Wagner öffnete die Bürotür. »Nach Ihnen, Kollegin«, sagte sie. Christine kam es vor, als hätte das nicht ganz so herablassend geklungen wie sonst.

Sie setzten sich an ihre Schreibtische, und Christine zog ihre Aufzeichnungen aus einem Papphefter. »Also, bevor wir der Familie zu Leibe rücken, lassen Sie uns noch einmal genau durchgehen, was wir haben. Vielleicht fällt uns das eine oder andere noch auf.« Christine drehte eine bereits beschriebene Seite ihres Schreibblocks um und starrte auf das weiße Blatt. So leer ist mein Leben jetzt auch, dachte sie. Für einen Moment war sie aus dem Konzept, dann zwang sie sich zur Konzentration. Schließlich durfte die Arbeit nicht unter ihrer Privatmisere leiden. »Leider wissen wir noch immer nicht, mit welchem Gegenstand John Beenke erschlagen wurde. Könnte der verschwundene Petrus das Tatwerkzeug sein? Zugang zum Tresor haben Beenke und Diersen, und da der Petrus nicht bei Beenke war …«

»… muss es Diersen gewesen sein«, fiel Oda Wagner ihr ins Wort. »Aber für einen Durchsuchungsbeschluss sind die Fakten nach wie vor zu dünn. Was, wenn doch Beenke die Figur aus dem Tresor geholt und mit in sein Büro genommen hat? Von wem kann er nach Diersen noch Besuch gehabt haben? Es muss dabei um den Petrus gegangen sein. Und es war kein harmonisches Gespräch, wie man an dessen Ausgang zweifelsfrei feststellen kann.«

Beide Frauen sahen sich in die Augen. Christine hatte das Gefühl, sie könnte kleine Zahnräder im Kopf ihrer Kollegin rattern hören. »Lemke hat doch die Telefondaten überprüft. Vielleicht war da noch ein Anruf, nachdem Diersen gegangen war? Immerhin hat der ja gesagt, Beenke habe noch gelebt, als er das Museum verließ.«

»Durch den Telefondraht kann man zwar keinen Menschen erschlagen, also *muss* Beenke Besuch gehabt haben, aber ich frag Lemke, ob es noch einen Anruf gab.« Oda Wagner griff zum Telefon und wählte die Nummer des Nachbarbüros.

Klar, dachte Christine leicht gehässig, von nichts kommt nichts, vor allem keine Pölsterchen um die Hüfte. Obwohl Oda Wagner überwiegend Rad fuhr, schien sie alle anderen überflüssigen Bewegungen zu vermeiden. Unwichtig, schalt sie sich und konzentrierte sich wieder auf ihre Aufzeichnungen, bis ihre Kollegin das Gespräch beendete.

»Lemkes Notizen liegen auf Ihrem Schreibtisch, Kollegin«, sagte Oda Wagner mit einem schiefen Grinsen. »Sind Sie wohl noch nicht zu gekommen, die zu lesen.«

Dieses unechte Lächeln! Christine kniff die Augen zusammen und wühlte in den Unterlagen herum, bis sie den Zettel fand. In Lemkes akkurater Schrift stand dort »Anruf von Hellmann bei Beenke, Montag, 18:26 h«.

»Mist«, entfuhr es Christine.

»Was?« Oda Wagner beugte sich neugierig vor. Es fehlte nicht viel und ihr Busen hätte ein Glas mit abgestandenem Leitungswasser umgekippt.

»Beenke hat um kurz vor halb sieben noch mit Alexandra Hellmann telefoniert.«

»Vielleicht haben Hellmann und Beenke doch zusammengearbeitet. Und die Hellmann hat den Kuchen dann nicht teilen wollen. Hat den Petrus einkassiert und Beenke umgebracht, nachdem der Kontakt zu einem Hehler hergestellt war?«, vermutete Oda Wagner.

»Das glaube ich nicht.« Christine schüttelte den Kopf. »Die Skulptur war für Beenkes berufliche Zukunft viel zu wichtig. Vielleicht hatte er einen Pressetermin? Als Vorbereitung für die Ausstellung? Das könnte bedeuten, er hatte den Petrus aus dem Tresor geholt, damit ein Foto dieser Sensation gemacht werden und zusätzlich zum Artikel mit an die Zeitungen gehen konnte. Was, wenn der Journalist die Gelegenheit beim Schopfe packte, Beenke ermordete und die Figur mitnahm? Immerhin hat sie ja ungeheuren Wert.«

»Schwachsinn.« Oda Wagner wehrte diese Überlegung entschieden ab. »Über einen solchen Termin hätte die Sekretärin Bescheid gewusst. Nein. Da sind Sie auf der vollkommen falschen Spur. Das ist der große Unbekannte, den Sie da aus dem Hut zaubern wollen.«

»Und wenn nicht?«, hielt Christine dagegen. »Immerhin kam kurz nach dem Mord ein Journalist persönlich her. Sonst läuft das doch immer über die Pressestelle. Der Mann ist neu in Wilhelmshaven, wie Sie selbst festgestellt haben. Was wäre, wenn der Stellenwechsel von einer größeren Zeitung an den Wilhelmshavener Kurier nicht ohne Grund erfolgte? Wenn von Anfang an die Absicht dahintersteckte, den Petrus zu bekommen?«

»Unsinn! Wie gesagt, von einem Pressetermin hätte Ina Nienhauer gewusst. Da geheimnissen Sie zu viel rein. Der neue Journalist muss von den bisherigen Gepflogenheiten ja nicht viel Ahnung haben oder aber seine eigenen Methoden anwenden wollen.«

»Nein, so leicht gebe ich diesen Gedanken nicht auf«, sagte Christine. »Vielleicht hat der neue Redakteur ja irgendetwas über die Bernsteinskulptur munkeln gehört. Solche Leute haben doch Kontakte in alle Richtungen. Was wissen wir eigentlich über diesen … wie hieß der noch?«

»Jürgen Töpfer«, murmelte Oda Wagner.

»Danke. Also, arbeitet der Töpfer überhaupt beim Kurier? Was, wenn er das nur vorgibt? Ich jedenfalls habe noch über keinem Artikel ein Kürzel mit den Initialen JT gesehen. Wir müssen die Listen der Telefongesellschaft durchgehen. Und überprüfen, ob die Nummer des Kuriers darauf auftaucht.«

***

In diesem Moment klingelte das Telefon. Oda nahm ab. Sie war verwirrt. Die unterschiedlichsten Gedanken tobten durch ihren Kopf. Was, wenn die Neue recht hatte? Wenn Jürgen tatsächlich ein berechnender Dieb und zugleich ein Mensch war, der für eine kostbare Skulptur über Leichen ging? Nein, unmöglich. Nicht Jürgen.

Oda riss sich zusammen. Sie hatte den Namen des Anrufers nicht verstanden. »Entschuldigen Sie bitte«, sagte sie nun. »Können Sie Ihren Namen noch einmal wiederholen, ich habe ihn nicht verstanden.«

»Ernsthaft nicht? Und meine Stimme erkennst du auch nicht, obwohl wir heute Nacht länger telefoniert haben?«

Jürgen. Oda spürte, wie sie rot anlief. »Moment mal bitte.« Sie hielt die Hand vor den Hörer. »Ist privat. Könnten Sie mich eben kurz …?«

Christine Cordes nickte, stand auf und verließ das Büro.

»Hi.« Oda atmete aus und lehnte sich zurück. Jetzt nur nichts anmerken lassen. Nicht anmerken lassen, dass ihre Kollegin den Finger auf ebenjene Wunde gelegt hatte, die Oda glaubte, bei ihrem nächtlichen Telefonat mit Jürgen geschlossen zu haben.

»Ich kann nicht widerstehen, dir einen wunderbaren Tag zu wünschen.« Jürgens Lachen klang fröhlich und unbeschwert. »Obwohl ich dich eigentlich wegen nächtlicher Ruhestörung anzeigen sollte.«

Wirkte Jürgen zu fröhlich, zu unbeschwert? Unsinn. Lass dir das nicht einreden, Oda, schalt sie sich. Die Neue kennt Jürgen nicht. »Nächtlich nennst du meinen Anruf?« Oda gab sich Mühe, ebenso locker zu klingen. »Meine Güte, es war noch vor Mitternacht. Und wieso Ruhestörung?« Das fehlende Kürzel JT fiel ihr ein. Sie musste die Zeitungen der letzten Woche durchforsten. Die stapelten sich bei ihr hinter der Küchentür, weil weder Alex noch sie Lust hatte, die Dinger zu entsorgen. Doch das hatte nun etwas für sich.

»Du bist wieder so komisch. Soll ich lieber später anrufen? Sitzt deine Kollegin dir im Nacken?«

»Ja.« Oda hätte viel lieber mit ihm geflirtet, aber das ging einfach nicht.

Da war schon wieder dieser Zweifel. Und nur, weil Christine Cordes diesen Verdacht in den Raum geworfen hatte. Wie sagte man jemandem, in den man sich gerade verliebte, dass man ihn eventuell auf die Liste der Tatverdächtigen setzen musste?

»Du hast den Beenke doch nicht persönlich gekannt, oder?«

»Nein. Wie kommst du denn jetzt darauf?«

»Nur so. Hätte doch sein können, dass er einen Termin mit dir gemacht hat. Wegen der neuen Ausstellung. Interview und Fotos und so 'n Kram.«

»Dann hätte ich es dir gegenüber erwähnt. Aber warum ist das wichtig?« Jürgen klang irritiert. »Ich wollte einfach nur anrufen, um deine Stimme zu hören, und hab das Gefühl, du unterziehst mich einer Art Verhör. Das gefällt mir, ehrlich gesagt, nicht.«

»Tut mir leid«, sagte Oda zerknirscht. »Nimm's mir bitte nicht übel. Es ist nur … Wir stecken bis über den Hals in den Ermittlungen, haben gerade intensiv über mögliche Verdächtige gesprochen …«

»Bin ich plötzlich auch verdächtig?«

Oje. Oda merkte, dass sie sich immer weiter hineinritt.

Jürgen hingegen lachte auf. »Weißt du was, kümmer du dich mal erst um den Fall. Kannst dich ja später melden, wenn du den Kopf wieder freier hast. Ich verspreche auch, dich nie wieder mitten in Mordermittlungen bei der Arbeit anzurufen. Womöglich lande ich sonst eines Tages unschuldig im Gefängnis. Dann doch lieber unter deiner knallroten Bettwäsche.«

»Du Spinner«, sagte Oda, erleichtert darüber, dass er wieder fröhlich war. Ganz lassen konnte sie die Arbeit aber doch nicht. »Sag mal, was für ein Kürzel benutzt du eigentlich für deine Artikel?«

»Wie kommst du denn darauf? Unterziehst du mich etwa immer noch einem Verhör?«

»Nein, natürlich nicht«, schwindelte Oda. »Einfach nur so. Als ich heute die Zeitung gelesen habe, habe ich nach einem Bericht unter dem Kürzel ›JT‹ gesucht. Hab aber keinen gefunden.«

»Kannst du auch nicht. Mein Kürzel ist ›JR‹.«

»›JR‹? Wieso das?«

»Der erste und der letzte Buchstabe meines Namens. Ganz einfach.«

»Ach so.« Ein nicht gerade kleiner Stein fiel Oda vom Herzen. »Na, dann werde ich künftig nach ›JR‹ Ausschau halten. Aber nun muss ich wieder an die Arbeit. Ich melde mich heute Abend in Ruhe, wenn das für dich okay ist.«

»Um Mitternacht, zur Geisterstunde?«

»Bestimmt vorher. Ich möchte schließlich nicht als dein Nachtgespenst abgespeichert werden.«

Sie hörte Jürgens Lachen, als sie auflegte und sich in den Schreibtischstuhl zurückfallen ließ. So einfach war das also. ›JR‹ statt ›JT‹. Und sie war dumm genug gewesen, den Verdacht ihrer Kollegin aufzunehmen. Andererseits, es waren schon genügend Frauen auf charmante Herren hereingefallen. Man sollte nie »nie« sagen. Doch erst einmal ließ sie sich das Jürgen gegenüber aufgebrachte Vertrauen nicht zerstören. Nach Feierabend würde sie die Zeitungen durchforsten. Da würde sie auf seine Artikel stoßen. Er konnte mit der Sache nichts zu tun haben.

Aber was, wenn doch? Oda schüttelte vehement den Kopf. Nein! Sie ignorierte das teuflische Stimmchen in ihrem Inneren, das sie eine verliebte Närrin nannte.

***

Innerlich bis aufs Äußerste angespannt fuhr Christine nach Dienstschluss die Rheinstraße entlang. Auch heute hatte sie vergeblich versucht, Frank in der Kanzlei und übers Handy zu erreichen. Heute jedoch stand sein Wagen nicht vor dem grau verputzten Haus, vor dem er gestern geparkt hatte. Erleichtert hielt sie am nahe gelegenen Supermarkt. Alles, wonach ihr gerade der Sinn stand, wanderte in den Einkaufswagen. Zucchini, Auberginen, Steaks, Kräuter für eine Kräuterbutter, Sekt, dunkle Schokolade, abgepackte Minzblätter und alle Zutaten für eine Panna cotta mit Fliederbeer-Apfelkompott.

Nach dem Einkauf fuhr sie sicherheitshalber erneut die Rheinstraße entlang. Wollte sich selbst die quälenden Gedanken nehmen und sich beruhigen. Zu ihrem Entsetzen jedoch stand Franks Wagen jetzt dort.

Innerlich wie erstarrt und fast automatisch fand Christine

den Weg nach Hause. Dort angekommen, kullerten die Tränen ungehindert über ihre Wangen, während sie die Einkäufe auspackte. Sie goss sich den Rest des Rotweins vom Vorabend in ein Glas, nahm es mit ins Wohnzimmer und rollte sich auf der Couch zusammen, ohne vorher den Hausanzug anzuziehen und sich abzuschminken. War eh überflüssig, die Tränen hatten sicher das ganze Make-up weggespült. Nicht einmal zu einem Telefonat mit Gudrun konnte sie sich aufraffen. Eisige Kälte hatte sich in ihr breitgemacht, da half keine Decke, keine Heizung. Nur der Rotwein wärmte ein wenig. Egal, dann machst du dir noch eine Flasche auf, dachte sie, obwohl sie normalerweise nur zu besonderen Gelegenheiten oder einem guten Essen Wein trank.

Als Frank irgendwann nach Hause kam, hatte Christine bereits ihren Schlafanzug angezogen. Im Wohnzimmer brannten Kerzen, Robbie Williams sang Sinatra-Songs von einer CD. Christine wusste, dass Frank weder Robbie Williams noch Sinatra mochte.

»Du bist noch wach?«, fragte Frank nach einem Blick ins Wohnzimmer. Er hängte seinen Mantel an die Flurgarderobe, nahm sich ebenfalls ein Glas aus der Vitrine und musterte argwöhnisch die halb volle Flasche. »Hast du das allein getrunken?«

»Kann dir doch egal sein.« Sie blickte durch das große Fenster in den Garten. Schneeflocken rieselten. Es könnte alles so idyllisch sein, dachte Christine. Wir könnten rausgehen, uns wie früher auf die dünne Schneedecke legen und mit unseren Armen Schneeengel entstehen lassen. Doch diese intime Zweisamkeit gab es nicht mehr, das musste sie wohl akzeptieren. Nachdenklich fuhr sie sich mit der Zunge über die Oberlippe.

Pack es an, Mädchen, dachte sie, nahm die Füße von der Couch und setzte sich aufrecht hin.

»Ich glaube, wir haben etwas zu besprechen«, sagte sie.

Als sie sah, wie unwillig Frank reagierte, merkte Christine, wie aus ihrer armen gequälten Katzenseele eine Tigernatur wurde. Sie würde sich nicht kleinmachen lassen. Auf gar keinen Fall. Zwar hatte sie sich vorgestellt, dass ihr Gespräch mit Frank sanft und liebevoll verlaufen sollte, doch nun warf sie die Sanftheit über Bord.

Sachlich und direkt konfrontierte sie ihn mit dem, was sie meinte herausgefunden zu haben. Seltsamerweise machte Frank nicht einmal den Versuch, etwas abzustreiten. »Es stimmt. Es gibt eine andere Frau in meinem Leben.«

Dieser Satz drohte Christine für einen Moment in einen Abgrund zu stürzen. Sie biss sich auf die Unterlippe. Ruhig bleiben, ermahnte sie sich. Bleib ganz ruhig. »Wie lange schon?«

Frank lachte ein kurzes, bitteres Lachen. »Noch nicht lang. Vier Wochen. Passt gut, nicht? Da ziehst du nach all dieser Zeit hierher, alles könnte wunderbar sein, und ich verliebe mich in eine andere Frau.«

Christine blieb stumm.

»Jasna arbeitet beim Bäcker in der Marktstraße«, fuhr Frank fort. »Da, wo ich mittags öfter ein belegtes Brötchen esse. Zunächst war sie einfach nur nett. Ich fand sie sympathisch, aber nicht mehr. Doch irgendwann schwang etwas zwischen uns. Es war wie ein Vibrieren. Zuerst habe ich es abgetan und über mich gelächelt. Doch ich bin immer öfter zum Bäcker gegangen, und das Vibrieren wurde stärker. Ich habe mich darauf gefreut, sie zu sehen.«

»Und an mich hast du nicht gedacht? Nicht eine Sekunde?«

»Doch, natürlich. Aber das mit Jasna war was ganz anderes. Eher so ein Flirt. Habe ich wenigstens gedacht. Jedenfalls, als sie vor vier Wochen meinen Rat suchte, haben wir uns beim Italiener auf einen Cappuccino getroffen.« Frank blickte sie unbehaglich an. »Da habe ich gemerkt, dass ich bis über beide Ohren in sie verliebt bin.«

Christine konnte nicht glauben, was er ihr nur leicht beschämt berichtete. »Und das war in Ordnung so? Keine Schuldgefühle? Immerhin sind wir verheiratet.«

»Natürlich hatte ich Schuldgefühle und habe sie immer noch.« Frank stand auf und lief im Zimmer umher. »Jasna ist ganz anders als du, viel weicher, obwohl ihr Deutsch mit dem polnischen Akzent ja recht hart klingt. Sie …«

Christine erhob sich. »Danke, ich habe keinen Bedarf an Lobreden über deine Geliebte.« Ohne die Kerzen zu löschen oder ihr Glas rauszubringen, ging sie ins Bett. Sollte Frank das doch machen. Sie verspürte keine Lust, die fürsorgliche Hausfrau zu spielen. Wozu denn auch?

Mittwoch

Das Päckchen kam gegen zehn.

Der Schnee, der gestern gut einen Zentimeter hoch gefallen war, hatte sich gehalten, die Temperaturen lagen unter dem Gefrierpunkt. Doch der Blick durchs Fenster in den blauen Himmel, über den verschneiten Deich und das dunkelgraue Wasser des Jadebusens entschädigte Ina Nienhauer dafür, dass sie zur Bluse eine dicke Baumwollstrickjacke hatte anziehen müssen. Auf einen Rock hatte sie heute zugunsten einer warmen Hose verzichtet, denn in dem alten Museumsgemäuer zog es in jeder Ecke.

Ina machte sich Sorgen wegen des Umbaus zur neuen Ausstellung. Zwar hatte Diersen gesagt, er würde sich um alles kümmern, doch das schien Ina reine Makulatur zu sein. Was verstand Diersen denn schon davon? Das bildete ja selbst für sie eine enorme Herausforderung. Dabei hatte sie John in der Vergangenheit stets beim Ausstellungswechsel unterstützt. Doch da war sie immer nur zweiter Mann gewesen. Nun würde es wohl an ihr liegen, den Umbau zu organisieren.

Nur traute sie sich das eigentlich nicht zu. Bedrückt warf sie einen Blick auf die Excel-Tabelle mit der To-do-Liste. Die hatte sie noch gemeinsam mit John erstellt.

Als Murat, der für die Kasse zuständige Student, hereinkam und ihr die Post brachte, nahm sie die Unterbrechung als willkommene Ablenkung. Flüchtig sah sie die Briefe durch, dann wandte sie sich neugierig dem Päckchen zu. Päckchen erhielt das Museum im Normalfall eher nicht.

Neugierig sah sie auf den Absender. Und stutzte.

Petrus. Nicht mehr. Kein Name, keine Adresse. Nur: Petrus. Was sollte das denn? Erlaubte sich da jemand einen schlechten Scherz? Es wäre ja wohl niemand so dumm und würde eine derart wertvolle Skulptur als einfaches Päckchen verschicken.

Sie überlegte. Sollte sie die Sendung einfach öffnen? Oder doch besser die Polizei anrufen? Immerhin ließ der Absender darauf schließen, dass das Päckchen etwas mit der verschwundenen Skulptur zu tun hatte. Und sicher waren auch Fingerabdrücke darauf. Gut, ihre eigenen, Murats und die der Postangestellten inzwischen ebenso, aber bei der Kripo gab es Fachleute, die auch die des Absenders sicherstellen könnten. Energisch griff sie zum Telefonhörer und wählte die Nummer der Polizei.

***

Stumm saß Annegret am Bett ihrer Tochter, die wieder eingenickt war. Sie hielt nun doch Tomkes Hand. Sie hatte gewusst, dass Tomke sehr an ihrem Vater hing, aber ihr Ausspruch vorhin hatte sie erschreckt. Das war ein Satz gewesen, der eigentlich ihr als Ehefrau zugestanden hätte. Zumindest theoretisch. John und sie waren ja schon lange keine Ehepartner mehr. Eher WG-Bewohner mit gemeinsamen Kindern.

Die Tür des Krankenzimmers ging auf, zwei Männer traten herein, beide an ihrer Kleidung zweifelsfrei als Ärzte erkennbar.

Annegret drückte Tomkes Hand. »Aufwachen, mein Schatz«, sagte sie leise. Tomke öffnete die Augen.

»Guten Morgen, Herr Doktor«, grüßte sie den blonden Arzt.

»Morgen.« Er trat an ihr Bett. »Wie fühlen Sie sich heute?«

»Ganz okay.« Tomkes Stimme war nach wie vor schwach.

»Ihre Werte sind inzwischen stabil, aber ich habe noch einen Kollegen mitgebracht. Dr. Forster ist niedergelassener Psychologe.«

Tomke stöhnte auf. »Warum das denn? Ich hab doch schon gesagt, dass ich aus Versehen so viel von den blöden Tabletten genommen hab. Ich musste zur Trauerfeier für meinen Vater. Da wollte ich kein Häufchen Elend sein, sondern durchhalten, so wie mein Vater es von mir erwartet hätte. Deswegen hab ich wohl ein paar zu viel von den Pillen geschluckt. Das kann doch passieren.«

Der andere Arzt trat ans Bett. »Guten Morgen, Frau Beenke«, sagte er. »Mein Kollege hat mich gebeten, mit Ihnen zu sprechen. Ist es Ihnen recht, wenn Ihre Mutter bei diesem Gespräch anwesend ist?«

Tomke nickte, und Annegret entspannte sich.

Dr. Forster zog sich den zweiten Stuhl heran und setzte sich auf die gegenüberliegende Seite des Bettes. Der Stationsarzt blieb an der Tür stehen.

»Meine Kollegen in der Notaufnahme haben anhand der Narben an Ihrem Körper den Eindruck gewonnen, dass die Medikamentenvergiftung nicht nur ein Versehen gewesen sein könnte.«

Annegret merkte, wie ihre Nerven anfingen zu flattern.

»Natürlich ist uns bekannt, dass Sie gerade den Tod Ihres Vaters verkraften müssen«, fuhr Dr. Forster fort. »Wir wissen auch, unter welchen Umständen er gestorben ist. Das alles ist natürlich sehr belastend, aber es erklärt nicht die alten Narben. Darum haben sich die Kollegen an Ihren Hausarzt gewandt, der uns an das Reinhard-Nieter-Krankenhaus verwiesen hat. Die dortigen Kollegen haben uns die Unterlagen zugefaxt. Es gab vor Kurzem schon mal einen Suizidversuch, Frau Beenke. Warum haben Sie das verschwiegen?«

Tomke biss sich auf den Daumennagel. Doch bevor sie auf die Frage des Arztes antworten konnte, sagte Annegret: »Nun hören Sie bitte auf. Das hat überhaupt nichts miteinander zu tun.«

»Man hat Ihnen doch sicher die Empfehlung gegeben, eine Psychotherapie zu machen.« Dr. Forster sah weiterhin Tomke an. »Haben Sie diesbezüglich schon etwas in die Wege geleitet?«

Wieder gab Annegret die Antwort. »Wie Sie den Unterlagen sicher entnehmen konnten, ist meine Tochter erst an dem Tag aus dem Krankenhaus entlassen worden, an dem ihr Vater ums Leben kam. Und wir als Familie haben davon erst am folgenden Morgen erfahren. Wann bitte hätte sie da einen Arzt aufsuchen können?« Sie sah Dr. Forster mit durchdringendem Blick an. »Natürlich hatte meine Tochter vor, sich mit einem Ihrer Kollegen in Verbindung zu setzen, aber ein solches Ereignis wirft ja alle Pläne über den Haufen. Sie können mir glauben, Tomke wollte sich nichts antun, sie hat die Tabletten geschluckt, damit sie die Beerdigung überstehen konnte. Sie wusste nicht, dass die Dosis zu hoch war. Das hat sie doch gerade gesagt.«

Annegret warf einen Blick zu Tomke. Sie brauchte jetzt nur ein kurzes Kopfnicken als erneute Bestätigung. Und wenn sie erst hier raus war, würde sie ihre Tochter dazu überreden, sich einer Psychologin anzuvertrauen. Sie war sich sicher, dass sie gemeinsam die Probleme in den Griff bekamen. Jetzt, wo John ihr nicht mehr in die Beziehung zu Tomke hineingrätschen konnte.

»Woher hatten Sie diese Menge an Tabletten?« Dr. Forster sah Tomke an.

»Von mir«, sagte Annegret schnell, ohne mit der Wimper zu zucken. »Ich hatte keine Ahnung, dass meine Tochter zu Hause schon Medikamente genommen hatte, und habe ihr welche von meinen gegeben.« Sie streckte den Rücken. »Allerdings wusste Tomke wohl nicht, wie stark diese Tabletten waren, sonst wäre sie garantiert vorsichtiger gewesen. Sie hat vermutlich gedacht, es sei so etwas wie Baldrian. Und ich … Wie Sie sich denken können, ging es mir gestern ebenfalls nicht gut. Ich habe nicht darauf geachtet, wie viele Tabletten Tomke nahm. Es war eine Verkettung unglücklicher Umstände. Wenn schon, dann müssen Sie mich für alles verantwortlich machen.«

***

Endlich kam Bewegung ins Spiel! Begeistert hatte Oda die Nachricht vom ominösen Päckchen in der Abteilung verbreitet, bevor sie die Kollegen der Kriminaltechnik zum Museum schickte und sich selbst in Begleitung ihrer Kollegin auf den Weg machte. Wieder saß Christine Cordes am Steuer, aber dagegen hatte Oda ausnahmsweise nichts.

»Ob Ina Nienhauer auch mal ein Verhältnis mit Dr. Beenke hatte?«, fragte Christine Cordes, als sie in die Virchowstraße einbogen.

»Wie kommen Sie denn jetzt darauf?« Oda blickte sie skeptisch an. Meinte ihre Kollegin jetzt, auch in Beenkes Sekretärin eine mögliche Verdächtige zu haben?

»Ina Nienhauer trägt einen schmalen Goldring, der ein wenig in den Finger schneidet. Dementsprechend wird sie ihn schon länger besitzen. Nehmen wir einfach mal an, Ina Nienhauer hat ihn als eine Art ständiges Mahnmal für Beenke getragen. Nach dem Motto: Schau her, es war doch schön mit uns.«

»Nee. Das ist mir ein bisschen zu sehr an den Haaren herbeigezogen. Immerhin gibt es noch andere Männer in Wilhelmshaven, und es kann durchaus ein Erbstück von Tante oder Oma gewesen sein. Wie kommen Sie nur auf solche Ideen? Erst der ominöse Reporter und jetzt die Sekretärin …« Oda schickte ein leicht verächtliches Lächeln hinüber.

Christine Cordes fuhr ungerührt fort: »Man muss alles in Betracht ziehen. Immerhin hat Frau Nienhauer sich im ersten Gespräch mit uns öfter versprochen und ›John‹ statt ›Dr. Beenke‹ gesagt.«

»Na, vielleicht haben die beiden sich einfach nur geduzt. Ich duze meinen Chef ja auch. Das ist nicht ungewöhnlich.«

»Dann hätte sie während des gesamten Gespräches John gesagt«, widersprach Christine Cordes. »Deswegen ist es mir ja überhaupt erst aufgefallen.«

»Aber warum sollte sie ihn jetzt umbringen? Warum hat sie das nicht getan, als er das Verhältnis beendete, wenn sie schon sauer auf ihn war?«, hielt Oda dagegen.

»Vielleicht war die Sache mit Alexandra Hellmann ernster, und Ina Nienhauer bemerkte, dass Dr. Beenke Anstalten machte, sich privat zu verändern. Damit kam sie nicht klar.«

»Fragen Sie Ina Nienhauer einfach«, schlug Oda vor, als sie den Wagen unterhalb des Museums geparkt hatten und ausstiegen. »Vielleicht gibt sie Ihnen ja eine ehrliche Antwort.«

***

»Da hat sich bestimmt jemand einen Scherz erlaubt.« Ina Nienhauer saß an ihrem Computer und hämmerte auf die Tasten ihres PCs ein, als Christine und Oda Wagner das Büro betraten.

»Soso, Petrus ist also der Absender.« Christine beugte sich über den gelben Karton. »Da hat wirklich jemand einen merkwürdigen Sinn für Humor.«

»Genau. Deshalb kam es mir ja spanisch vor. Wann machen Sie es denn nun auf?« Pure Neugierde lag in Ina Nienhauers Stimme.

»Wir warten auf einen Kollegen der Kriminaltechnik.« Oda Wagner verschränkte die Arme vor der Brust.

Christine stellte sich ans Fenster und sah hinaus. Einer Eingebung folgend, nutzte sie die Gelegenheit zu einem verbalen Schuss aus der Hüfte. »Warum haben Sie uns eigentlich nicht gesagt, dass Sie ein Verhältnis mit Dr. Beenke hatten?« Sie drehte sich um. Aus dem Augenwinkel beobachtete sie zufrieden den amüsierten Seitenblick ihrer Kollegin.

»Ja, also …« Ina Nienhauers Gesichtsfarbe glich plötzlich der eines gekochten Hummers. »Ich dachte, das sei nicht so wichtig. Ist ja auch schon lange her.«

Tatsächlich. Innerlich frohlockte Christine. Hatte sie also doch den richtigen Riecher gehabt!

Bevor sie allerdings weiterfragen konnte, ergriff Oda Wagner das Wort. »Was wichtig ist und was nicht, das müssen Sie schon uns überlassen. Immerhin haben Sie es für wichtig erachtet, uns von Dr. Beenkes Beziehung zu Frau Hellmann zu berichten. Da wäre es ehrlich gewesen, wenn Sie gleich auch mit Ihrem eigenen Verhältnis herausgerückt wären.«

»Es macht sich nicht so gut, wenn wir das von anderer Seite erfahren, das können Sie sich sicher vorstellen. Es wirft leider ein schlechtes Licht auf Sie«, ergänzte Christine.

Ina Nienhauer schluckte. »Aber das ist wirklich schon lange vorbei und hat nichts mit dem Mord zu tun.«

»Waren Sie denn gar nicht eifersüchtig auf Frau Hellmann?«, hakte Christine nach. »Seien Sie ehrlich.«

»Eifersucht ist immerhin ein klassisches Mordmotiv«, erklärte Oda Wagner. »Frei nach dem Motto: Wenn ich ihn nicht haben kann, soll ihn auch keine andere bekommen.« Sie schien sich nun ganz in ihrem Element zu befinden. Christine sah das Funkeln in ihren Augen.

»Nein. Ich war nicht eifersüchtig. Es stimmt zwar, dass ich vor ein paar Jahren ein Verhältnis mit John hatte, aber das ist in gegenseitigem Einvernehmen beendet worden. Am Anfang war ich schwer verliebt, aber mit der Zeit wurde mir klar, was wir da machen. Ich habe mit ihm darüber geredet und ihn gebeten, sich zu entscheiden. Er hat sich für seine Ehe entschieden, und ich habe das akzeptiert. Seitdem waren wir nur noch gute Arbeitskollegen.«

»Das ging einfach so?«, fragte Christine skeptisch.

»Na ja, ganz so einfach war es für mich natürlich nicht. Ich habe anfangs ganz schön gelitten. Doch die Arbeit machte mir nach wie vor Spaß, und auch John war daran gelegen, mich als Mitarbeiterin zu behalten. Und so haben wir es irgendwie geschafft, freundschaftlich miteinander umzugehen. Die Arbeit hat uns in Anspruch genommen, und irgendwann haben wir, glaube ich, vergessen, dass uns einmal mehr verband.«

»Und warum tragen Sie dann immer noch seinen Ring?«, fragte Christine.

***

Eine halbe Stunde später waren sämtliche Gespräche über Dr. Beenkes Beziehungen vergessen. Denn der Inhalt des Päckchens überraschte alle. Nachdem die Spuren außen herum auf der Pappe und den Adressklebern gesichert waren und ausgeschlossen werden konnte, dass sich eine Briefbombe im Päckchen befand, öffnete der Kollege Manssen von der Kriminaltechnik vorsichtig das Paket.

Dicke Schichten Haushaltspapier kamen zum Vorschein. Behutsam legte er Lage um Lage frei, und endlich wurde er fündig:

Sorgfältig in Luftpolsterfolie verpackt lag dort der Bernstein-Petrus.

Für einen Moment verschlug es allen die Sprache.

Oda fasste sich als Erste wieder. »Ich glaub's ja nicht. Da hat doch jemand 'ne Vollmeise! So eine wertvolle Figur als Päckchen zu verschicken.« Neugierig beugte sie sich vor. »Und dieses kleine Ding sorgt für so viel Wirbel ...«

Ina Nienhauer nickte. »Es kommt ja nicht auf die Größe an.«

Oda feixte innerlich. Diesen Spruch hatte sie schon in anderen Zusammenhängen gehört. Ina Nienhauer nahm ein Paar weiße Stoffhandschuhe aus der Schreibtischschublade, zog sie rasch über und wollte nach der Figur greifen. »Ich bringe ihn wieder in den Tresor.«

»Stopp! Das geht nicht«, widersprach Oda. »Der Bernstein-Kollege da geht jetzt mit unseren Technikern ins Labor, wo wir ihn noch einmal ganz gründlich untersuchen. Vielleicht gibt es doch Spuren an ihm, die uns weiterhelfen.«

»Sie können aber eine so wertvolle Figur nicht einfach so in Ihrem Labor rumstehen lassen«, protestierte Ina Nienhauer.

»Keine Angst, bei uns ist er sicher«, entgegnete Oda. Sie nickte Manssen zu, der nach der Luftpolsterfolie griff und die Skulptur darin einwickelte. Dann zogen die Kriminaltechniker mit dem wertvollen Päckchen von dannen.

»Zumindest ist er wieder zurück«, entfuhr es Ina Nienhauer erleichtert. »Und Sie passen wirklich gut auf ihn auf?«

»Selbstverständlich«, sagte Christine Cordes beruhigend. »Auch wir haben Tresore, in denen wir wertvolle Dinge verwahren.«

»Und mal ehrlich: Wer ist schon so dreist und bricht auf der Suche nach Diebesgut ausgerechnet in eine Polizeiinspektion ein?«, fügte Oda leicht frotzelnd hinzu.

»Warum ist in den Schriften über de Vries eigentlich nichts über den Bernstein-Petrus zu lesen?«, wollte Christine Cordes wissen. »Ich habe im Internet nachgeforscht, aber nichts gefunden.«

»Na ja, die Hooksieler hielten es nicht für nötig, überall auf ihren Schatz hinzuweisen, das hätte nur Neider und Diebe angezogen. Es war über lange Jahre hinweg schlicht eine Figur, die ein Schiffbrüchiger den Hooksielern aus Dankbarkeit geschenkt hatte.«

»Aber das ist in unserem Fall vollkommen irrelevant«, sagte Oda. »Wichtig ist nur eins: Warum ist die Figur plötzlich wieder da?«

***

Annegret Beenke zuckte zusammen, als Max plötzlich hinter ihr in der Küche stand. Sie war gerade mit dem Abwasch fertig. »Meine Güte, hast du mich erschreckt. Was machst du denn hier? Ich dachte, du bist auf Spiekeroog.«

»War ich auch. Ich hab's dort aber nicht ausgehalten. Hatte Angst, man würde Tomke in die Psychiatrie sperren.«

»Hast du so wenig Vertrauen in mich?«

»Natürlich nicht.« Max ließ sich auf einen Stuhl am Küchentisch fallen.

»Aber man weiß schließlich nie, wie die Ärzte reagieren, und gegen eine Zwangseinweisung hättest du auch nicht viel ausrichten können.«

»Ach nee, aber du?« Annegret setzte sich ihrem Sohn gegenüber. Mit den Händen knetete sie das Geschirrtuch.

»Auch nicht. Natürlich nicht. Aber Tomke und du, ihr hattet in den letzten Jahren so ein angespanntes Verhältnis, da war ich mir unsicher. Ich wusste nicht, wie Tomke auf dich reagieren würde. Hätte ja sein können, dass sie dich auch weiterhin ablehnt.«

»Und trotzdem bist du auf die Insel gefahren. Da kann deine Sorge nicht so wahnsinnig groß gewesen sein«, gab Annegret trocken zurück.

»Mama, ich musste rüber. Und bin mit dem nächsten Schiff zurückgekommen. Ich will an deiner Seite sein. Und an Tomkes.

Zumindest solange noch nicht geklärt ist, wer Papa umgebracht hat.«

»Das ist lieb von dir, Max.« Annegret wischte sich mit dem Geschirrtuch über die Augen. »Aber glaub mir, ich bin durch diese furchtbaren Ereignisse dem Leben doch ein ganzes Stück näher gerückt. Ich habe seit dem Tod deines Vaters auch die Tabletten reduziert, was mir zwar nicht leichtfällt, doch es geht. Es geht so vieles, wenn man muss.« Sie sah ihn ernst an. »Weißt du, ich mache mir Vorwürfe, dass Tomke sich den unachtsamen Umgang mit Tabletten bei mir abgeguckt hat. Ich will ihr zeigen, dass Medikamente kein Ausweg sind.«

»Wie geht es ihr?«

»Gut. Ich war von heute früh bis mittags und auch heute Nachmittag bei ihr. Das Gespräch mit dem Psychologen haben wir gut überstanden. Ich gehe davon aus, dass vom Krankenhaus lediglich die Empfehlung kommt, eine ambulante Psychotherapie zu machen. Zwingen kann man sie dazu allerdings nicht.«

Annegret betrachtete ihren Sohn, als nähme sie ihn jetzt noch einmal ganz neu wahr. Erwachsen war er geworden durch den Tod seines Vaters. Bis vor Kurzem hatte er noch so jungenhaft gewirkt, jetzt schien er ernst und verantwortungsbewusst. Mit einem Mal war sie sich sicher, dass er das Hotel auf Spiekeroog gut und dauerhaft führen konnte und dieser Job nicht wie alles, was er vorher angefangen hatte, in einem Fiasko enden würde. Als ihr diese Gedanken durch den Kopf gingen, spürte sie, wie eine Last von ihr abfiel. Um Max brauchte sie sich keine Sorgen mehr zu machen.

»Die Ärzte sagen, Tomke kann vielleicht übermorgen schon wieder nach Hause. Ich hoffe nur, dass sie sich jetzt vernünftig benimmt, aber dabei können wir ihr ja helfen.«

»Das werden wir, Mama. Es wird keinen Grund geben, dass sie noch mal ins Krankenhaus muss. Ganz bestimmt nicht.«

***

»Lassen Sie uns eine kleine Pause machen«, schlug Christine vor, als sie vom Museum zurückfuhren.

»Wie? Pause? Kein Kaffee nebenbei im Büro?« Oda Wagner schien erstaunt.

»Ich müsste eine Kleinigkeit essen, mein Blutzuckerspiegel sackt gerade mächtig ab.«

Christine wusste nicht, warum sie ausgerechnet in der Gegenwart ihrer griesgrämigen Kollegin in die Bäckerei wollte, in der Franks Geliebte arbeitete. Doch ihr war klar, allein würde sie sich das nicht trauen. Und Oda Wagner war nun mal derzeit die einzige Person in Wilhelmshaven, mit der sie auf eine wenn auch eigenartige Weise verbunden war. Außerdem ahnte sie von dem ganzen Schlamassel ja nichts.

Sie parkten bei der Sparkasse und liefen über den Zebrastreifen am Gebäude des Wilhelmshavener Kurier vorbei. Oda Wagner deutete auf die Eisdiele gegenüber dem Zeitungshaus. »Hier gibt's wunderbaren Cappuccino. Und Kuchen haben die auch.«

»Nein. Bitte. Lassen Sie uns in die Bäckerei gehen. Mir ist wirklich ganz flau im Magen, da brauche ich eher etwas Herzhaftes. Ein Käsebrötchen oder so.« Christine fühlte sich wirklich schlecht. Vor allem, weil sie schwindelte. Aber es nützte nichts, sie brauchte ihre Kollegin und deren loses Mundwerk in dieser Situation. Irgendwie gab Oda Wagner ihr ein kleines bisschen Sicherheit. Und Christine wollte unbedingt die Frau sehen, die sich in ihre Ehe gedrängt hatte. Vielleicht war Frank gerade einfach nur empfänglich für weibliche Reize gewesen, und sie hatte das schamlos ausgenutzt.

Tatsächlich stand eine dunkelhaarige junge Frau hinter dem Verkaufstresen. Christine bestellte zwei Tassen heiße Schokolade und zwei halbe Käsebrötchen. Eins für sich und eines für ihre Kollegin. Die Verkäuferin sprach mit hartem Akzent, der so gar nicht einschmeichelnd und sexy wirkte. Ob das diese Jasna war? Christine konnte kaum nach ihrem Namen fragen. Vielleicht kam gleich noch eine Kollegin hinzu und sprach sie mit Namen an.

Sie stellten sich an einen Stehtisch; Christine so, dass sie den Verkaufstresen im Blick hatte. Während sie schweigsam Brötchen und Schokolade verzehrten, versuchte sie sich die junge Frau als Franks Geliebte vorzustellen. Nicht körperlich, so weit ging ihr Masochismus dann doch nicht, aber sie versuchte herauszufinden, was Frank an ihr fand. Zugegeben, sie sah nicht schlecht aus, doch umwerfend war ihr Anblick nun auch nicht gerade. Eine Konkurrentin hätte Christine sich anders vorgestellt. Dennoch nahm die Kälte in ihrem Inneren zu. Gab es noch eine Chance für Frank und sie?

***

»Jawoll!« Wie ein begeisterter Bär auf einen Honigtopf stürmte Gerd Manssen in das kleine Büro.

»Wie, ›jawoll‹?« Neugierig sah Oda von den Unterlagen auf, über denen sie gerade brütete.

»Wir haben vielleicht Glück mit den Spuren auf dem Päckchen. Ich dachte, ich sag's euch persönlich, außerdem hatte ich Kaffeedurst, und unten bei uns brauen sie nur so 'n Plörrwasser.« Manssen setzte sich auf die Kante von Odas Schreibtisch. »Also, krieg ich von euch einen richtig guten Kaffee, oder muss ich erst zu Niksteit in die Räucherhöhle?«

Christine Cordes griff zur Thermoskanne und dem letzten sauberen Becher auf der Fensterbank. Auf Manssens Zeichen hin fügte sie auch Zucker und Milch hinzu, während der Kriminaltechniker weitersprach.

»Natürlich ist nicht nur ein Satz Fingerabdrücke darauf, schließlich haben auch Postangestellte das Paket in den Fingern gehabt, aber, und das ist der Clou, es sind Abdrücke auf dem Päckchen und der Skulptur, die wohl nicht drauf sein sollten.«

»Das verstehe ich nicht«, sagte Christine Cordes. Oda griente. Sie ahnte schon, was Manssen gleich verkünden wollte.

Der legte auch schon los: »Also meine Lieben, das Päckchen ist ein wunderbares Beispiel für ›So sollte man es nicht machen‹!

Ich will es euch erklären. Die Abdrücke von den Postlern sind klar zu erkennen. Logisch. Aber es gibt noch andere Abdrücke, die nicht ganz so eindeutig, sondern schwächer ausgeprägt sind.« Manssen machte eine Kunstpause, bevor er weitersprach. »Ich vermute stark, der Absender des Päckchens hatte Vinylhandschuhe an.« Er strahlte. Sowohl Oda als auch Christine Cordes sahen ihn erwartungsvoll an.

»Komm zum Punkt«, bat Oda. »Du meinst, obwohl jemand Handschuhe getragen hat, kann man die Fingerabdrücke der Person teilweise erkennen?« Dass so etwas möglich war, hatte sie nämlich erst kürzlich gelesen.

Enttäuscht zog Manssen einen Flunsch. »Du versaust mir gern meinen Auftritt, nicht?«

Oda griente. »Nö, natürlich nicht«, schwindelte sie.

»Ist ja auch egal. Du hast nämlich recht. Normalerweise verhindern Vinylhandschuhe, dass Fingerabdrücke entstehen. Diese Handschuhe aber, und das ist der Clou in diesem Fall, wurden schon öfter benutzt. O Mann, dass mir so was mal in die Finger kommen würde, hätte ich nie zu träumen gewagt! Durch häufigeres Tragen wird das ohnehin schon dünne Material noch dünner. Logisch. Es ist ja für den Einmalgebrauch gedacht. Das aber«, er grinste, »hat der Träger oder die Trägerin nicht vermutet. Und das ist wiederum unser Glück! Denn auf diese Weise hat er oder sie unwissentlich doch Abdrücke hinterlassen.« Manssen erhob sich zufrieden vom Schreibtisch. »Wie gesagt, diese Abdrücke sind zwar nicht ganz so deutlich, aber wir werden sie dennoch zweifelsfrei zuordnen können. Dazu brauche ich nur noch die Abdruckproben eurer Verdächtigen, dann kann ich euch vielleicht schon den Absender nennen.« Manssen trank einen Schluck Kaffee, der sicherlich nur noch lauwarm war. »Die Abdrücke von Diersen und Dr. Beenkes Sekretärin haben wir ja schon im Museum genommen. Die werden gerade einem Vergleich unterzogen. Ihr müsst jetzt nur noch die Proben der anderen Verdächtigen beschaffen. Wer weiß, vielleicht haben wir dann schwuppdiwupp den Täter.«

»Klasse, Gerd. Ich wusste ja, du bist der Beste.« Oda strahlte ihn an. Endlich schien es voranzugehen.

***

Henner Diersen betrachtete die Fotos, die vor ihm auf dem Schreibtisch lagen.

Pornografische Bilder mit jungen, sehr jungen Mädchen. Die einer seiner Mandanten naiverweise ins Internet gestellt hatte. Da würde er sich ziemlich ins Zeug legen müssen, um ihn aus der Sache herauszuboxen, obwohl: Eine wirkliche Chance sah er nicht. Der Kerl war ein Blödmann. Heutzutage wusste jeder Laie, dass es Fahnder gab, die speziell nach solchen Bildern im Internet suchten. Man musste damit rechnen, erwischt zu werden, auch wenn es nur für einen Tag in einem privaten Online-Album war. Am liebsten hätte Diersen den Fall abgelehnt, doch der Mandant war nicht nur ein langjähriger Klient, sondern zudem noch ein guter Bekannter.

Er schob die Fotos beiseite. Widerlich, so etwas. Hätte er von Karl überhaupt nicht gedacht. Der tat immer, als könnte er kein Wässerchen trüben.

Das Telefon auf seinem Schreibtisch klingelte.

»Die Polizei für Sie. Eine Oberkommissarin Wagner«, sagte seine Sekretärin und stellte durch.

»Wagner hier. Moin, Herr Diersen.«

Na klasse, die zickige Polizistin. Heute war wohl wirklich nicht sein Tag.

»Wir haben frohe Kunde. Der Petrus ist wieder da.«

Diersen lehnte sich entspannt auf seinem Schreibtischsessel zurück. »Ach nee.«

»Doch, doch. Und raten Sie mal, wie er aufgetaucht ist.«

»Er wurde beim Staubputzen hinter dem Schrank gefunden.« Diersens Stimme troff vor Ironie.

»Nicht ganz. Er kam mit der Post.«

»Mit der Post?« Er gab sich Mühe, wirkliche Verwunderung

in seine Stimme zu legen, während er mit dem Daumennagel der rechten Hand die Nägel der linken säuberte.

»Und es kommt noch besser.«

Das Frohlocken in der Stimme der Kommissarin machte ihn stutzig. Er stellte das Reinigen der Nägel ein und konzentrierte sich auf das Telefonat.

»Auf dem Paket sind jede Menge Fingerabdrücke. Logisch, aber ... auch auf der Skulptur haben die Kollegen der Kriminaltechnik verschiedene Fingerabdrücke gesichert. Es ist nur eine Frage der Zeit, bis wir sämtliche Spuren den entsprechenden Personen zuordnen können. Wir sind also ein ziemliches Stück weiter. Darüber wollte ich Sie natürlich umgehend informieren.« Die Kommissarin legte eine kurze Pause ein, bevor sie süffisant fortfuhr: »Selbstverständlich werden Ihre Fingerabdrücke als Erstes mit denen auf dem Petrus verglichen. Und die von Frau Nienhauer und Dr. Beenke. Es wird spannend sein zu sehen, wer die Figur zuletzt in den Händen gehabt hatte. Denn die Person hat sich offensichtlich Mühe gegeben, ihre oder seine Fingerabdrücke nicht zu hinterlassen. Doch da ist demjenigen ein Fehler unterlaufen. Unsere Kollegen haben die Spuren dennoch entdeckt.«

Diersen konnte das süffisante Grinsen der Kommissarin regelrecht spüren.

»Schönen Tag noch«, sagte sie.

Dann war die Leitung tot.

Verdammt. Diersen schlug mit der flachen Hand auf den Tisch, stand auf und trat mit dem Fuß gegen die Wand. Ein hässlicher schwarzer Striemen blieb zurück. Konnte die dumme Kuh nicht mal das? Ein Paket verschicken, ohne Abdrücke zu hinterlassen?

Er ging zurück zum Schreibtisch, schnappte sich den Telefonhörer und wählte eine Nummer. Bereits nach zweimaligem Läuten wurde das Gespräch angenommen.

»Hellmann?«

»Sag mal, Sandra, kannst du denn nichts richtig erledigen?«, brüllte er in den Hörer.

»Wie? Was ist denn los? Und mit welcher Berechtigung schreist du mich so an?«

»Ich habe dir gesagt, du sollst Einmalhandschuhe anziehen, wenn du die Skulptur verpackst. Aber nein, Madame hält sich nicht an Vorgaben. Packt die Figur einfach so ein. Die Kripo hat deine Fingerabdrücke auf dem Paket gefunden. Und wohl auch auf der Figur. Verdammte Scheiße!« Diersen versuchte, seine Lautstärke zu reduzieren, was ihm jedoch nicht ganz gelang.

»Hast du 'ne Macke?« Auch Alexandra Hellmann wurde sauer. »Natürlich habe ich Handschuhe angehabt! Was denkst du denn? Die Fingerabdrücke müssen von den Postangestellten stammen.«

Diersen sah gar nicht ein, sich zusammenzureißen. »Dann erklär mir doch mal, warum deine Fingerabdrücke drauf sind!«

»Das kann nicht sein.« Alexandra war hörbar verblüfft. »Ich habe Handschuhe angehabt. Ganz bestimmt. Die, die ich immer nehme, wenn ich putze. Da können keine Abdrücke von mir drauf sein.«

»Verdammter Mist.« Diersen ließ sich in den Schreibtischsessel fallen. Das Leder gab ein knirschendes Geräusch von sich. Er griff nach seinem Becher Kräutertee, von dem er hoffte, dass er ihn beruhigte. »Du musst damit rechnen, dass sie bei dir auch noch auftauchen«, sagte er gehässig. »Immerhin warst du seine Geliebte. Oder haben sie deine Fingerabdrücke bereits? Dann solltest du dich darauf einstellen, dass sie dir einen Haftbefehl unter die Nase halten. Falls ja, kannst du dich gerne melden. Ich denke, es macht Sinn, wenn ich dich verteidige.«

***

»Das Beste ist, Tomke geht für eine Zeit lang mit dir nach Spiekeroog«, sagte Annegret, als sie und Max am Abend aus dem Krankenhaus zurück waren und gemeinsam im Wohnzimmer saßen. Es hatte weiter geschneit. Die Rückfahrt nach Hause war zwar keine Rutschpartie gewesen, aber es ging nur im Schneckentempo voran, da innerorts nur eingeschränkt gestreut wurde, und im Villenviertel sowieso nie. Bei Eisglätte fuhr nicht mal ein Taxi durch die Straßen des Viertels, denn das alte Steinpflaster war mit den Jahren derart zu den Bürgersteigen hin abgesackt, dass die Autos bei Eis unweigerlich entweder an die Bordsteinkante oder an ein dort parkendes Auto rutschten.

Annegret trat ans Fenster. Der Blick in den Garten bot eine vollkommene Winterlandschaft. Ein Eichhörnchen hüpfte über die weiße Decke und den Stamm der Eiche hinauf. Es war wie in einem Bilderbuch. Unberührte weiße Fläche, nur vereinzelt die Abdrücke einiger Tiere, schneebedeckte Bäume und dieses besondere Winterlicht, genau wie man es sich an Weihnachten wünschte. Nur war Weihnachten in Wilhelmshaven in den seltensten Fällen weiß. Meist eher regnerisch, mild und schmuddelig.

»Du meinst, dann ist sie erst mal aus der Schusslinie?« Ein sattes »Plopp« ertönte, als Max den Korken aus einer Flasche Merlot zog.

»Ja. Auf Spiekeroog kann sie wieder zur Ruhe kommen, und du bist bei ihr. Ich denke, das ist es, was sie jetzt braucht. Abstand und Ruhe. War alles etwas viel in letzter Zeit. Erst der Krankenhausaufenthalt, dann der Tod eures Vaters und nun wieder das Krankenhaus. Vielleicht sollte sie beim Wilhelmshavener Kurier kündigen. Sie kann doch übergangsweise bei dir als Zimmermädchen oder an der Rezeption oder auch in der Küche arbeiten.« Annegret griff nach ihrem Glas und ließ den Rotwein darin kreisen, bevor sie es an die Lippen setzte. »Außerdem ist sie auf Spiekeroog außerhalb der Reichweite von Ina Nienhauer. Es hat mir gar nicht gepasst, dass Ina Tomke heute wieder im Krankenhaus besucht hat.«

»Aber Mama, Ina und Tomke sind doch gute Freundinnen. So oft, wie Tomke im Museum war … Ina meint es immer gut mit Tomke.« Max schenkte sich ebenfalls ein Glas ein.

»Ich weiß, aber mir ist diese Verbindung zu eng. Wie soll ich meine Beziehung zu Tomke vertiefen, wenn Ina immer dazwischenfunkt. Von daher ist es besser, deine Schwester begleitet dich auf die Insel. Sobald ich kann, komme ich nach. Wir werden uns Zeit füreinander nehmen. Und wieder zueinander finden. Das glaube ich ganz fest.«

***

»Da kannst du erst mal nur cool bleiben«, riet Gudrun ihr am Telefon. Christine saß auf der Couch, hielt den Hörer mit der linken und den Becher Salbeitee in der rechten Hand.

»Du kennst Frank schließlich am besten. Durch Heulerei wird er sich nicht erweichen lassen. Er braucht in dir die taffe, selbstständige Frau. Das kleine Mädchen hat er ja in der Tussi. Halte dich zurück, nimm ihm keinerlei Dinge mehr ab, sei eigenständig und auch egoistisch. Geh locker mit der Sache um, das ist das Einzige, womit du ihn zurückerobern kannst.«

»Vielleicht. Aber was, wenn er in mir das Weibchen vermisst, das er in dieser jungen Frau zu finden glaubt?«, gab Christine zu bedenken.

»Ach was. So, wie du sie schilderst – wenn es denn überhaupt die richtige Jasna war –, sucht er in ihr keine Frau, sondern eher ein Mädchen. Eines, das er nach seinen Vorstellungen formen kann. Das kannst du ihm sowieso nicht bieten. Deine Chance sehe ich nur darin, ihm zu zeigen, was für eine Frau er für das Mädchen aufgibt. Vielleicht ist er das Jugendliche an der Tussi bald leid und erkennt, was er an dir hat. Aber entscheiden musst natürlich du, das kann dir keiner abnehmen …« Gudrun machte eine Pause, bevor sie zögernd fortfuhr: »Vielleicht solltest du dir allerdings ernsthaft überlegen, ob du ihn überhaupt zurückhaben willst. Wer weiß denn, ob das eine einmalige Sache bleibt. Falls er dieser Tussi tatsächlich den Laufpass gibt. Du müsstest immer damit rechnen, dass andere Jasnas folgen.«

»Ach, Gudrun. Es ist alles so verzwickt. Meine Gefühle wirbeln im Schleudergang umher. Aber danke für deine Hilfe, ich denk noch mal drüber nach.«

»Wenn ich dir doch wirklich helfen könnte.« Christine hörte Gudrun seufzen. »Du kannst mich jederzeit anrufen, wenn dich was belastet. Das weißt du doch, ja?«

»Natürlich. Du bist ein Schatz! Hab noch einen schönen Abend.«

»Du auch.«

Christine beendete das Telefonat, stellte den Teebecher in die Küche und goss sich ein Glas Wein ein. Ich trinke zu viel, dachte sie, als sie das Glas anhob. Wilhelmshaven bekommt mir nicht. Hier trinke ich so viel mehr Alkohol als in Hannover, hier stoße ich nicht nur im Job auf Ablehnung, hier erlebe ich auch das Ende meiner Ehe. Ob Frank einfach so weitergemacht hätte, wenn ich in Hannover und unsere Ehe eine reine Wochenendbeziehung geblieben wäre?

Sie blickte in den Garten, in dem Lichtsternchen im Schnee funkelten. Die Gedanken ließen sich einfach nicht ordnen. In ihrem Kopf herrschte Chaos. Außerdem war ihr kalt, doch das konnte nur innerlich sein, denn der Raumthermostat stand auf dreiundzwanzig Grad. Sie wollte gerade die graue Fleecedecke über sich ziehen, als sie das Öffnen der Haustür hörte.

Frank. Er war ungewöhnlich früh. Als er ins Wohnzimmer trat, sah Christine die letzten Schneeflocken auf seinem leicht ergrauten Haar schmelzen. Wie gut er aussah! Wenn sie jetzt doch nur aufstehen und ihn in den Arm nehmen könnte.

Aber sie blieb sitzen, unschlüssig, was sie sagen oder wie sie sich verhalten sollte. »Hallo«, sagte sie nur.

»Hallo. Hast du noch gar nicht zu Abend gegessen?« Er suchte vergeblich nach einem Brotbrett.

»Doch, aber ich habe alles schon wieder weggeräumt«, log Christine. Sie hatte keinen Hunger, das halbe Brötchen heute Mittag war genug. Psychischer Stress schlug ihr immer auf den Magen. Sie musste sich zwingen, wenigstens ein bisschen zu essen, sonst machte auch ihr Kreislauf schlapp.

»Ich mach mir eben was, dann setze ich mich zu dir.« Frank verschwand in der Küche. Als er zurückkam, hatte er das Sakko ausgezogen und auch die Krawatte abgestreift. »Wie war dein Tag?«, fragte er.

»Es geht. Und deiner?« Christine sah ihn argwöhnisch an. Was sollte das jetzt? Ein Funken Hoffnung keimte in ihr auf. Hatte er vielleicht mit der anderen Schluss gemacht?

»Ich hab Jasna gesagt, dass ich heute nicht zu ihr komme.« Anscheinend konnte Frank ihre Gedanken lesen. »Ich meine, immerhin sind wir beide noch verheiratet und ...« Er zuckte unglücklich mit den Achseln.

Das Wort »noch« tat weh. Nie hätte Christine gedacht, dass so ein kleines Wort sie so stark verletzen könnte.

»Ich weiß auch nicht, wie ich mich verhalten soll. Das mit Jasna hat mich total überrollt.«

»Hör auf.« Christine wollte nichts weiter hören, doch Frank ließ sich nicht beirren.

»Bei Jasna bin ich ein ganz anderer Mann als bei dir. Ich weiß selbst nicht, was und wie das werden soll. Ich bin total durch den Wind. Denn dich liebe ich ja auch. Nur im Moment eben weniger. Oder anders. Ich weiß es nicht. Aber ich will dir nicht wehtun.« Frank schluckte und fing an zu weinen. »Hab doch bitte etwas Geduld mit mir.« Er sah sie flehentlich an. »Kannst du das?«

Donnerstag

Oda pfiff, als sie am Donnerstagmorgen ins Büro kam. Die Neue war noch nicht da, das war ungewöhnlich. Normalerweise war Frau Hochnäsig superpünktlich. Wahrscheinlich um zu beweisen, wie gut sie war. Egal, Oda nahm die Thermoskanne, schnappte sich auch noch die Gießkanne und ging in die Küche. Sie kippte den Rest des alten Kaffees aus, griff zu Spüli und Bürste und säuberte die Kanne. Normalerweise spülte sie sie nur mit heißem Wasser aus. Doch heute wollte sie korrekt handeln, die Zeit des Schluderns war vorbei. Das nahm sie sich wenigstens vor.

Der Abend mit Jürgen war klasse gewesen. Obwohl sie ihn die ganze Zeit mit Argusaugen beobachtet hatte, gab es keine Anzeichen dafür, dass er tatsächlich mehr an dem Fall interessiert war als an ihr. Er hatte mit keinem Wort nach den Ermittlungen gefragt, war nicht auf das Telefonat zurückgekommen.

Obendrein war sie nach dem gestrigen Abend sicher, dass Jürgen nichts mit dem Mord an Beenke zu tun hatte. Das war einfach nur die schräge Phantasie ihrer Kollegin gewesen.

Sie lächelte in sich hinein. Gestern Abend hatte Jürgen sie das erste Mal geküsst. Vor der Haustür. Wie die Teenies. Oda hatte ein weiches und kribbelndes Gefühl im Unterleib verspürt und es ein wenig bedauert, dass Jürgen nicht noch mit in die Wohnung gekommen war. Was natürlich richtig und besser und auch rücksichtsvoll von ihm gewesen war. Zeigte es doch, dass er nicht nur an einer schnellen Nummer interessiert war. Dass er sie respektierte. Für mehr blieb ihnen immer noch Zeit. Das lief ihnen nicht weg. Wenn sie erst Beenkes Mörder hatten und Jürgen auch in den Augen der Neuen frei von jedem Verdacht war. Oda schüttelte über sich selbst den Kopf. Warum war ihr wichtig, ob Christine Cordes Jürgen für verdächtig hielt? So ein Quatsch.

Bei ihrer Kollegin schien es im Moment privat wohl nicht

gut zu laufen, dachte sie, als sie Wasser und Kaffeemehl in die Maschine gab. Die geschwollenen Augen letztens, das war garantiert keine Allergie. Überhaupt schien ihr der Kampfeswille abhandengekommen zu sein. Auf der einen Seite freute Oda sich natürlich darüber, andererseits bedauerte sie es auch. Sie hatte die kleinen Schlachten mit der Neuen genossen. Vielleicht war Christine Cordes ja heute wieder besser drauf. Wäre irgendwie schöner.

Fünf Minuten später gab die Kaffeemaschine mit einem Gurgeln das Signal, dass der Kaffee durchgelaufen war. Oda füllte den Kaffee in die Thermoskanne um und trug sie hinüber in ihr Büro. Noch im Stehen schenkte sie sich einen Becher ein und trank den ersten heißen Schluck. Sie goss gerade die Pflanze auf der Fensterbank, als Manssen eintrat.

Er lehnte sich gegen den Türrahmen und sah sie begeistert an. »Wir haben den Absender des Päckchens.«

Sie hatten gestern Annegret und Max Beenke ebenso wie Alexandra Hellmann aufgefordert, in die Polizeiinspektion zu kommen und ihre Fingerabdrücke nehmen zu lassen. Auf Tomkes hatten sie nach Rücksprache mit dem behandelnden Arzt erst einmal verzichtet, der auf ihren äußerst labilen Gemütszustand verwiesen hatte. Wenn alle anderen nicht zu den sichergestellten Spuren passten, gäbe es schließlich immer noch die Möglichkeit, ihre Abdrücke zu bekommen.

»Diersen?«, fragte Oda frohlockend.

»Fehlanzeige. Hellmann. Ich hab gedacht, ich sag es dir am besten gleich selbst.« Manssen drehte sich um und stieß beinahe mit Christine Cordes zusammen.

***

»Die Hellmann also.« Siebelt strich sich über das Kinn, als sie im Besprechungszimmer saßen. Der schwere Duft seines Aftershaves erfüllte den Raum derart, dass Christine übel wurde.

»Ich denke, da haben wir endlich die Verbindung zu Diersen«, sagte sie. »Bei unserem Gespräch hatten wir ja bereits den Eindruck, dass sie ihn schützen wollte. Und jetzt schickt sie die Figur zurück. Ich bin gespannt, wie sie uns das erklären wird.«

»Ich hätte wirklich nicht gedacht, dass die Hellmann da mit drinsteckt«, gab Oda Wagner zu. »Ich habe fest mit Diersen gerechnet. Doch die Tatsache, dass sie die Skulptur verschickt hat, allein heißt ja noch nicht, dass sie Beenke auch ermordet hat.«

»Ihr findet es schon heraus, Mädels.« Siebelt stand auf. »Wir treffen uns nachher, ich muss mich sputen, denn ich …«

»… habe einen Termin außer Haus«, beendeten Christine und Oda Wagner unisono seinen Satz. Siebelt nickte und verschwand.

Christine blickte ihre Kollegin an. Das erste Mal seit ihrem Amtsantritt in Wilhelmshaven lächelten beide gemeinsam.

***

Alexandra Hellmann war unsicher. Erst hatte sie zur Polizei fahren und dort ihre Fingerabdrücke nehmen lassen müssen. Und heute Morgen war der Anruf gekommen, dass sie sich zur Verfügung halten sollte. Man konnte ihre Abdrücke doch gar nicht auf dem Paket und der verdammten Figur gefunden haben, schließlich hatte sie die Handschuhe getragen. Das war sicher nichts als ein Bluff. Dennoch stieg Panik in ihr auf. Schnell trank sie vom Glückstee. Aber auch der vermochte sie nicht zu beruhigen. Was sollte sie nur tun? Hätte sie sich doch nicht mit Henner eingelassen. Henner, dem der Name Alexandra zu lang und Alex zu herb war. »Sandra ist doch auch eine Abkürzung von Alexandra«, hatte er gesagt und sie von da an Sandra genannt. Zunächst hatte sie das amüsant gefunden; zwei Männer, zwei Namen. Sie hätten sich miteinander über ihre Freundinnen unterhalten können, und John hätte nicht gemerkt, dass Henner und er von derselben Frau sprachen.

Sie griff zum Telefon. Er musste umgehend informiert werden.

Doch als sie den Hörer in der Hand hatte, fiel ihr das gestrige Telefonat mit ihm ein. Rasch legte sie wieder auf.

Henner hatte sie benutzt.

Aber weitaus schlimmer war: Sie hatte sich benutzen lassen.

***

Ina Nienhauer starrte auf die bunten Fische, die der Bildschirmschoner ihres PCs zeigte. Sie hatte schlecht geschlafen. Verdammt schlecht. Die ganze Nacht hatte sie sich hin- und hergewälzt, und auch jetzt ließen die Gedanken sie nicht in Ruhe.

Aber was war denn schon gewesen? Nichts. Ein Streit mit John, klar, wieder einmal. Umgebracht hatte sie ihn jedoch nicht. John hatte noch gelebt, als sie nach dem Streit aus dem Museum gerannt war. Sie atmete schwer ein, als sie an die Auseinandersetzung dachte. Hätte sie ihn doch nur nicht auf Alexandra Hellmann angesprochen.

John war handgreiflich geworden. John, dem sie etwas Derartiges nie zugetraut hätte. Er hatte sie so grob beiseitegeschubst, dass sie gestolpert, gefallen und mit dem Brustkorb gegen die Schreibtischecke gestoßen war. Gott sei Dank hatte sie sich noch abfangen können, aber seitdem schmerzten ihre Rippen. Und alles nur, weil sie ihn gewarnt hatte.

»Ich werde Tomke sagen, dass du mit der Hellmann ein Verhältnis hast!«, hatte sie geschrien, als er auf vernünftiges Reden nicht reagierte.

Seine Antwort war eisig gewesen. »Das weiß sie wohl schon.«

Als sie auf ihn zutrat und seinen Arm ergreifen wollte, hatte er sie weggestoßen.

»Und das wird auch der Grund für ihren erneuten Selbstmordversuch gewesen sein. Wenn ich dahinterkomme, dass du durch dein Gerede schuld daran bist, dann gnade dir Gott!«, hatte er gerufen.

Als sie sich keuchend aufrichtete, hatte John schon wieder an seinem Schreibtisch gesessen.

»Du Schwein«, hatte sie unter Schmerzen hervorgestoßen. »Du bist es doch, der die Schuld dafür trägt, dass Tomke im Krankenhaus ist. Du bist schuld, dass Max früher nichts auf die Reihe gekriegt hat, weil du ihm nie etwas zugetraut hast. Und du bist schuld, dass Annegret mehr Tabletten als Nahrungsmittel zu sich nimmt. Alle, die mit dir in Berührung kommen, machst du kaputt.«

Eigentlich wollte sie danach nur noch raus aus dem Büro. Alles hinter sich lassen. Nie wieder zurückkommen. Doch noch bevor sie an der Tür war, hatte John zu sprechen begonnen.

»Kaputtmachen? Meine liebe Ina, du warst doch schon kaputt, als ich dich kennenlernte«, hatte er gesagt. »Du kannst froh sein, dass ich dir überhaupt meine Zeit geschenkt habe. Dass ich dir die Zuneigung gab, die du für dein bisschen Selbstachtung brauchtest. Und hinterher habe ich dir die emotionalen Brocken zugeworfen, die dich am Leben erhalten. Was würdest du denn ohne mich machen?«

Ohne groß zu überlegen, hatte sie von der Fensterbank das gläserne Schiff ergriffen, das sie John vor Jahren als unauffälliges Zeichen ihrer Liebe geschenkt hatte. Sie war damit zurück zum Schreibtisch gegangen. Er hatte sie verächtlich ausgelacht.

Da hatte sie zugeschlagen.

Einmal. Gegen die Stirn. Dann hatte sie das Schiff fallen lassen, entsetzt über sich selbst. Sie war aus dem Büro gelaufen. John hatte sich das Blut weggewischt und ihr nachgerufen, dass sie damit für alle Zeit erledigt sei. Dafür werde er sorgen.

***

Christine bemerkte den Geruch sofort, als sie Alexandra Hellmanns Wohnung betraten. Der Glückstee! Diesen Geruch hatte sie also in Diersens Büro wahrgenommen, ohne ihn jedoch zuordnen zu können. Das war die nächste Verbindung zu dem Anwalt. Beim ersten Gespräch war ihr nur aufgefallen, dass Alexandra Hellmann nicht in die Kritik an Diersen einstimmte, obwohl doch auch sie stocksauer auf den Mann hätte sein müssen, der ihrem Geliebten die Arbeit erschwerte. Und nun der Glückstee. Die Bestätigung, dass Alexandra Hellmann den Petrus von Diersen und nicht von Beenke erhalten hatte, würden sie sicher auch gleich bekommen. Und eine Erklärung dafür. Das spürte sie.

Alexandra Hellmann wirkte unsicher, gab sich jedoch Mühe, das zu überspielen. Wieder bat sie sie, in der Küche Platz zu nehmen.

»Es stimmt. Ich habe den Petrus verschickt«, gab sie zu. »Ich habe mich leider in die Sache reinziehen lassen.« Sie stieß die Luft aus und saugte neue ein, als brauche sie Kraft für die kommenden Worte. »Ich lernte John auf einer Vernissage kennen. Irgendwie sind wir nicht nur ins Gespräch gekommen, sondern fühlten, dass unsichtbare Drähte zwischen uns zu schwingen begannen. Seine Arbeit faszinierte mich. Darum war ich oft im Museum. Er nahm sich Zeit für mich. Ich genoss es, mit ihm über Kunst zu sprechen, mir von ihm die Exponate erklären zu lassen. Mit der Zeit wurden die Gefühle intensiver und, na ja, ich wurde seine Geliebte. Seine Frau war zu keiner Zeit ein Thema für uns. Es gab sie, aber das war's. John nahm überhaupt keine Rücksicht darauf, dass er verheiratet war. Das hätte mir sicherlich zu denken geben müssen, wenn ich denn nicht so blind vor Verliebtheit gewesen wäre. Und Henner Diersen … den habe ich im Museum kennengelernt. Henner kann durchaus charmant sein, wenngleich auf eine ganz andere Weise als John.«

»Wie kam es denn nun dazu, dass Sie in den Besitz des Bernstein-Petrus kamen und ihn ans Museum zurückschickten?«, wollte Oda Wagner wissen.

Alexandra Hellmann stand auf und lehnte sich mit dem Po an die Arbeitsfläche der Küchenzeile. »Irgendwann im Zuge seiner Recherchen stieß John auf die verschollene Skulptur. Wir haben darüber gesprochen, was für eine Sensation es wäre, wenn wir sie für die neue Ausstellung auftreiben könnten.« Sie trat an den Tisch und stützte die Hände auf der Rückenlehne ihres Stuhls ab. »Das war vor über einem Jahr. Es dauert so lange, eine Ausstellung vorzubereiten, müssen Sie wissen.« Sie ließ die Stuhllehne los, ging zum Fenster und blickte hinaus. »Ich weiß nicht mehr genau, wann ich mit Henner über den Petrus sprach und darüber, dass wir ihn für das Nordseemuseum gewinnen wollten, aber Henner rief mich vor einigen Wochen an. Zu dieser Zeit gab es das erste Mal richtigen Streit zwischen mir und John. Ich hatte inzwischen bemerkt, dass ich ihm bei Weitem nicht so wichtig war wie er mir. Das hat mich sehr verletzt. Schließlich hatte ich geglaubt, in ihm meinen geistigen und körperlichen Gegenpart gefunden zu haben. Wie Yin und Yang, wenn Sie verstehen. Jedenfalls haben Henner und ich uns getroffen. Henner versicherte mir, er könne den Petrus für die Ausstellung beschaffen. Wie, das habe ich nicht gefragt.« Alexandra Hellmann setzte sich wieder und trank ihren inzwischen kalt gewordenen Tee. Sie schenkte sich und Christine nach. Oda Wagner hatte ihre Tasse nicht angerührt. Dann fuhr sie fort: »An jenem Abend fühlte ich mich durch Henners Versicherung, er könnte die Skulptur beschaffen, wie beflügelt. Ich sah in ihm denjenigen, der helfen konnte, Johns Vision zu verwirklichen. Und der mir half, John doch an mich zu binden.« Sie lachte. »Was für ein naiver Gedanke.«

Christine und Oda Wagner schwiegen. Christine konnte gut nachvollziehen, was in Alexandra Hellmann vor sich gegangen war. Erlebte sie die Ablehnung ihrer eigenen Liebe doch derzeit hautnah.

»Als ich Henner begeistert vorschlug, sofort bei John anzurufen, um ihm die freudige Nachricht mitzuteilen, wehrte er ab. Es sei nicht klug, John würde ihn als Konkurrenten sehen, nicht als jemanden, dem es ebenfalls um den Erfolg des Museums ging. Das konnte ich nicht verstehen. Denn wenn sich beide dafür einsetzten, zogen sie doch ganz offensichtlich an einem Strang. Henner schaffte es jedoch, mich davon zu überzeugen, dass es nie und nimmer zu einer fruchtbaren Zusammenarbeit zwischen ihm und John kommen könnte, dazu sei Johns Ego zu groß. John würde den Erfolg nie mit einem anderen teilen wollen. Wie gesagt, ich hatte John inzwischen ja auch schon von einer anderen

Seite kennengelernt und wusste, dass Henner zumindest in Teilen recht hatte. John liebte es, sich in seinem Ruhm zu sonnen. Er wäre nicht damit einverstanden gewesen, einen anderen neben sich in diesem Glanzlicht stehen zu lassen. Dennoch gab ich die Hoffnung nicht auf, dass unsere Beziehung durch das Auftauchen des Petrus so gefestigt würde, dass John sich endlich von seiner Frau trennen würde. Und wir künftige Ausstellungen gemeinsam planen könnten. Ganz offiziell als Paar. So entstand die spinnerte Idee, dass ich John durch meine hellsichtigen Fähigkeiten Hinweise auf den Aufenthaltsort des Petrus geben könnte. Also, Henner hatte die Idee. Zunächst war mir das nicht recht, es widerstrebte meiner gesamten Arbeit. Ich bin schließlich kein Scharlatan. Ich arbeite ehrlich und reell. Doch Henner gelang es, mich zu beruhigen. Ich täte es ja nicht für mich, sondern für das Museum und für John.« Alexandra Hellmann schnaubte bitter. »Das habe ich geglaubt.«

»Und dann?«, fragte Christine.

»Der Rest war einfach. Ich habe John ein paar Meditationserlebnisse vorgegaukelt, gezielt die Hinweise von Henner weitergegeben, und es dauerte nicht lange, bis John tatsächlich auf den Petrus stieß. Zu der Zeit wusste ich noch nicht, dass Henner den Leihgeber von früher kannte und das Ganze eine abgekartete Sache war. Wie gesagt, ich wollte nur, dass John mir dankbar ist und entdeckt, wie viel wir zusammen erreichen können. Aber auch als die Skulptur eingetroffen war, änderte sich sein Verhalten nicht. Da wurde mir klar, dass ich für ihn lediglich eine Episode war. Wahrscheinlich hatte er vor mir schon etliche andere. Bestimmt auch mal seine Sekretärin, so verbiestert, wie die mich immer angeguckt und behandelt hat.« Alexandra Hellmann schluckte. »Ich habe mich dann aus verletzter Eitelkeit auf Henner eingelassen.«

»Aber das Verhältnis mit Beenke haben Sie beibehalten?«, fragte Christine.

Alexandra Hellmann zuckte beschämt mit den Schultern. »Man gibt die Hoffnung ja nie auf.«

Oda Wagner schien das Ganze jetzt zu bunt zu werden. »Kommen wir zurück zur Skulptur. Warum war die bei Ihnen, und warum haben Sie sie zurückgeschickt?«

»Also …« Alexandra Hellmann fuhr sich durchs Haar. »Als ich Henner erstmals von dem Bernstein-Petrus erzählt hatte, muss ein Groschen bei ihm gefallen sein. Denn er kannte die Figur. Sie stand bei einem seiner ältesten Freunde in einer Vitrine im Wohnzimmer. Bis zu diesem Zeitpunkt hatte Henner sich nie Gedanken darüber gemacht, ob die Figur, die in seinen Augen lediglich ein Symbol für Gläubigkeit gewesen war, überhaupt einen Wert hatte. Ich weiß das alles übrigens auch erst seit Kurzem. Jedenfalls setzte er sich mit seinem Freund in Verbindung und erfuhr die ganze Geschichte. Wie Henner selbst, lebte auch die Familie seines Freundes Günther früher in Hooksiel. Der Großvater dieses Freundes entstammte einer alten Fischerfamilie. Diese Familie hatte damals die Bernsteinfigur zum Dank von de Vries erhalten. Weil sie ihn und seine Crew nach dem Schiffbruch vor Hooksiel gerettet hatten. Sie haben damals den Wert dieser Figur überhaupt nicht erkannt, sondern gedacht, sie stellen sie in einer Glasvitrine in der Kirche zu Pakens aus und geben so dem ganzen Dorf die Gelegenheit, sich an ihr zu erfreuen. In den Wirren der Nazizeit hatte der Großvater, der damals ein junger Mann und strikt gegen die Nationalsozialisten gewesen ist, die Figur wieder an sich genommen, um sie vor dem Raub durch die Nazis zu schützen. Wie gesagt, er war sich ihres Wertes gar nicht bewusst. All die Jahre stand sie seither in der Vitrine im Wohnzimmer. Jedermann hielt sie für eine einfache Skulptur, denn nach dem Krieg war alles irgendwie anders, und kein Mensch kam auf die Idee, diese Figur wieder in die Kirche zu bringen.«

Alexandra Hellmann räusperte sich. »Als Henner wegen der Figur auf seinen alten Freund zukam, war der total überrascht. Henner hatte aufgrund unseres Gespräches recherchiert und vermutete, die Skulptur könnte ein Vermögen wert sein. Der Freund wollte sie allerdings nicht hergeben. Doch Henner konnte ihn überreden, eine Kopie aus Murano-Glas davon anfertigen zu lassen. Er versprach seinem Freund eine Menge Geld für die Leihgabe des Originals, machte aber mit ihm aus, dass der echte Petrus nach der Untersuchung durch Experten an ihn zurückging. Im Museum sollte nur die Kopie ausgestellt werden. So geschah es dann auch. John erhielt das Original. Nachdem der Experte dessen Echtheit bestätigt hatte und bevor John die Figur in den Tresor sperrte, gelang es mir, den echten Petrus gegen die Kopie aus Glas auszutauschen. So, wie Henner es geplant hatte. Für mich fühlte sich diese Beihilfe zum Betrug wie die gerechte Strafe für die emotionale Enttäuschung an, die John mir zugefügt hat. Aber da dachte ich doch, der Tausch würde niemals auffliegen. Ich habe wirklich nicht gedacht, dass ich damit in eine solche Sache geraten würde.«

»Das heißt, Sie wussten, dass Sie eine Kopie ans Museum schickten?«, wollte Christine wissen. »Woher haben Sie die Fälschung denn nun?«

Alexandra Hellmann sah sie unglücklich an. »Nun ja, im Museum ging man davon aus, dass der echte Petrus gestohlen wurde. Und der sollte doch nach der Ausstellung an den Leihgeber zurückgehen. Also würde jeder die Kopie für das Original halten und die wäre nach Beendigung der Ausstellung ohnehin an Henners Freund Günther zurückgegangen. Deshalb haben wir gedacht, es ist das Beste, die Kopie ans Museum zurückzuschicken. Dementsprechend hat Henner sie aus dem Tresor geholt. Denn wir haben mit dem Tod von John ja nichts zu tun. Wir wollten auch vermeiden, dass der Tausch überhaupt auffiel. Und das wäre er vermutlich, wenn sich die Polizei wegen der verschwundenen Figur an Henners Freund, den Leihgeber, gewandt hätte.«

»Was nun aber doch der Fall ist«, sagte Oda Wagner sarkastisch. »Ihnen ist sicher klar, dass das für Sie noch Konsequenzen haben wird?«

Alexandra Hellmann nickte beschämt.

Christine betrachtete die Frau aufmerksam. Diersen hatte also doch Dreck am Stecken. Und zwar gewaltigen Dreck. »Dann verraten Sie uns bitte, was Herr Diersen wirklich vorhatte. Es steckte sicher mehr dahinter als nur der Wunsch seines Freundes, die echte Figur wieder bei sich zu Hause zu haben.«

Und Alexandra Hellmann begann zu erzählen.

***

»Diersen hat also keineswegs die weiße Weste, wie er sie uns glauben machen wollte«, sagte Oda, als sie zurück ins Büro fuhren. Wie fast immer saß die Neue am Lenkrad. Klar, diesmal waren sie auch mit deren Flitzer gefahren. Oda konnte nicht verstehen, was ihre Kollegin an einem Auto fand, bei dem man sich schon beim Einsteigen zusammenfalten musste. Wenn sie sich je wieder ein eigenes Auto zulegen würde, dann wäre es ein SUV, bei dem man höher saß. Ein Renault oder Citroën oder so. Dieser Schlitten war nur etwas für verwöhnte Möchtegern-Ladies, die damit nach außen hin ihren Kontostand zu demonstrieren suchten.

»Sie sagen ja gar nichts, Frau Cordes.«

»Mir tut Frau Hellmann leid.«

Täuschte sich Oda jetzt, oder waren wirklich Gefühle bei der Neuen rauszuhören?

»Da glaubt sie, die Liebe ihres Lebens getroffen zu haben, und erlebt so etwas.«

»Na, nun machen Sie mal ’nen Punkt. Schließlich wusste die Frau, dass Beenke verheiratet war. Sie war eben zu naiv.«

Die Ampel, an der sie warteten, sprang auf Grün. Christine Cordes gab Gas. Ein wenig zu viel, wie Oda meinte, es hörte sich fast wie ein Kavaliersstart an.

»Eigentlich müsste ich mich ja für Frau Beenke freuen, dass ihr Mann sie nicht eiskalt abserviert hat«, sagte Christine Cordes mit einem kleinen Schniefen. »Aber irgendwie verstehe ich auch Frau Hellmann.«

»Das kann ja wohl nicht wahr sein!«, rief Oda aufgebracht. »Also das, was die Hellmann da zusammen mit Diersen abgezogen hat, geht doch wohl über das normale Maß an verletzter Eitelkeit hinaus.«

Ihre Kollegin antwortete nicht, und als Oda einen Blick zur Seite warf, bemerkte sie deren zusammengekniffene Lippen. Hm, da hatte Christine Cordes, diese Superfrau, offenbar selbst Eheprobleme. Ein Teil von Oda rieb sich die Hände. Doch der andere Teil, der in den letzten Tagen schöne Stunden mit Jürgen erlebt hatte, empfand Mitleid mit ihrer Kollegin. Dennoch: Konnte die Neue sich denn nicht zusammennehmen?

***

»In groben Zügen sieht es folgendermaßen aus«, begann Christine.

Sie hatte sich inzwischen wieder gefangen. Gemeinsam mit Siebelt, der gerade zwischen zwei Außer-Haus-Terminen in der Polizeiinspektion eingetrudelt war, saßen sie im Besprechungsraum.

»Diersen zieht Alexandra Hellmann auf seine Seite, und die gibt den Aufenthaltsort des Petrus an Beenke weiter. Doch statt dass der sich nun aus Dankbarkeit oder endlich erkannter Liebe zu ihr von seiner Ehefrau trennt, lockert er die Beziehung, denn er will beruflich höher hinaus. Er hofft auf eine Museumsleiterstelle in einer Großstadt, und die macht sich seiner Ansicht nach besser mit einer lang Angetrauten als mit einer jungen neuen Frau. Darüber ist seine Geliebte zutiefst betrübt. Der ebenfalls verheiratete Diersen spendet Trost, wobei beiden Beteiligten in diesem Fall klar ist, dass sie nur eine Affäre haben. Diersen versteht es, Frau Hellmann gegen Dr. Beenke aufzustacheln. So wird Alexandra Hellmann Teil eines perfiden Planes, den Diersen ausgebrütet hat: Beenke bekommt zwar zunächst den richtigen Bernstein-Petrus, doch der wird gegen eine Glaskopie ausgetauscht. Bei der Vernissage von ›Kirche, Kunst und Küste‹ wollte Diersen die Echtheit des Petrus anzweifeln, einen neuen Gutachter bestellen und Beenke nicht nur als Lügner dastehen lassen, sondern ihn gleichzeitig aus dem Weg räumen. Das jedenfalls hat Alexandra Hellmann uns gestanden.« Christine lehnte sich zurück.

»Und was ist mit dem echten Petrus passiert?« Siebelt kratzte sich am Kopf.

»Den hat Diersen längst an seinen Freund zurückgeschickt.« Oda Wagner zog eine Zigarette aus Siebelts Schachtel und zündete sie an. Sie nahm einen tiefen Zug und pustete den Dunst in die ohnehin schon miefige Raumluft. »Beide, Diersen und sein Jugendfreund, hatten vermutlich einen Mordsspaß bei der Sache.«

»Also ist Diersen raus?« Siebelt legte das Feuerzeug wieder auf die Schachtel. Er hatte so seine Eigenarten. Ordnung bei den kleinen Dingen gehörte auch dazu.

»Das würde ich so nicht sagen.« Christine erhob sich, um ein Fenster zu öffnen. »Wir können jedoch davon ausgehen, dass der Mord nicht geplant war, wenn Diersen es denn gewesen ist.«

»Hat die KT schon herausgefunden, ob eine der beiden Petrus-Skulpturen die Tatwaffe gewesen sein kann?«

»Das schließt Manssen definitiv aus. Zwar hat die Figur ebenfalls Kanten, aber die passen nicht zu den Spuren am Schädel des Opfers. Sind zu kurz.«

»Glaubt ihr, was die Hellmann euch aufgetischt hat?«, wollte Siebelt wissen. »Oder war das vielmehr ein Versuch, sich aus der Affäre zu ziehen? Vielleicht war sie es, die Beenke getötet hat.«

Christine schüttelte den Kopf. »Das denke ich nicht. Außerdem hat sie den falschen Petrus ans Museum zurückgeschickt. Sie hätte ihn ja einfach irgendwo entsorgen können.«

Auch Oda Wagner nickte. »Tja, Chef, ich gehe ebenfalls davon aus, dass die Hellmann raus ist aus der Nummer.«

»Gut. Dann fühlt dem Diersen auf den Zahn. Immerhin hat er den Betrug eingefädelt. Ob Dr. Beenke doch dahintergekommen ist und Diersen ihn deshalb umgebracht hat? Außerdem steht ja auch noch die Aussage des Leihgebers im Raum, dessen Gemälde angeblich beschädigt wurde. Ihr hattet doch den Eindruck, dass dieser … Wie hieß er noch?«

»Holzer«, antwortete Christine kleinlaut.

»… Holzer mit Diersen unter einer Decke steckt. Dass es den Transportschaden gar nicht gab, sondern dass er Diersen lediglich als Vorwand diente, um an den Tresor zu gehen und die Glas-Kopie herauszuholen. Habt ihr bei der Versicherung nachgefragt?« Siebelt steckte Zigaretten und Feuerzeug ein und erhob sich.

»Warten Sie einen Moment, bitte.« Christine blätterte in einem der vor ihr liegenden Aktenhefter. Sie holte ihr Handy aus ihrer Tasche, die über der Stuhllehne hing, und wählte, während sie auf den Hefter sah. »Ich gebe zu, ich habe versäumt, bei der Versicherung nachzuhaken. Aber das kann ich sofort nachholen. Tut mir leid.«

***

»Also?«, fragte Oda und sah ihre Kollegin an.

»Also los!«, sagte Christine Cordes energisch. Schwungvoll schoben beide ihre Stühle zurück und erhoben sich. Es hatte wieder zu schneien begonnen. Die dicken, winterlichen Flocken passten allerdings gar nicht zu Odas Stimmung. Sie erlebte privat den Frühling und genau so wünschte sie das Wetter. Sonne, wärmere Temperaturen, Radtouren am Jadebusen entlang bis nach Dangast oder in die andere Richtung nach Hooksiel und Schillig – alles zusammen mit Jürgen, der, wie sie inzwischen wusste, ein ebenso begeisterter Radfahrer war wie sie.

Auch diesmal nahmen sie den Privatwagen ihrer Kollegin. Der Ampelgott war ihnen ausnahmsweise hold: Sie hatten grüne Welle und mussten lediglich an der Kreuzung Peter-/Ecke Gökerstraße halten, wo Christine Cordes einen schrägen Blick auf die Benzinanzeige des Armaturenbretts warf.

»Erinnern Sie mich daran, dass ich nachher tanke?«, bat sie Oda. Die nickte und guckte auf die Aushängeschilder der Aral-

Tankstelle an der Straßenecke. Irre, wie die Benzinpreise gestiegen waren. Sie würde sich wohl doch keinen eigenen Wagen kaufen. Überhaupt war ihr Fahrrad auch viel umweltfreundlicher.

***

»Du kannst morgen schon raus«, überraschte Annegret am Nachmittag ihre Tochter. Tomke war noch immer blass. Kein Wunder. Allein der Geruch in Krankenhäusern machte Annegrets Ansicht nach die Menschen krank. Zusätzlich flogen um diese Jahreszeit garantiert jede Menge Grippeviren durch die Luft, eingeschleppt vom Personal oder von den Besuchern.

»Ist das so?« Tomke klang nicht übermäßig begeistert. »Und dann müsst ihr mich bestimmt gleich zum Psychiater schleppen. Oder habt ihr euch für die bequemere Variante entschieden und steckt mich direkt in die Geschlossene?« Sie drehte den Kopf weg, sodass Annegret ihr nicht in die Augen sehen konnte. »Immerhin habt ihr was vorzuweisen. Zwei Suizidversuche in kurzer Zeit. Da greift doch jede Klapse mit Freuden zu.«

»Nun hör aber mal auf«, widersprach Annegret liebevoll, aber energisch. Obwohl sie verstehen konnte, dass Tomke in Selbstmitleid badete – das hatte sie selbst auch lange genug getan. Doch es wurde Zeit, sich den positiven Dingen des Lebens zuzuwenden. Sie griff nach Tomkes Hand. »Morgen früh nach der Visite wirst du entlassen. Max holt dich ab. Ich packe ein paar Sachen zusammen, damit ihr die Nachmittagsfähre nach Spiekeroog nehmen könnt. Es wird dir guttun, eine Zeit lang etwas anderes zu sehen und dir die Inselluft um die Nase wehen zu lassen. Außerdem ist ja Nebensaison und kaum was los, da habt ihr ein wenig Zeit für euch. Ich komme nach, sobald ich kann.«

»Max soll also den Aufpasser spielen?« Tomke drehte zornig den Kopf und schaute ihre Mutter an. »Glaubt ihr denn, ich bin ein kleines Kind, das sich verschicken lässt? Oh nein. Ina war vorhin da, ich habe alles mit ihr besprochen. Ich werde zunächst ein paar Tage bei Ina wohnen.« Sie entzog ihrer Mutter die Hand. »Ina ist für mich da. So wie sie all die Jahre für mich da war, in denen du dich hinter Tabletten verkrochen hast, um dich nicht mit mir und Papa auseinandersetzen zu müssen. Ich gehe zu Ina. Basta.« Tomkes Tonfall wurde noch ein wenig kühler. »Ich habe dir schon gesagt, Mutter: Du kannst nicht so tun, als ob nach Papas Tod alles in Ordnung ist. Das ist es nämlich nicht.«

***

Schwungvoll riss Oda die Tür zu Diersens Kanzlei auf und stapfte hinein. Christine Cordes kam langsamer hinter ihr her. Der Stilettos tragenden Sekretärin, die sie perplex ansah, rief Oda im Vorbeigehen zu: »Sie brauchen uns keinen Kaffee zu bringen, auch Herr Diersen wird keinen wollen. Nur so viel: Wir werden keine Störungen dulden!« Damit öffnete sie Diersens Bürotür.

»Was zum Teufel erlauben Sie sich?« Erbost stand Henner Diersen auf.

»Setzen Sie sich, es wird Zeit, die Spielchen zu beenden. Sagen Sie uns die Wahrheit.« Oda öffnete den Reißverschluss ihrer Jacke und ließ sich auf den Besucherstuhl fallen. Ihre Kollegin setzte sich damenhaft, doch das störte Oda im Moment nicht. Christine Cordes war nun einmal so, daran würde sie sich gewöhnen müssen, ob es ihr nun gefiel oder nicht.

Einen Moment lang taxierte Diersen sie, dann nahm er relativ entspannt hinter seinem Schreibtisch Platz.

»Was haben Sie Herrn Holzer für seine Falschaussage geboten?« Oda sah das leichte Zucken in seinen Augen.

»Wie bitte?«

»Och, Herr Diersen. Ich bitte Sie. Lassen wir das Katz-und-Maus-Spiel. Wir wissen Bescheid. Es gab keinen Transportschaden. Wenigstens ist keiner bei der Versicherung gemeldet worden. Auch wenn Herr Holzer uns am Telefon vom Gegenteil zu überzeugen versuchte.« Oda verkniff sich einen zynischen Seitenblick auf Christine Cordes. Sie hätten das schon viel eher wissen können, wenn die Neue ihre Arbeit richtig gemacht hätte. Aber egal, nun wussten sie Bescheid. Außerdem hatte Siebelt Cordes' Fehler mitgekriegt. Das hatte ja auch was für sich.

»Frau Hellmann hat uns von der Sache mit dem gefakten Petrus berichtet. Nicht gerade die feine englische Art, finden Sie nicht?« Mit vor der Brust verschränkten Armen lehnte Oda sich zurück.

Diersen rieb sich mit Daumen und Zeigefinger der rechten Hand über die Nasenspitze. »Wie man's nimmt«, gab er kühl zurück. »Ich wollte Dr. Beenke loswerden, und das schien mir die eleganteste Art zu sein. Außerdem bin ich ein Spieler. Ich spiele gern mit hohem Einsatz.« Er hob beide Hände ein wenig. »Dieses Mal habe ich eben verloren. Kann man nichts machen.«

»Dr. Beenke hat also den Austausch gemerkt, Sie zu sich bestellt, und dann ist es zum Streit gekommen?« Christine Cordes hatte den unvermeidlichen Block auf dem Schoß und den Kugelschreiber in der Hand.

»Nein.« Diersen schüttelte den Kopf. »Wie ich schon sagte, es gab zwar ein Gespräch mit ihm, auch den üblichen kleinen Streit, aber der hatte nichts mit der Bernsteinfigur zu tun. Beenke lebte noch, als ich ging. Ich bin sicher, dass Frau Nienhauer das bezeugen kann. Sie saß noch am Schreibtisch, als ich das Museum verließ.«

»Tatsächlich?« Oda runzelte die Stirn. »Das hat sie bislang nicht erwähnt, aber das lässt sich ja leicht nachprüfen.« Sie beugte sich vor. »Sie waren derjenige, der die Kopie des Petrus aus dem Tresor gestohlen hat?«

Diersen lachte kurz. »Es blieb mir ja nichts anderes übrig. Der Austausch war dazu gedacht, Beenke bloßzustellen. Den lebenden Beenke. Nicht den toten. Darum bin ich nach seinem Tod an den Tresor gegangen und habe die Petrus-Kopie rausgenommen.«

»Warum? So haben Sie sich zusätzlich verdächtig gemacht.« Christine Cordes knipste ungeduldig mit dem Kugelschreiber.

»Warum, warum«, schnaubte Diersen. »Meine Güte, das Ganze war ein Spiel, Schach mit echten Menschen, wenn Sie es so wollen. Beenke störte und sollte weg. Aber auf die elegante Art.

Stattdessen war ich plötzlich in Mordermittlungen verwickelt. Das Erste, was ich dachte, war: Die Kopie muss weg. Also habe ich sie geholt und zu Frau Hellmann gebracht. Erst im Nachhinein, als Frau Nienhauer auffiel, dass der vermeintlich echte Petrus verschwunden war, habe ich meinen Fehler bemerkt, aber da konnte ich ihn nicht mehr rückgängig machen. Darum habe ich Sandra, ich meine Frau Hellmann, beauftragt, den falschen Petrus ans Museum zurückzuschicken. Der echte war ja bereits wieder bei meinem Jugendfreund.« Er lachte verächtlich. »Wenn Sandra sich nicht so blöd angestellt hätte, wären Sie nie dahintergekommen, wie die Sache ursprünglich geplant war. Und dass ich damit zu tun hatte.«

***

Als Christine nach Hause kam, blinkte die Anzeige des Anrufbeantworters. Ohne ihn direkt abzuhören, zog sie sich erst einmal bequeme Sachen an, abgekämpft und kaputt vom Tag, wie sie war. Nachdem sie den Wasserkocher angestellt hatte, drückte sie die Abspieltaste.

»Christine? Hier spricht Frank ... Tja ... nun bist du wohl nicht da. Ich wollte es dir eigentlich selber sagen und nicht aufs Band sprechen ... Um es kurz zu machen ... Ich fahre nach der Arbeit zu Jasna. Kann sein, dass ich dort über Nacht bleibe. Rechne also heute besser nicht mehr mit mir. Ich melde mich morgen, tschüss.«

Ein Loch tat sich auf. Abgrundtief. Schwarz wie ein Tunnel ohne Beleuchtung unter einem sehr tiefen Fluss. Mittendrin sie selbst, Christine. Weder vorne noch hinten war ein Lichtstreifen zu sehen, es ging nur bergab. Wie betäubt ging Christine in die Küche, nahm den Wasserkocher und schüttete das Wasser in die Kanne. Erst als sie drei Minuten später den Tee in einen Becher gießen wollte, merkte sie, dass sie keine Teeblätter in die Kanne gegeben hatte.

Eine Stunde und ein langes Telefonat mit Gudrun später saß

Christine mit einem richtigen Tee am Esstisch. Vor ihr lag die Akte mit dem Obduktionsbefund. Sie musste sich ablenken. Denn ihr war der Gedanke gekommen, dass die Möglichkeit bestand, dass sie vielleicht doch etwas übersehen hatte.

***

Wave-Musik drang leise aus den Lautsprechern der Stereoanlage, als Jürgen und Oda entspannt auf der Couch in ihrem Wohnzimmer saßen. Erdnüsse und Käsegebäck ergänzten den Geschmack des Rotweins.

»Wie war dein Tag?«, fragte Jürgen zärtlich, nachdem sie eine Zeit lang schweigend aneinandergekuschelt der Musik gelauscht hatten.

Eigenartigerweise fühlte Oda sich mit ihm so vertraut, dass sie ihm gegenüber auch Dinge preisgab, die sie einem Journalisten normalerweise niemals erzählen würde. Gut, ein wenig zurückhaltend war sie schon noch, aber Jürgen hatte ihr bisheriges Vertrauen nicht enttäuscht. Er hatte in der Zeitung nichts von dem gebracht, worüber sie gesprochen hatten. Nur das, was offiziell bekannt gegeben worden war. Und das war nicht viel. Kurz fasste Oda zusammen, was das Gespräch mit Alexandra Hellmann ergeben hatte, dann kam sie auf Diersen. »Der ist ein echtes Schwein«, sagte sie. »Er hat zwar die Aussage der Hellmann bestätigt, bestreitet aber, Beenke ermordet zu haben. Der habe noch gelebt und sei unversehrt gewesen, als er gegangen ist. Zu dem Zeitpunkt habe Dr. Beenke angeblich noch nichts von dem Austausch des Petrus gewusst.«

»Und nun?« Jürgen zog Oda noch näher zu sich heran, doch das Telefon unterbrach ihn.

»Sorry.« Widerwillig stand sie auf. »Wagner«, meldete sie sich.

Christine Cordes war dran.

»Moment eben.« Oda legte die Hand auf die Sprechmuschel und flüsterte in Jürgens Richtung: »Meine Kollegin.« Sie ging mit dem Telefon in die Küche.

»Was gibt's denn so spät noch?«, fragte sie, an die Arbeitsfläche gelehnt.

»Tut mir leid, dass ich störe, aber ich habe mir den Obduktionsbericht noch einmal vorgenommen. Nach den Gesprächen heute hatte ich das Gefühl, etwas übersehen zu haben.«

»Und, haben Sie?«

»Ich glaube schon. Ich habe mich gefragt, warum Dr. Beenke erst vorn gegen die Stirn geschlagen wurde und dann noch mal gegen den Hinterkopf. Also, wenn ich jemanden erschlagen würde, würde ich nach dem ersten Schlag doch nicht um mein Opfer herumgehen. Ich würde weiter von vorn zuschlagen. Deswegen habe ich genauer gelesen. Alle Verletzungen lagen oberhalb der Hutkrempenlinie. Die Schlagwinkel sind jedoch unterschiedlich. Zwar passen die hinteren Winkel zueinander, aber sie passen nicht zum vorderen. Dementsprechend stellt sich die Frage: Kann es sein, dass nicht eine, sondern zwei Personen zugeschlagen haben?«

»Diersen und Hellmann«, vermutete Oda.

»Nienhauer und Annegret Beenke?«, gab Christine Cordes zurück. »Aber warum Frau Beenke? Die hatte sich mit ihrer Situation doch arrangiert. Oder sie ist eine begnadete Schauspielerin und führt uns die ganze Zeit an der Nase herum.«

»Ich verstehe, was Sie meinen, obwohl ich weiterhin an Diersen und Hellmann denke«, sagte Oda. »Dennoch kann es nicht schaden, wenn wir gleich morgen früh noch mal mit Frau Nienhauer reden.«

»Das sehe ich auch so. Und etwas anderes ist mir eingefallen. Wir sind bisher immer davon ausgegangen, dass Tomke Beenke völlig außen vor ist. Dass sie nach ihrem Krankenhausaufenthalt erstens zu schwach war, um eine solche Tat zu begehen, und dass sie zweitens ihren Vater zu sehr liebte. Aber wir haben ihr Alibi nicht überprüft. Warum hat ihr Vater sie am Tag seines Todes nach ihrem Klinikaufenthalt nur zu Hause abgesetzt und ist nicht noch bei ihr geblieben, wenn die beiden ein so inniges Verhältnis hatten? Immerhin kam sie gerade aus dem Krankenhaus. Vielleicht hatten sie Streit? Was wäre, wenn Tomke Beenke nicht in ihrer Wohnung geblieben, sondern hinüber ins Museum gegangen ist? Wenn es dort zu einem erneuten Streit kam, der letztlich tödlich für ihren Vater endete?«

»Sie haben recht. Das klären wir morgen früh.« Oda beendete das Telefonat und ging zurück ins Wohnzimmer.

»Ich fass es nicht!« Sie warf sich neben Jürgen auf die Couch. »Die Cordes ruft mich zu Hause wegen des Falls an. Gibt's ja gar nicht. Aber sie hat ein paar interessante Denkansätze.« Oda biss ein wenig Haut neben dem linken Zeigefingernagel ab, was ihr einen kleinen Klaps von Jürgen einbrachte.

»Lass das«, ermahnte er sie. »Erzähl lieber, was los ist.«

»Ich könnte mir in den Hintern treten, dass ich das Alibi der Tochter nicht selbst überprüft habe. So 'n Mist. Und nun kommt die Neue darauf, dass wir das bislang versäumt haben. Dabei hab ich Niksteit gegenüber schon mal vermutet, dass die Tochter da mit drinstecken könnte. Nun gut. Müssen wir uns die also noch mal vornehmen. Vielleicht sogar die ganze Familie. Wäre ja möglich, dass Mutter und Tochter unter einer Decke stecken. Oder die Tochter und die Sekretärin.«

»Die Sekretärin?«

»Unerfüllte Liebe, Jürgen. Schon mal was davon gehört?« Sie grinste ihn frech an.

»Klar. Was meinst du, was ich mit dir mache, wenn du meine Liebe nicht erwiderst.«

»Ist es denn Liebe?«

»Wer weiß?« Jürgen erstickte alle weiteren möglichen Spitzen mit einem Kuss.

Freitag

Christine erwachte wie gerädert, nachdem sie sich die halbe Nacht schlaflos hin- und hergewälzt hatte. Frank war tatsächlich nicht nach Hause gekommen. Wie sollte sie mit der Situation umgehen? Sollte sie Frank den Freiraum geben oder direkt die Konsequenzen ziehen?

Wozu würde der Freiraum führen? Zu einer Rückkehr zu ihr? Zu einem Aufschieben der Trennung? Und was, wenn Frank tatsächlich zurückkäme? Würde es irgendwann eine andere Jasna geben? Der Mann, den sie so gut zu kennen geglaubt hatte, wurde ihr immer fremder. Dennoch gab es noch ihre Liebe zu ihm. Und ihre Sehnsucht. Gefühle, die jetzt so wehtaten. Sie hielt inne. Versuchte, zu reflektieren. Waren das tatsächlich noch ihre wirklichen Gefühle? Oder war es Gewohnheit, verletzte Eitelkeit? Brüsk schob sie diese philosophischen Gedanken beiseite. Dafür war jetzt keine Zeit. Sie würde später darüber nachdenken. Jetzt rief der Job. Sie spürte, dass sie ganz kurz vor der Aufklärung des Mordes an John Beenke standen. Ohne zu frühstücken, fuhr Christine ins Büro. Kaffee würde sie dort trinken können, Appetit hatte sie ohnehin nicht.

***

»Dann wollen wir mal«, sagte Oda gut gelaunt, als sie die Lagebesprechung in der Polizeiinspektion hinter sich hatten. Diesmal nahmen sie den Dienstpassat und Oda fuhr. Christine Cordes machte nicht den Eindruck, als sei sie heute besonders stabil. Sie musste tatsächlich private Probleme haben. Nicht gerade angenehm, das wusste Oda aus Erfahrung. Dabei hatte sie selbst damals noch einen fünfjährigen Sohn an der Backe gehabt. Das war sicherlich schlimmer. Doch in Anbetracht der Tatsache, dass sie und Jürgen sich immer näher kamen und dass sie der Neuen nun wirklich keinen leichten Einstieg in Wilhelmshaven bereitet hatte, regte sich ein Fünkchen schlechten Gewissens in ihr.

In der Nacht waren die Temperaturen weiter gesunken. Schnee lag in der Luft, Oda konnte ihn förmlich riechen.

»Vielleicht sollte ich jetzt besser die Befragung übernehmen«, schlug sie vor, als sie über die Brücke zum Museum gingen.

Ihre Kollegin nickte. »Gut. Vielleicht kriegen Sie mehr aus Ina Nienhauer heraus als ich.«

Oda stutzte. Wie? Kein »Das ist mein Fall«? Sie frohlockte innerlich. Die Neue schien sich langsam einzuleben. Gut so.

Ina Nienhauer blickte verärgert drein, als sie die beiden Kommissarinnen sah. »Sie?«, fragte sie, riss sich dann jedoch zusammen. »Gibt es etwas Neues?«

Oda blieb vor dem Schreibtisch stehen. »Das kann man wohl sagen.« Sie hockte sich auf die Tischkante. »Laut Obduktionsbefund könnten es nämlich auch zwei Täter gewesen sein. Es gibt unterschiedliche Schlagwinkel. Dementsprechend scheinen die Täter unterschiedlich groß gewesen zu sein, und nach den Körpergrößenberechnungen kommen Sie als einer der Täter in Frage.« Gut, das war jetzt ein Bluff, aber das war egal. Letztlich zählten nur die Resultate.

Ina Nienhauer schluckte und wischte sich mit der linken Hand über Nase und Mund.

Oda und Christine Cordes blickten sie stumm an und warteten ab.

Nach gefühlten zwei Minuten brach Ina Nienhauer das Schweigen.

»Es stimmt. Ich habe zugeschlagen«, sagte sie leise. »Aber nur einmal.« Nun erzählte sie, was am vergangenen Montag vorgefallen war. »Dann bin ich weggelaufen. Ich war so erschrocken über mich selbst. Und so entsetzt über die Häme, mit der er mir noch nachgerufen hat.«

»Und dieses gläserne Schiff? Wo ist das jetzt?«, fragte Oda.

»Ich habe keine Ahnung. Ich habe es einfach fallen lassen. Dienstagfrüh war es nicht mehr hier. Aber da war John ja auch tot. Ich weiß wirklich nicht, wo es sein könnte.« Ina Nienhauer stand auf. »Ich kann Ihnen jedoch zeigen, wie es aussah.« Sie ging zum Büroschrank. Zwischen den Ordnern kramte sie ein Foto heraus, das einen lachenden John Beenke hinter seinem Schreibtisch zeigte. Das Bild musste im Sommer aufgenommen worden sein, denn Beenke trug ein kurzärmeliges Hemd, und im Hintergrund sah man durch das Fenster einen strahlend blauen Himmel. Viel interessanter war jedoch das gläserne Schiff, das hinter Beenke auf der Fensterbank stand.

»Warum zum Teufel haben Sie uns davon nicht eher was gesagt?«, entfuhr es Oda. »Da suchen wir nach der Tatwaffe, und Sie wissen die ganze Zeit, dass es dieses Ding hier war!« Wütend warf sie das Foto auf den Schreibtisch.

Wie auf Kommando begann Ina Nienhauer zu weinen. »Ich war durcheinander. Ich konnte nicht klar denken. Ich hab befürchtet, wenn ich Ihnen sage, dass das Schiff weg ist, fällt der Verdacht auf mich. Aber ich habe ihn nicht getötet. Ich hab ihn nur verletzt. Heute weiß ich, dass ich es Ihnen hätte sagen müssen, denn der Täter muss es ja auch benutzt und mitgenommen haben. Aber so weit konnte ich Dienstag nicht denken.«

»Hm.« Oda verzog die Lippen.

»Eines noch«, sagte Christine Cordes. »Sie haben gesehen, dass Herr Diersen nach dem Gespräch mit Ihrem Chef wegging. Warum haben Sie uns das ebenfalls verschwiegen?«

Stolz hob Ina Nienhauer das Kinn. »Weil es ja sein kann, dass Herr Diersen noch mal zurückgekommen ist. Ich habe nämlich gehört, wie John kurze Zeit, nachdem Diersen weg war, telefonierte. Da sagte er etwas wie: ›Wir müssen doch noch mal darüber reden.‹ Ich war mir sicher, dass er mit Diersen telefonierte.«

»Meine Güte, Frau Nienhauer!« In Oda brodelte die Wut. Sie sprang auf und stemmte die Hände in die Hüften. »Das hätten Sie uns doch sagen müssen!«

»Außerdem haben Sie sich geirrt«, sagte Christine Cordes.

»Dr. Beenke hat nicht mit Herrn Diersen, sondern mit Frau Hellmann telefoniert.«

***

Nachdem die Kommissarinnen gegangen waren, hockte Ina Nienhauer wie ein Häuflein Elend hinter ihrem Schreibtisch. Sehnsüchtig blickte sie auf Johns Foto. Auf ihren John. Mit dem Zeigefinger streichelte sie die Stelle des Bildes, an der sich sein Gesicht befand. Dabei schluchzte sie leise auf. Warum hatte es nicht so bleiben können, wie es war? Es war doch schön mit ihnen gewesen. All die Jahre. Harmonisch, ausgeglichen, ruhig. Nie hatte sie Ansprüche an John gestellt. Sich immer mit der Rolle der Nebenfrau zufriedengegeben.

Warum hatte John ihre kostbare Beziehung kaputt gemacht? Warum hatte er sich mit einer wie der Hellmann eingelassen? Gab es mit der wilderen Sex? Waren Männer wirklich nur auf junge Haut aus? Gab die ihnen ihre eigene Jugend zurück? Zählten Verlässlichkeit, Vertrautheit und körperliche Nähe nicht mehr?

Murat kam an ihrer offenen Tür vorbei, sah sie und stutzte. »Hatten Sie nicht eigentlich einen Termin? Wollten Sie nicht weg?«

»Nein.« Ina schüttelte den Kopf. Der Student eilte weiter. Für einen Moment ließ Ina den Kopf auf die Schreibtischplatte sinken. Eigentlich sollte sie jetzt im Krankenhaus sein, um Tomke abzuholen. Doch dazu fühlte sie sich nicht in der Lage.

***

Es war kurz vor elf, als sie an der Haustür der Beenkes klingelten.

Wie immer öffnete Annegret Beenke, und wieder war sie in ein weißes, fließendes Gewand gekleidet. Doch etwas an ihr war anders. Das Durchscheinende, Wattige war verschwunden. Vor ihnen stand eine Frau, die tatkräftig im Leben zu stehen schien.

»Ich habe gerade Kaffee fertig«, sagte sie, als die beiden ihr ins Wohnzimmer gefolgt waren. »Warten Sie einen Moment, ich hole ihn. Sie trinken doch eine Tasse mit?« Ohne eine Antwort abzuwarten, verschwand sie.

Als sie zurückkehrte, fiel Oda auf, dass Annegret Beenke sich gerader hielt als sonst. Sie nickte Christine Cordes zu, als sie Platz nahmen und Annegret Beenke die Tassen verteilte. Das ist dein Fall, also nimm sie ran, signalisierte Odas Blick.

***

Einen Moment stutzte Christine, als sie Oda Wagners stumme Aufforderung wahrnahm. Ließ die ihr tatsächlich den Vortritt?

Als Annegret Beenke sich setzte, bemerkte Christine deren wachen Blick. Das waren nicht die Augen, die vor wenigen Tagen ihr Mitleid erweckt hatten. Was hatte diese Frau so verändert? Als Christine die Witwe jetzt ansah, verstand sie nicht, dass sie überhaupt je Mitgefühl mit ihr empfunden hatte. Die Frau, die heute vor ihnen saß, machte nicht nur einen absolut wachen Eindruck, sie schien auch berechnend und hart zu sein. War Annegret Beenke eine so gute Schauspielerin, dass sie Christine beim ersten Zusammentreffen derart hatte täuschen können?

Wenn ja, warum tat sie es jetzt nicht?

Christine kniff kurz die Augen zusammen. Nach dem Gespräch mit Ina Nienhauer, deren Aussage durch die verschiedenen Schlagwinkel untermauert wurde, die im Obduktionsbericht genannt waren, glaubte sie der Sekretärin, Beenke zwar verletzt, aber nicht getötet zu haben. Nun gab es nicht mehr allzu viele Verdächtige. Und waren nicht schon andere mit einem Schuss ins Blaue durchaus erfolgreich gewesen? Warum sollte sie es nicht auch einmal probieren? Sie gab sich einen Ruck.

»Frau Beenke, warum haben Sie Ihren Mann umgebracht?«, fragte sie kühl.

Für einen Moment war die Stille im Raum fast greifbar, dann lachte Annegret Beenke laut auf. »Wie kommen Sie denn darauf, dass ich meinen Mann getötet haben könnte?« In ihrer Stimme lag Klarheit, genau wie in ihrem Blick. Klarheit, aber auch ein Anflug von Panik, wenn Christine sich nicht sehr täuschte.

»Wir haben uns den Obduktionsbericht noch einmal genau vorgenommen«, erläuterte sie. »Anfangs sind wir davon ausgegangen, dass der Täter – oder die Täterin – mehrmals zugeschlagen hat, um wirklich sicherzugehen. Den unterschiedlichen Schlagwinkeln haben wir zunächst nicht so große Beachtung geschenkt. Doch dann drängte sich die Frage auf: Was ist, wenn zwei verschiedene Personen zugeschlagen haben?«

Oda Wagner meldete sich zu Wort. »Wir wissen inzwischen, dass es Streit zwischen Frau Nienhauer und Ihrem Mann gegeben hat. Im Verlauf dieses Streits kam es zum ersten Schlag: Frau Nienhauer schlug mit einem gläsernen Schiff zu, das sich aber am Dienstagmorgen nicht mehr im Büro Ihres Mannes befand. Wir haben es auch sonst nirgends im Museum gefunden.«

»Dann wird Frau Nienhauer es entfernt haben«, vermutete Annegret Beenke kühl.

»Nein, das hat sie nicht.« Christine übernahm das Gespräch. »Und so langsam schließt sich der Kreis. Es deutet eine Menge auf Sie als Täterin hin.«

»Das ist absurd«, entgegnete Annegret Beenke.

Christine sah sie nachdenklich an. »Wir haben das Alibi Ihres Sohnes überprüft, er kann es nicht gewesen sein. Auch Frau Hellmann und Herr Diersen scheiden aus. Es kommen nur noch Sie und Ihre Tochter als Täterinnen in Frage. Denn Tomkes Alibi besteht allein in ihrer eigenen Aussage, dass sie zu Hause geblieben ist, nachdem ihr Vater sie zu Hause abgesetzt hatte. Sie hat mit niemandem telefoniert, es gab kein Gespräch mit Nachbarn. Sie hatte durchaus die Möglichkeit, ins Museum zu gehen und ihren Vater zu töten.«

Annegret Beenke lachte. Es klang etwas zu schrill. »Das ist doch ausgemachter Unsinn. Warum sollte Tomke ihrem Vater etwas antun wollen? Sie hat ihn vergöttert. Und er sie ebenfalls. Und ich … nein. Warum sollte ich meinen Mann umbringen? Weil er eine Geliebte hatte?«

»Wir gehen nicht von einer geplanten Tat aus. Vielleicht hat sich die Möglichkeit ergeben, und Sie haben sie spontan ergriffen?«

»Sie geben nicht auf, was? Ich sagte doch schon: Das ist absoluter Unsinn.« Annegret Beenke sprach wieder ganz kühl. »Ich habe vor Tomkes Haus gestanden. Ich wusste, dass sie zu Hause war, denn John hatte mich angerufen, als er sie aus der Klinik geholt hatte, und mir gesagt, dass er sie am Südstrand nur abgesetzt hat. Also bin ich hingefahren. Sie ist schließlich meine Tochter, ich wollte sie sehen. Doch als ich vor dem Haus stand, fiel mir das letzte Gespräch mit Tomke ein. Wie sie mich angegiftet hatte. Mir entgegengeschleudert hatte, sie wolle mich nicht um sich haben. Eine Zeit lang habe ich im Auto gesessen und mit mir gerungen. Habe überlegt, ob ich von meinem Handy aus zumindest oben anrufen sollte, ob sie mich vielleicht doch sehen wollte. Die Gefühle, die dabei in mir tobten, kann sicher nur eine Mutter verstehen.« Sie sah Christine und Oda Wagner auffordernd an, doch keine von ihnen ging darauf ein. Annegret Beenke biss sich kurz auf die Lippe, dann fuhr sie fort: »Dass ich es nicht getan habe, ist in Anbetracht der jetzigen Umstände natürlich sehr bedauerlich. Aber es sind eine Menge Autos am Haus vorbeigefahren. Auch einige der Mieter müssen mich gesehen haben, als sie ins Haus gegangen sind. Fragen Sie einfach nach.«

»Das werden wir.« Christine sah Annegret Beenke unverwandt in die Augen. Sie wollte nicht die kleinste Reaktion übersehen. »Doch ich vermute, dass Sie lügen.«

Nur für einen Sekundenbruchteil lief ein Zucken durch Annegret Beenkes Körper. Aber es entging Christine nicht.

***

»Ist ja irgendwie bezeichnend, dass Ina nicht gekommen ist. Sie will wohl doch nichts mit mir zu tun haben«, sagte Tomke enttäuscht, als sie ihre Sachen in die schwarze Reisetasche packte. Max stand geduldig neben ihr.

»Komm mit nach Spiekeroog«, bat er. »Du wirst sehen, dort wird es dir ganz schnell besser gehen.«

»Ich kann nicht, Max. Auf Spiekeroog bin ich weit weg von Papas Grab. Da kann ich ihn nicht jeden Tag besuchen. Ich bleibe.«

»Tomke …« Max fasste seine Schwester am Arm.

»Lass mich in Ruhe.« Tomke nahm die Tasche.

»Oh nein, ich lasse dich nicht in Ruhe. Du brauchst jemanden, der sich um dich kümmert. Ich kann das nicht, ich muss zurück auf die Insel. Aber ich werde dich jetzt nicht in deine Wohnung fahren, wo du Trübsal bläst und wer weiß was anstellst. Ich bringe dich zu Mama. Die wird die nächsten Tage auf dich aufpassen, wenigstens so lange, bis du einigermaßen wieder auf dem Damm bist.«

»Wenn du meinst …« Tomke lächelte müde.

***

Max bemerkte den Passat am Straßenrand nicht, als er in die Auffahrt des Elternhauses fuhr. Er stieg aus, und auch Tomke öffnete langsam die Beifahrertür. Was sie ihr wohl für Medikamente gegeben haben?, fragte sich Max. Sie machte den Eindruck, als sei sie nicht ganz bei sich. Er hoffte, dass sie tatsächlich therapeutische Hilfe in Anspruch nahm; den Arztbrief jedenfalls hatte Tomke achtlos in ihre Tasche gesteckt. Er schloss die Tür mit seinem eigenen Schlüssel auf und schob seine Schwester ins Haus. Bestimmt war es für seine Mutter eine freudige Überraschung, dass Tomke nicht bei Ina war.

Doch die Überraschung war auf seiner Seite, als er im Wohnzimmer nicht nur auf seine Mutter, sondern auch auf die beiden Kriminalbeamtinnen traf.

***

»Max!« Annegret Beenke erhob sich irritiert, als ihr Sohn ins Zimmer trat.

»Ina ist nicht gekommen.« Tomke schob sich an Max vorbei. »Wieder jemand, der mich im Stich gelassen hat.« Sie ignorierte die Polizistinnen und ließ sich auf einen freien Sessel fallen. Annegret rieb sich verzweifelt den Nacken.

»Sie sollte jetzt nicht allein bleiben, wenigstens nicht, bis die Therapie begonnen hat«, sagte Max, der augenscheinlich nichts von ihrer Not bemerkte. »Und da ich nach Spiekeroog zurückmuss, dachte ich, es ist das Beste, sie bleibt erst mal bei dir. Das ist dir doch recht?«

Er sah seine Mutter an.

Annegret brach der Schweiß aus. Das war alles ein Alptraum. Das konnte nicht wahr sein. Warum war Max nicht eine halbe Stunde später gekommen? Dann hätte sie alles geregelt gehabt. Sie unterdrückte die aufsteigende Panik, nickte, ging zwei Schritte auf Tomke zu. Ihr Versuch, ihre Tochter zu umarmen, wurde abgewehrt; Tomke verschränkte abweisend die Arme vor der Brust.

Max setzte sich zu seiner Schwester auf die Sessellehne. »Krieg ich auch einen Kaffee?«

Annegret nickte. Auf dem Weg in die Küche wirbelten ihre Gedanken durcheinander. Was sollte sie jetzt nur tun? Als sie zwei Tassen aus dem Schrank nahm, fiel ihr Blick auf die Magnetleiste über dem Herd, an der neben Pizzaschneider und Schneebesen auch die Messer hingen: Das ist es, dachte sie. Sie nahm eines der Messer, versteckte es hinten im Hosenbund und ging zurück.

***

»Bevor Sie kamen, haben wir Ihre Mutter gefragt, warum sie Ihren Vater ermordet hat«, nahm Oda in leichtem Plauderton das Gespräch wieder auf.

Wie eine Giftgasblase schwebte dieser Satz einen Moment im Raum, bevor Max explodierte.

»Wie können Sie es wagen? Meiner Mutter so etwas zu unterstellen, ist absolut bodenlos! Haben Sie keinen Anstand im Leib? Warum hätte sie unseren Vater denn töten sollen? Gucken Sie sich meine Mutter doch an! Sie hätte gar nicht die Kraft, ihn zu erschlagen.« Er stand auf, wies mit der Hand zur Tür. »Verlassen Sie das Haus. Sofort.«

»Nicht so schnell mit den jungen Pferden.« Oda blieb ruhig. »Ihr Vater erhielt nicht nur einen einzigen Schlag gegen den Kopf. Es wurde mehrmals zugeschlagen.« Ahnte Max wirklich nichts? Oder wollte er nichts ahnen? »Von Frau Nienhauer wissen wir, dass sie den ersten Schlag ausgeführt hat, doch der hinterließ lediglich eine Platzwunde auf der Stirn. Ihr Vater lebte nach diesem Schlag noch, das hat auch der Gerichtsmediziner bestätigt. Und da Sie, Herr Beenke«, Oda lächelte spöttisch, »ein bestätigtes Alibi haben und Ihre Schwester erst am Montagnachmittag aus dem Krankenhaus entlassen wurde, bleibt nur Ihre Mutter.«

Sie verschwieg, dass auch Tomke kein wirkliches Alibi hatte.

»Oder Ina hat gelogen.« Max sprach schneidend. Tomke fing an zu weinen.

»Ja, ich war's«, sagte Annegret Beenke plötzlich. »Ich habe meinen Mann erschlagen.« Sie hielt Oda die Handgelenke hin. »Sie können mich festnehmen.«

»Setzen Sie sich, Frau Beenke, wir sind hier nicht in einer billigen Kriminalkomödie.« Oda bewegte sich nicht. »Wie haben Sie es gemacht? Und vor allem, warum?«

»Na ja, mit diesem Glasschiff. Ich habe die Klingel an der Hintertür gedrückt, und John hat mir über den Summer geöffnet. Er verhöhnte mich, als ich in sein Büro kam und über die Wunde auf seiner Stirn erschrak.« Annegret Beenke setzte sich langsam, mit geradem Rücken, in den Sessel. Sie war leichenblass. »›Da kannst du mal sehen, was Leidenschaft ist‹, sagte er. ›Zu so was wärst du nie fähig. Du hast gar keine Gefühle mehr. Hast alles mit Tabletten weggeschluckt.‹ Er wollte aufstehen, doch ich war schneller. Habe das Schiff genommen und zugeschlagen.«

»Wo war denn das Schiff? Und wohin haben Sie geschlagen?«, fragte Christine Cordes.

»Na, auf dem Schreibtisch, nehme ich an. Stand es da nicht immer? Und zugeschlagen? Auf den Kopf. Wo genau, meine

Güte, das weiß ich doch jetzt nicht mehr. Es war ja nicht geplant, es war einfach nur …« Annegret stand auf. »Kann ich noch kurz ein paar Sachen zusammenpacken?«

»Setz dich wieder, Mutter.« Tomke hob den Kopf. »Ich war es.« Sie sah Oda an. »Meine Mutter hat mit der Sache nichts zu tun.«

»Tomke, sei still!« Annegret Beenke sprang auf, doch ihre Tochter sprach mit belegter Stimme weiter.

»Es ist vorbei, Mutter. Ist vielleicht auch besser so. Du wirst die Fehler der Vergangenheit nicht wiedergutmachen, indem du eine Tat gestehst, die du nicht begangen hast. Ich muss …«

»Halt den Mund!« Blitzschnell war Annegret Beenke beim Sessel, zog ihre Tochter hoch und im gleichen Moment ein Messer hinter ihrem Rücken hervor. Bevor Oda wusste, was geschah, hatte die Mutter ihrer Tochter das Messer an den Hals gesetzt.

Scheiße, dachte Oda.

»Wenn Sie jetzt eine falsche Bewegung machen, schneide ich Tomke die Kehle durch.« Annegret Beenke sah Oda scharf an. »Sie werden sie nicht ins Gefängnis stecken. Das lasse ich nicht zu. Eher bringe ich sie um.« Keine Spur mehr von Hilflosigkeit. Sie hatten es mit einer Frau zu tun, die mit allen Mitteln für ihr Kind kämpfte.

Oda warf einen Seitenblick zu Christine Cordes. Jetzt nur keinen Fehler machen, signalisierte sie ihr mit den Augen.

»Frau Beenke«, sagte Oda, »Sie machen alles nur noch schlimmer. Legen Sie das Messer weg und lassen Sie Ihre Tochter reden.«

»Damit Sie sie anschließend wegsperren? Oh nein! Max, gib mir deinen Autoschlüssel!«

»Mama!«

»Den Schlüssel, Max! Steck ihn mir in die Tasche!« Annegret Beenke ließ Oda und Christine Cordes nicht aus den Augen. Oda überlegte krampfhaft, wie sie es schaffen könnten, Annegret zu überwältigen, ohne Tomke ernstlich zu gefährden.

»Tun Sie, was Ihre Mutter sagt«, wies sie Max an. »Wir müssen Ihre Schwester schützen.«

»Genau«, kam es verächtlich von Annegret Beenke. »*Ich* will sie schützen. Sie wollen meine Tochter ins Gefängnis stecken. Ist das Ihre Art von Schutz? Max, den Schlüssel!« Sie drückte das Messer fester an Tomkes Hals, die wie erstarrt in den Armen ihrer Mutter hing.

»Wir werden jetzt gehen«, sagte Annegret Beenke. Sie schob Tomke vor sich her, drehte sich um und lief nun rückwärts aus dem Raum. »Wenn ich bemerke, dass Sie mich verfolgen, steche ich zu. Erst Tomke, dann ich.«

Oda, Christine Cordes und Max waren aufgestanden. Wie hypnotisiert folgten sie den beiden Frauen zur Haustür.

»Schließ die Tür von innen mit dem Schlüssel ab, Max. Und wirf den Schlüssel aus dem Fenster des Gäste-WCs.« Annegret Beenke schleifte ihre Tochter zum Auto.

Völlig überfordert sah Max Oda an.

»Tun Sie, was Ihre Mutter sagt.«

Max schloss die Tür, ging die wenigen Schritte zur Gästetoilette und tat, was seine Mutter ihm aufgetragen hatte. »Was nun?«, fragte er verzweifelt.

»Keine Angst, wir kriegen das schon hin.« Oda wies mit dem Kopf in Richtung Christine Cordes, die bereits per Handy die Kollegen informierte. »Wir werden sie stellen, die Wache schickt Streifenwagen los. Wir machen eine Ringfahndung.«

»Wird ihnen nichts geschehen?«

»Das kann ich leider nicht versprechen.«

Sie hörten den Wagen aufbrausen und davonfahren.

»Ich hab noch meinen Schlüssel!« Max griff in seine Hosentasche und riss gleich darauf die Haustür auf.

»Schnell!« Oda warf Christine Cordes den Autoschlüssel zu und spurtete los. Max rannte mit. »Sie bleiben hier«, kommandierte Oda, während ihre Kollegin den Motor startete.

***

»Verdammt, Mama, was soll das?«, schrie Tomke, als Annegret mit überhöhtem Tempo in den Mühlenweg einbog.

»Halt den Mund!« Annegret raste auf die Ampel zu. Aus Gelb wurde Rot. Sie drückte auf die Hupe. Von rechts und links kommende Autofahrer traten auf die Bremsen, versuchten, einem Zusammenstoß auszuweichen. Das Ineinanderkrachen der Autos hörte Annegret nur noch von fern.

»Die werden dich nicht kriegen.« Sie drückte das Gaspedal bis zum Anschlag durch. »Lieber bringe ich uns beide um!«

***

Gerrit Bayer kam gerade vom Klo zurück und spähte aus dem Brückenwärterhäuschen auf die Maade. In einiger Entfernung konnte er den angekündigten Kutter »Elke« sehen, der die Schleuse passiert hatte und nun in den Rüstersieler Hafen einfahren wollte. Ein paar Minuten würde es noch dauern, bis Gerrit die Brücke des Friesendammes öffnen musste.

Er liebte seinen Job. Hier hatte er nach der Pensionierung eine Aufgabe gefunden. Eine wichtige Aufgabe. Freitags bis sonntags gab es feste Zeiten, unter der Woche kam nur selten ein Notfall über den Pieper herein. Für heute hatte er einen genauen Plan, es gab zu dieser Jahreszeit nicht viele Schiffe, die in den Hafen wollten. Deshalb freute er sich auf die Ausnahmen, die Abwechslung.

Die »Elke« kam näher. Gerrit sah aus dem Fenster. Er überprüfte erst den Spiegel, der auch den toten Winkel zeigte, bevor er seinen Code in die Schalttafel tippte. Sekunden später sprang die Bedarfsampel an. Gelb. Rot. Die Schranken beidseitig der Klappbrücke senkten sich. Noch einmal warf Gerrit einen Blick in den Spiegel. Die Straße war leer. Er drückte den Knopf, der die Hydraulik in Gang setzte. In drei Minuten würde das Brückenstück beinahe senkrecht nach oben gekippt sein, dann könnte die »Elke« ungehindert durchfahren.

***

»Wo fahren die hin? Was hat sie vor?« Oda hielt sich am Griff oberhalb des Fensters fest. Christine Cordes jagte dem voranfahrenden Wagen nach. Die Polizeisirene röhrte.

Oda drückte die Ruftaste des Funkgerätes. »Dreizehnfünfzig an Zentrale. Kommen.«

»Kommen.« Es knackte aus dem Lautsprecher.

»Wie viele Wagen sind im Einsatz?«

»Fünf.«

»Sie fahren den Ölhafendamm runter. Ist einer der Wagen in der Nähe?«

»Hier dreizehnachtzig.« Es knackte erneut. »Sind am Südstrand.«

»Dann seht zu, dass ihr herkommt! Aua. Scheiße!« Odas Kopf knallte gegen die Seitenscheibe, als sie einen Lkw überholte.

»Hier zwölfsiebzig.« Es knarzte. »Kommen von Voslapp. Nehmen die Osttangente.«

»Wir müssen sie kriegen!«, rief Oda. Christine Cordes nickte entschlossen.

***

»Mama, halt an! Lass mich raus!«

Annegret ignorierte die verzweifelten Rufe ihrer Tochter. Sie raste in die Kurve zum Friesendamm. Auch wenn sie den Wagen nur mit größter Mühe unter Kontrolle halten konnte, drückte sie das Gaspedal durch. Die Tachonadel schlug aus. Hundertzwanzig Stundenkilometer. Hundertfünfzig.

»Mama!«

Hundertachtzig Stundenkilometer. Die Bäume flogen nur so vorbei.

»Mama!«

Rechts die Abzweigung zum Ölhafen. Zum »Nordseehotel«. Das letzte Hochzeitstagsessen mit John.

»Mama, halt an, ich habe Angst.« Tomke schluchzte.

Weg hier, wir müssen weg. Die werden uns nicht fassen.

»Mama!«

Nicht hinhören, nicht reagieren.

Das Messer lag links neben Annegret im Fußraum. Sie verstärkte den Druck aufs Gaspedal.

***

Gerrit Bayer winkte dem Schiffsführer der »Elke« zu, als der Kutter näher kam. Die Steigung der Brücke betrug schon fünfundvierzig Grad. Nur noch wenige Minuten, dann wäre der Kutter durch und Gerrit könnte weiter sein Kreuzworträtsel lösen.

***

»Hier zwölfsiebzig, sind jetzt auf dem Friesendamm. Bislang noch nichts vom flüchtigen Fahrzeug zu sehen.«

Das Funkgerät steckte wieder in der Halterung, konzentriert starrten Christine und Oda Wagner auf die Straße.

Nicht mehr lange, dann hätten sie Annegret Beenke.

»Dreizehnachtzig, sind jetzt auf der Jachmann-Brücke.«

Gib Gas, spornte sich Christine an, du hast sie bald.

***

»Mama! Die Brücke!« Tomke schrie, als sie das sich hebende Asphaltstück sah. Sie warf einen schnellen Blick zur Seite. Doch Annegret reagierte nicht. Schaute starr nach vorn. Dann soll es eben hier sein, dachte sie, und in diesem Moment war sie völlig ruhig. Alle Angst fiel von ihr ab. Dann sterben wir gemeinsam. Hier. Jetzt. Sie sah die rote Ampel, die herabgelassenen Schranken und die aufsteigende schwarze Wand.

Ohne das Tempo zu drosseln, hielt Annegret darauf zu.

***

»Hier zwölfsiebzig. Die verdammte Brücke an der Maade geht hoch!« Quietschen vermischte sich mit der Stimme. »Mist, wir sitzen hier fest. Tut mir leid.«

***

Krachend durchbrach der Wagen die Schranke. Die Windschutzscheibe zerbarst. Splitter flogen durch die Fahrgastzelle.

Tomke schrie gellend, als der Wagen über die Kante raste.

»Ich liebe dich, mein Kind«, war das Letzte, was sie von ihrer Mutter hörte.

***

»Scheiße!«

Fassungslos sahen Oda und Christine Cordes zu, wie Annegret Beenkes Auto die Schranke durchbrach und die Brückensteigung emporraste. Schrankensplitter flogen ihnen entgegen, schlugen gegen die Frontscheibe.

Tausende kleiner Scherben wirbelten durch die Fahrgastzelle.

»Bremsen. Du musst bremsen!«, schrie Oda.

Christine Cordes trat in die Eisen.

***

Blaulicht flackerte auf der anderen Seite der Maade, als die Straße wieder freigegeben wurde. Christine und Oda Wagner eilten zur Unfallstelle. Neugierige Autofahrer fuhren im Schritttempo an ihnen vorbei und störten sich nicht an den Streifenbeamten, die sie durchzuwinken versuchten.

Etwas stach Christine bei jedem Schritt im Fuß, doch merkwürdigerweise tat es nicht wirklich weh. Oda Wagner lief schweigend neben ihr her.

Mit lautem Signal und blitzenden Lichtern kamen Kranken- und Notarztwagen angefahren.

Das Fahrzeug, in dem Annegret Beenke und ihre Tochter gesessen hatten, war vollkommen zerstört. Fast der gesamte Boden war bei dem Aufprall weggerissen.

Am liebsten wäre Christine umgedreht, hätte Oda Wagner und den Kollegen den Rest überlassen. Ihr war übel bei dem Gedanken an das, was sie nun erwartete.

Die Sanitäter zogen Annegret Beenke aus dem Fahrzeug. Ihr Kopf war blutüberströmt, in ihrer linken Wade steckte das Messer, mit dem sie Freiheit für ihre Tochter hatte erreichen wollen.

Der Notarzt kam von der anderen Seite herüber, wo er sich um Tomke gekümmert hatte. Er schüttelte stumm den Kopf. »Nichts mehr zu machen«, sagte er leise. Dann beugte er sich zu Annegret, die kurz aufstöhnte.

Nach ein paar Minuten gab er den Sanitätern Anweisungen, die Frau in den Rettungswagen zu heben. »Es sieht zwar heftig aus, aber ich glaube, sie kann es schaffen«, sagte er.

Christine warf einen Blick ins Innere des Wagens. Sie sah noch die Bilder vor sich, als das Auto mit voller Geschwindigkeit die Brücke hochgerast war. Sie rieb sich über die Arme, als könnte sie dadurch ihre Gänsehaut und die Eiseskälte loswerden, die sie verspürte. Der enorme Schub hatte das Fahrzeug über den Rand des Brückenstücks und die Maade hinauskatapultiert, bevor es auf der anderen Straßenseite mit unvorstellbarer Kraft aufgeschlagen war.

Tomke Beenke war nach vorn geschleudert worden. Gegen die Windschutzscheibe.

Christines Magen rebellierte bei deren Anblick endgültig. Kreisförmig zerborstenes Verbundglas, an dem Blut und Haare klebten. Sie wandte sich im letzten Moment ab und erbrach sich ins Gras.

Samstag

Hendrik Siebelt war sichtlich erschüttert, als sie am Vormittag zusammen im Besprechungsraum saßen. Auch Niekstelt und Lemke waren anwesend, obwohl beide heute freigehabt hätten. Doch das dramatische Geschehen des gestrigen Tages hatte in allen den Wunsch ausgelöst, diesen Fall gemeinsam zu beenden. Ohne auf Christine Cordes' Mahnen zu warten, hatte Oda das Fenster geöffnet. Kalt war jedem von ihnen sowieso, da spielten die Außentemperaturen keine Rolle mehr.

»Annegret Beenkes Zustand ist noch kritisch«, sagte Oda. »Ich habe vorhin noch mal mit dem behandelnden Arzt telefoniert.«

»Geht er davon aus, dass sie durchkommt?« Siebelt zündete sich eine weitere Zigarette an.

»Es wäre ihr zu wünschen, dass sie es nicht schafft«, entgegnete Oda ruhig. »Was hat sie denn noch? Ihre Ehe war in den letzten Jahren eine Farce, ihre Tochter bringt im Affekt den Vater um, der Versuch, Tomke vor dem Knast zu retten, endet mit deren Tod – nein, man kann Frau Beenke wirklich nur wünschen, dass sie nicht überlebt.«

»Seid ihr denn sicher, dass es die Tochter war?« Niekstelt griff ungefragt zu Siebelts Zigarettenpackung und zündete sich ebenfalls eine an.

»Leider ja«, sagte Oda. »Wir haben Tomkes Tagebücher in ihrem Appartement gefunden. Es sind Audio-Tagebücher, von ihr auf Minidisc aufgenommen. Richtig gruselig, sie zu hören. Total erschütternd, mit welcher fast schon krankhaften Liebe Tomke Beenke an ihrem Vater hing. Es war aus ihrer Sicht so was wie eine symbiotische Beziehung. Sie und ihr Vater gegen den Rest der Welt. Unterstützt wurde diese Ansicht wohl lange Jahre durch das Verhalten ihres Vaters. Max und Annegret liefen in dieser Familie nebenher. Kein Wunder, dass Annegret Beenke zu Tabletten griff.«

»Aber wie ist es so weit gekommen?«, fragte Lemke. »Wieso hat Tomke ihren Vater erschlagen?«

»Als Tomke das erste Mal merkte, dass John Beenke eine Geliebte hatte, nämlich Ina Nienhauer, war sie vollkommen entsetzt. Sie hatte gedacht, sie könnte ihrem Vater alles geben, was er brauchte. Und Ina Nienhauer war doch wie eine Mutter für sie. Zu dieser Zeit fing sie an, sich Schnitte beizubringen, sich selbst zu verstümmeln. Das war nicht nur ein verzweifelter Versuch, ihren Vater wieder auf sich aufmerksam zu machen, sondern er verdeutlichte, in welchem Gefühlschaos sie sich befand. Ihr Vater aber bemerkte diese stummen Hilfeschreie nicht. Ihre Mutter hingegen sprach sie darauf an. Sie wollte Tomke zum Psychologen schicken, doch Tomke weigerte sich. Als John Beenke ihr weiterhin wenig Aufmerksamkeit schenkte, beging sie einen ersten Suizidversuch. Hinterher vermerkte sie in ihrem Tagebuch, dass sie dankbar sei, überlebt zu haben. Sie wollte ihren Vater doch nicht im Stich lassen.«

»Der Erfolg hatte«, vervollständigte Christine Cordes den Bericht.

»Beenke kümmerte sich rührend um Tomke. Und beendete auch die Beziehung mit seiner Sekretärin. Für Tomke war die Welt dadurch wieder in Ordnung. Irgendwann jedoch kam Tomke dahinter, dass er ein Verhältnis mit Alexandra Hellmann hatte. Sie schien kein anderes Mittel zu sehen als einen erneuten Suizidversuch. Doch diesmal hatte sie die Rechnung ohne ihren Vater gemacht. Der war nämlich langsam hinter Tomkes Denkmuster gekommen und hatte ihr im Krankenhaus klargemacht, dass er sich nicht durch ihre Selbstmordversuche erpressen ließe.«

»Das ist ja alles ganz interessant«, sagte Siebelt, »aber wieso hat Tomke Beenke denn nun ihren Vater getötet?«

»John Beenke holte seine Tochter zwar aus dem Krankenhaus ab, hielt ihr im Auto jedoch eine ordentliche Standpauke, bevor er sie vor ihrer Wohnung absetzte und ins Museum fuhr«, erklärte Oda. »Tomke fühlte sich dadurch zurückgesetzt und verletzt. Sie brauchte die Zuneigung ihres Vaters doch gerade jetzt besonders. Zorn stieg in ihr auf. Sie wollte die Sache nicht so auf sich beruhen lassen. Darum ist sie hinüber zum Museum gelaufen. Dort hat sie gesehen, wie die Nienhauer aufgelöst das Museum verließ, und ist durch die noch nicht geschlossene Tür hineingeschlüpft. Als sie ihren Vater blutend in seinem Büro vorfand, wollte sie ihm helfen, wurde jedoch erneut abgewiesen.« Schaudernd dachte Oda an die Tonaufnahme. An den blechernen Klang von Tomkes Stimme. »Um es kurz zu machen: Tomke flehte ihren Vater an, alles wieder so sein zu lassen wie früher, aber er warf ihr vor, ein egoistisches Wesen zu sein, das seine Liebe nicht verdienen würde. Diese erneute Zurückweisung war für Tomke zu viel. Sie hob das Glasschiff vom Fußboden auf und schlug zu, als ihr Vater ihr auf seinem Schreibtischstuhl gerade den Rücken zukehrte. Nicht, weil sie ihn töten wollte, sondern weil sie wollte, dass er still war, nicht mehr solche Dinge sagte. Könnt ihr euch gern anhören, wenn ihr wollt. Geht einem durch Mark und Bein.« Oda zog sich ebenfalls eine Zigarette aus der Packung. Sie inhalierte den Rauch, als könne er die Erinnerungen an Tomkes unglückliche Stimme auslöschen.

»Und wo ist dieses Schiff geblieben?« Nieksteit kratzte sich an der Schulter.

»Die Kollegen von der KTU haben es im Altglascontainer vor Tomkes Haus gefunden«, sagte Christine Cordes. »Nachdem wir die Aufzeichnung gehört hatten, haben wir sie hingeschickt.«

»Warum ist die Mutter nicht ausgestiegen?«, fragte Siebelt. »Sie parkte doch am Südstrand und wartete auf ihre Tochter.«

»Sie sah wohl, dass Tomke völlig abwesend wirkte, und hat sich letztlich einfach nicht getraut. Zu diesem Zeitpunkt hat sie ja auch noch keine Ahnung gehabt, was vorgefallen war«, vermutete Christine Cordes. »Tomke hat ihre Mutter übrigens durchaus bemerkt. Das hat sie auch in ihr Tagebuch diktiert. Sie hielt sie für feige und ist in ihre Wohnung gegangen, ohne sich um die Mutter zu scheren.«

»Aber die hat doch was ganz anderes ausgesagt«, meinte Nieksteit.

»Verständlich, oder? Sie wollte ihre Tochter schützen.« Oda zuckte mit den Schultern. »Was für eine traurige Familie.«

»Unglaublich. Dabei war doch John Beenke …« Siebelt ließ den Rest des Satzes in der Luft hängen.

»Man kann den Leuten eben immer nur vor den Kopf gucken und nicht hinein«, sagte Oda. »Zumindest erklärt das, warum Annegret Beenke bei unserem ersten Besuch so abwesend war. Sie hat geahnt, dass etwas nicht stimmt, und als Frau Cordes und ich vor ihrer Tür standen, hat sie blitzschnell die richtigen Schlussfolgerungen gezogen.«

»Aber warum hat sie dann nicht gleich behauptet, sie selbst wäre es gewesen?«, fragte Siebelt.

»Ein wenig Glücksspiel? Hoffnung, dass es doch anders gewesen sein könnte? Keine Ahnung.« Auch Oda ging die Angelegenheit ziemlich an die Nieren.

Hinzu kam noch, dass Tomkes Zusammenbruch nach der Beerdigung kein Versehen gewesen war. Dieses Mal hatte Tomke sich wirklich umbringen wollen. Sie hatte, kurz bevor Ina Nienhauer kam, sämtliche Tabletten geschluckt, die sie noch zu Hause gehabt hatte. Sie wollte nicht mehr leben, nachdem es keine Chance mehr auf ein Leben mit ihrem Vater gab. Auch das hatte Tomke auf die Mini-Disc gesprochen.

Die Dosis war jedoch zu gering gewesen. Wenn es doch nur geklappt hätte, dachte Oda bedrückt. Nun ist sie zwar tot, aber sie hat ihre Mutter mit in den Abgrund gerissen.

***

Christine blieb allein im Besprechungsraum zurück. Sie fühlte sich leer und ausgelaugt. Am liebsten hätte sie sich zu Hause unter ihrer Bettdecke verkrochen und sich alles von der Seele geweint. Arme Tomke, arme Annegret und, ja, arme Christine. Alles war kaputt, nichts so, wie es nach außen hin schien. Überall nur Lug, Trug und Verletzung. Als sie gestern Abend ihren Schuh ausgezogen hatte, hatte sie unter ihrem Fuß den Glassplitter entdeckt, der beim Zerbersten ihrer eigenen Windschutzscheibe den Weg in den Pumps gefunden hatte. Und Blut im Schuh. Wie bei Aschenputtel, hatte sie gedacht. Ruckedigu, Blut ist im Schuh. Die rechte Braut sitzt noch daheim. Ein Schluchzen stieg in ihr auf. Die rechte Braut, das war im Moment eine andere für Frank. Sie stützte die Ellbogen auf den Tisch und legte die Stirn in ihre Hände. Nur einen Moment sammeln, bevor es weiterging. Nur einen Moment.

***

Oda sah ihre Kollegin durch die halb geöffnete Tür, als sie in die Personalküche gehen wollte. Die Sache hatte die Neue anscheinend ganz schön mitgenommen. Eigenartig, Oda schätzte Christine Cordes eher als ziemlich abgehärtet ein. Vielleicht war da noch etwas anderes im Spiel. Etwas sonderbar hatte sie sich in den vergangenen Tagen ja verhalten.

Ein Anflug von Mitleid stieg in Oda auf. Im Grunde genommen war die Kollegin ja gar nicht so schlimm. Und im Prinzip konnte sie froh sein, weibliche Unterstützung bekommen zu haben, die zudem noch kompetent war.

Wollen wir sie mal wieder aufbauen, dachte Oda. Sie nahm den Piccolo, der seit Silvester verschlossen im Kühlschrank stand, zwei Wassergläser und ging zurück in den Besprechungsraum.

»Es gibt Tage«, sagte sie, als sich der Sektkorken der kleinen Flasche mit einem leisen »Plopp« löste, »da muss man sich über Dienstverordnungen hinwegsetzen.« Sie goss beide Gläser ein, schob eines ihrer Kollegin hinüber und setzte sich.

»Lass uns auf das ›Du‹ anstoßen«, sagte Oda. »Und wenn du dich ein wenig hergerichtet hast, können wir ja zum Italiener gehen und was Leckeres essen. Dann können wir ungestört miteinander reden und uns besser kennenlernen. Was hältst du davon?«

Christine wischte sich mit der Hand über das verheulte Gesicht. »Gute Idee, Oda«, sagte sie.

Nachwort

Der Niederländer Adriaen de Vries (1556–1626), dem ich in dem vorliegenden Roman die Gestaltung des Bernstein-Petrus unterstellt habe, gilt als berühmtester Bildhauer seiner Zeit. König Philipp II. von Spanien, Christian IV. von Dänemark, Wallenstein, und allen voran Kaiser Rudolph II. zählten zu seinen Auftraggebern.

Europaweiten Ruhm erlangte de Vries durch zwei besonders prachtvolle Brunnenanlagen mit dem Handelsgott Merkur und dem Hydratöter Herkules, die er in Augsburg schuf (Quelle: www.froehlichundkaufmann.de).

Dass de Vries jedoch vor der Küste Hooksiels Schiffbruch erlitt und gerettet wurde, entspringt einzig und allein meiner Phantasie, darum gibt es auch den im Roman erwähnten Bernstein-Petrus nicht.

Und selbstverständlich sind sämtliche Personen des Romans frei erfunden.

Das Gebäude, in dem ich das Nordseemuseum angesiedelt habe, gibt es tatsächlich, es war auch mal ein Museum, inzwischen hat sich dort ein Restaurant angesiedelt. Informationen zur Borderline-Störung habe ich unter anderem auf der Website www.rotetraenen.de gefunden.

Ich danke an dieser Stelle dem Emons Verlag dafür, dass er den ersten Fall für Oda und Christine in der nun überarbeiteten Form unter einem – der inzwischen elfbändigen Reihe – angepassten Titel in sein Programm aufnimmt.

Christiane Franke
Wilhelmshaven, im August 2020

Weitere Kriminalromane von Erfolgsautorin Christiane Franke:

Alle Titel sind auch als eBook erhältlich.

Mord ist aller Laster Ende
ISBN 978-3-89705-708-1

Mord im Watt
ISBN 978-3-89705-827-9

Mord unter Segeln
ISBN 978-3-89705-917-7

Mord im Nebel
ISBN 978-3-95451-067-2

Mord zwischen Ebbe und Flut
ISBN 978-3-95451-256-0

Mord in den Dünen
ISBN 978-3-95451-549-3

Mord auf der Sandbank
ISBN 978-3-95451-956-9

Mord im Küstenwind
ISBN 978-3-7408-0175-5

Mord zwischen Wind und Wellen
ISBN 978-3-7408-0407-7

Mord bei Nordwest
ISBN 978-3-7408-0622-4